講談社文庫

福袋

朝井まかて

JN179366

講談社

福袋　目次

扉絵　白浜美千代

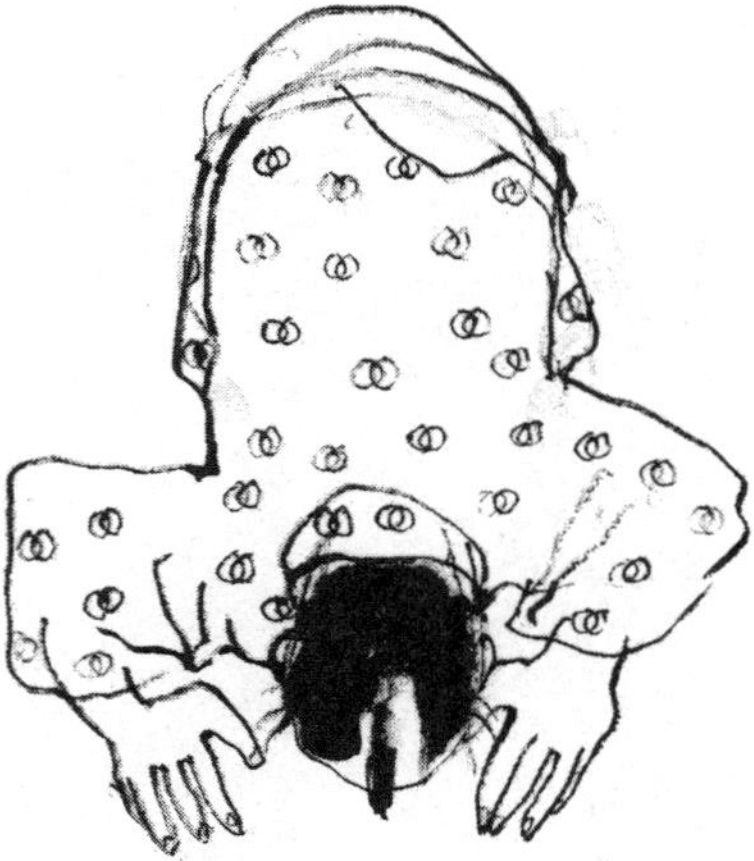

ぞっこん

いい心持ちだ。昼寝ってのは、何でこうも気持ちがいいのかね。

朝から一心に動いて、その合間にちょいと横になるのが乙《おつ》なんだ。目を閉じても、あすこはもっと濃く、うん、ハネの勢いはあれでちょうどいいなんて頭の中で反芻《はんすう》して、いつのまにやら眠りに落ちる。すとん、とね。

日の影が三尺も移ったら目を覚ますんだが、総身に甘い清水《しみず》が行き渡ったみたいに甦《よみがえ》っているから不思議なもんだ。「さて、もうひと踏ん張りか」なんて気のない口をききながら、その実は頑張るのが楽しみだったりする。

ん。匂いがいつもと違うな。えらく抹香《まっこう》臭いじゃないか。

そう気づいた途端、大きな目玉と目が合った。格天井《ごうてんじょう》の中で龍が八方を睨《にら》んでいる。そのまま視線を下ろすと金色の釈迦《しゃか》如来《にょらい》が蓮台《れんだい》に坐しているのが見えて、私はようやく現実に戻った。

小坊主らが慌ただしく回廊を行き来している。

そうか、いよいよか。

察しをつけても、胸の裡《うち》は静かに凪《な》いでいる。来る日も来る日も精魂込めて働いて、己の仕事に惚《ほ》れ抜いた。だからもう、思い残すことは何もない。

青葉で染まったような風に誘われて、私は外に目を移した。舞良戸《まいらど》は開け放たれており、庭の白砂《はくしゃ》が照り映える。

「御前《ごぜん》。もしや、わら栄《えい》の御前じゃありませんか」

振り向くと、愛想の良い男が小腰を屈《かが》めている。

「もったいない。そんな大層な名で呼んでいただく身分じゃありませんよ」

「ああ、やっぱりさいでしたか。こんなとこで名人とご一緒できるとは、あたしも後生《ごしょう》がいい」

男は商家の手代上がりというところか、うまい具合に甘味をまぶしてくる。本堂には仲間が大勢集まっていて、私は目を瞬《しばたた》かせた。

「それにしても多いね。ちょっとうたた寝してる間に、また増えた」

「さいですね。三百がとこは集まってるんじゃあないですか。おや、おまけにまた新入りだ」

手代が示す方に私は目をやった。新入りの一人は図体の大きな若者で、己の処遇を観念できないのか大声でわめき散らしている。

「何で俺が寺なんぞに追っ払われなきゃなんねえ。ちくしょう、出しやがれっ」

手代は「往生際《おうじょうぎわ》が悪い」と眉《まゆ》を顰《ひそ》めた。「あちらの娘さんは御殿育ちでしょうか。それにしてもまあ、さめざめと」

綺羅《きら》をまとった娘は泣きじゃくっていて、周囲の女たちが手を焼いている。私は思わず溜息を吐《つ》いた。

「心ない主《あるじ》に、さぞ無茶な扱いを受けてきたんでしょうな。もしくは、ろくろくお呼びがかからぬまま見限られた口だ。私らは主を選べぬうえ働きも主次第、こればかりはいかに抗《あらが》おうともどうにもなりません」

そして私は口の中で言葉を継いだ。

「にしても、若い身空で気の毒なこった。やり残したこともさぞ、多いだろうに」

独り言のつもりだったのに、私の背後で「まことに」「ほんに」と相槌《あいづち》を打つ者がいる。気がつけば周囲に随分と集まっていた。すると手代は何を思ったか、「ねえ、皆さん」と周りを見回した。

「ここに居合わせたのも何かのご縁です。せっかくだから御前を囲んで、話をうかがうことにしましょうよ」

「そんな、滅相もない。私は寄席《よせ》にかかわる稼業だったが、噺家《はなしか》じゃありません
よ」

「御前の噂《うわさ》は皆、何度も耳にしてるんですよ。そのご本人が目の前にいなさるんだ、
こんな結構な機会を逃すって法はありません」

「いいえ。他人《ひと》様にお話しする事なんぞ、私は何ら成しちゃあいません」

手代は鼻先で手を振って、眉を八の字に下げる。

「ご謙遜を。あたしら、知ってんですから」

「知ってるって、何をですか」

「ああたの字は、物を言う」

皆が一斉に頷《うなず》いて、私は不覚にも胸が熱くなった。

仲間からかほどに評されようとは、たとえ世辞でも冥利《みようり》に尽きる。

と、袈裟《けさ》懸けの僧侶が数珠《じゆず》を手に何人も出てきた。銅鑼《どら》や鉦《かね》も、じゃらんぼんと鳴
っている。

「けど、もう時がありません。……そろそろ支度《したく》ができたようです」

すると奥の方の誰かが「いや」と首を伸ばした。

「あれは某《それがし》らの法要ではござらぬよ。今日、前《せん》のお奉行《ぶぎょう》の葬儀がござってな。某らのは日延べされたようだ」

「前のお奉行って。はあ、さようですか。お亡くなりになったんですか」

不思議な巡り合わせを感じながら、私は合掌した。新入りの若者は暴れ疲れたのか、空《くう》を睨んで貧乏揺すりをしている。娘は泣き腫《は》らした目に線香の煙が痛いとでもいうように、小袖の袂《たもと》で顔をおおう。二人を見やるうちに、私の中でふと動くものがあった。

「じゃあ、退屈しのぎに語らせていただきましょうか」

「待ってましたッ」

やんやと声が上がった。誰もが話を欲して目を輝かせる風景を、私は懐かしいような思いで見渡した。

「お聞き苦しいことも多いと思いますよ。どうか、そのつもりでおつきあいを願います」

私の初めの持ち主は、「画師御前《えしごぜん》」と綽名《あだな》された名工でした。そう、私は三禮堂《さんれいどう》と号したあの三代目鳥居清忠《とりいきよただ》の筆だったんです。

ご承知のように、三禮堂の旦那は歌舞伎看板の画師でありながら勘亭流《かんてい》の文字を能《よ》くする御仁でね。芝居の場面をそれは華やかに描いて、そこに添える演目の外題《げだい》や役者陣の名がまた、いいんだ。絵の興を高めるような文字でね。しかも自身が常綺羅《じょうきら》で、藤巴《ふじどもえ》の黒紋付に帯は白の博多献上《はかたけんじょう》なんて形《なり》で芝居小屋に出入りするから、役者に間違えられたのも一度や二度じゃない。その頃からじゃないでしょうか、画師御前なんて二つ名を奉《たてまつ》られたのは。

いいえ、私は御前の仕事には役に立っていませんよ。本当です。何しろ御前は極上の筆を何十と揃えてましたから、私なんぞその他大勢のごまめでした。肚《はら》の中では今に見てろと思ってましたがね。今に飛び切りの仕事をして、いつか天下を取ってやるって。

ところが、です。御前のもとに妙な男が日参してくるようになって、私の心組みはすっかり狂わされちまった。忘れもしません、あれは天保七年の春でしたな。え、二十年前かって。はあ、そうなりますか。私には何もかも、つい昨日のことのように鮮《あざ》やかですがね。

「使い古した筆があったら譲ってくださいやせんか。お頼み申します」

男は喰い物商いの看板字を書く職人だと、名乗りました。年の頃はさしずめ二十

四、五で、ということは年季を終えてお礼奉公を済ませ、己の腕で渡世を始めて間もないってことです。まあ、駆け出しなのは一目瞭然の若造でした。
「お捨てになるようなのを一本、一本だけお願《ねげ》ぇしやす」

男は呆《あき》れるほど熱心にやってきて、拝まんばかりに頼む。ですが他人様に頼みごとをするのに菓子包みを差し出すわけじゃなし、ただ闇雲に頭を下げるだけだから御前はまるで相手にしません。

「帰っておくんな。あたしはね、あたしがもう一人欲しいほど忙しいんだよ」

ところが、その男もしつこいんですよ。御前が居留守を使おうが弟子らに追い返されようが、足繁く通ってくる。挙句は芝居小屋の楽屋から湯屋にまで押しかける。御前は逃げる。そんな騒動をひと月ばかり繰り返しましたかね。

あの日は朝から、花散らしの雨が降っていました。男は庭伝いに仕事場に入り込み、敷居際に諸膝《もろひざ》を揃えて坐り込みました。そしてまた、冷たい土間に額《ひたい》をくっつけるようにして頭を下げる。

「御前、後生です」

男は傘も持っていないのか、藍木綿《あいもめん》の着物の肩には濡れた花びらを一杯くっつけていました。弟子らが総出で腕を引っ張ろうが背中を突こうが、頑として動きません。

しかも何とも一本気な目をして見上げるものだから、御前もさすがに気味が悪くなったんでしょう。

「しようがないねえ。もう放っておき」

江戸では通人《つうじん》で知られた御仁ですからね、誰かを番屋に走らせたら外聞が悪いんです。放置された男は、御前が板間に屈んで仕事をするのを喰い入るように見つめていました。

やがて雨が上がり、本石町《ほんごくちょう》の鐘の音が妙に澄んで響きました。

「おや、もう暮《くれ》六ツじゃないか。今夜は七代目と夜桜だ。みんな、後は頼んだよ」

御前が土間に下り立つと、弟子が一斉に立ち上がる。男はまたひしと御前に目を据える。

「呆れた。お前、まだいたのかい」

御前は懐《ふところ》手をして男を見返すと、何を思ったか、下りたばかりの板間にまた上がってきました。

で、筆立ての中から一本をひょいと摘《つま》み上げ、その男に放り投げたんです。

「ほれ、持ってお帰り。これっきりだからね。金輪際《こんりんざい》、来ないでおくれよ、いいね」

塩の代わりに撒《ま》かれたのが、この私でした。

「何の因果で、こんな貧乏臭い職人のもとにやられなきゃなんない。放せ、この野郎」

私は我を忘れるほど腹を立て、身をよじってわめきました。今だから口にできることですが、最もこたえたのは主にすげなく捨てられたということでした。

あの時、私はもう終わったと思いました。

その職人は栄次郎《えいじろう》という名で、神田《かんだ》は豊島町《としまちょう》の藁店《わらだな》という土地に住まっていました。

西両国広小路《にしりょうごくひろこうじ》の盛り場は目と鼻の先、芝居小屋や寄席などが犇《ひし》めいて、それは繁華でした。ですが藁店辺りまで来ると神田川沿いの葦原《あしはら》が深くて、じめじめと湿った臭いが鼻をつく。

栄次郎の家は裏長屋で、とっつきの土間と板間が仕事場です。あとは奥に四畳半が一間きり、油障子《あぶらしょうじ》を引いたら中が全部見渡せてしまいます。御前の屋敷は贅《ぜい》を尽くしていたうえ仕事場だけでも長屋の一棟ほどの広さがありましたから、私の身の上はまさに都落ちでした。

栄次郎の仕事場には掛看板や台行燈《だいあんどん》が所狭しと並んで、足の踏み場を見つけるのも一苦労だ。いえ、看板や行燈そのものは出来上がったのが運ばれてくるんですよ。それに「二八そば　叶屋《かのうや》」「江戸前大蒲焼《かばやき》　いも川」なんて具合に字を入れる、そんな稼業です。

「あ、お帰りぃ」

自分が帰ってきたのに「お帰り」なんて言いながら入ってきたのは、栄次郎の女房のようです。買い物に出てたんでしょう、前垂れで包んだ青菜を台所の桶に移している。

「お腹空《なかす》いたでしょ、すぐに用意するからね」

「いや、お前《め》ぇも朝から働き通しじゃねえか、一服しな」

「今日は日暮れまで、やたら忙しくってさ。大福だけで百皿は出たと思うよ」

「そいつぁ繁盛だな」

「そりゃあ、もう。ほら、噺家の正蔵《しょうぞう》が寄席を持ってるでしょ、林屋《はやしや》っての。あすこが大入りでさあ、そのおかげ」

私はその時、「へえ」と思いました。女房は台所の板間に坐り込んで青菜の根を包丁で落としてるから亭主に尻を向けているし、亭主も仕事場で私をためつすがめつしてるもんだから背を向けたままだ。けど、交わす話の息はぴたりと合っている。私は男ばかりの仕事場しか知りませんでしたから、夫婦というものがちょいと珍しく映ったんです。

「そう言えば、お前さん、今日、あいつを見かけたんだよ」

「あいつって」

「ろくでなしよ。へらへらと愛想振り撒きながら広小路を歩いてんの。ここで会ったが百年目、とっちめてやるって思ったんだけど、なにせこっちはてんてこ舞いの最中でしょ。やれ茶碗が引っ繰り返った、やれ俺っちの傘がないなんて追い回されてる間に見失っちゃった」

「人違いだろう、喜楽《きらく》は上方《かみがた》じゃねぇか」

「お前さんも見込みが甘いわねえ。あいつが上方の師匠んちで務まるわけないじゃない。とっくに尻尾巻いて江戸に帰ってきてたのよ、あいつ」

「おくみ、手前《てめ》ぇの兄さんをあいつ呼ばわりするのは、いい加減よしにしてやんな」

「何言ってんの。あたしたちが、あのろくでなしにどんだけ迷惑かけられてきたと思ってんの。ふん、どこが噺家の喜楽でござい、だ。子供ん時から舌先三寸で悪さのし放題、そのくせ高座《こうざ》に上がったらしどろもどろなんだから始末に負えない。いつだったか、ほれ、真《ま》っ蒼《さお》んなって、あぁとかうぅとか唸《うな》ってたら、どっか躰《からだ》の具合が悪いんじゃねえかってお客に心配されたって、ほんと笑えない。そうだ、ねえ、どうする。そろそろ蚊帳《かや》を請け出しとかないと、夜、寝らんないよ」

おくみは青菜を鍋に入れ、菜箸《さいばし》を持ったままようやく亭主の方へ顔を向けました。口は達者だが目鼻はこぢんまりとしていて、ま、口許《くちもと》からのぞく八重歯が愛嬌《あいきよう》と言えぬでもない、ってな顔立ちですな。着物ときたら何度も水を潜ったらしき大古着に、前垂れも継《つ》ぎ接《は》ぎだらけで地の布が見えないような案配で。御前の屋敷じゃ、小間使いの女中のお仕着せだってもっと小ざっぱりしてましたよ。

「ん、まあ、何とかするさ」

栄次郎の返事は呑気《のんき》なものです。まあ、看板や行燈の文字書きなんぞ、何文字書いても一つの注文で四十文がとこが相場でしたから、蕎麦《そば》が二杯に煙草《タバコ》の刻みを買ったらそれで終《しま》いですな。それで奴さんは紺屋《こうや》の仕事も請け負っていました。ええ、法被《はっぴ》に入れる屋号なんぞの下絵書きです。

ただ、夫婦が貧乏な理由は、栄次郎の稼ぎが足りないからだけじゃないようでした。

おくみの言うことから知れたんですが、兄に拝まれて銭を工面してやったのが尾を引いていた。三人は同じ長屋で育った幼馴染みらしいんですが、人助けも身の程ってものを弁《わきま》えてしなくっちゃ。そんなことだから筆の新品も誂《あつら》えられないんだよ、こっちはいい迷惑だって、私はますます栄次郎を見下げましたね。

青菜の煮びたしを拵《こしら》えたおくみは家の前の路地に七輪を出すと、団扇《うちわ》を持って屈み込みました。仕事から帰ってきたらしい男が道具箱を担いだまま、ひょいと声をかける。

「よお、今夜は鰯《いわし》の生干しかい」

「うん、明日も明後日《あさって》もだよ」

「たまには鰹《かつお》の端《はし》切《き》れでも口にしてぇよなあ。そうだ、栄ちゃん、いるかい」

男は開け放した入口に頭だけを突っ込むと、

「なあ、伊《い》豆《ず》家《や》さんがやっぱ、どうでもお前ぇに頼みてぇんだとよ」

「じゃあ、ちと待ってもらうことになるが」

おいおい、下っ端の職人が一人前に客を待たせるだと。蚊帳を請け出す銭はどうする。

「待ってってよ。行燈は栄次郎の字でなくっちゃあ、明るくねえってさ」

栄次郎は黙って笑みながら、「ん」と頷きました。

それを見ていた私は、また鼻を鳴らしたもんです。

やけに自信ありげだが、俺を簡単に遣《つか》いこなせると思ってたら大間違いだぜ。

ところが、私の出番はひと月過ぎてもこなかった。

安い賃仕事に使われるのは真っ平御免だと思ってましたがね、栄次郎はじいと腕組みをして私を眺めてばかりいるんだ。いわば三顧の礼ってやつで迎えた私に触れもしないなんて料簡《りょうけん》が知れない、こいつは腰抜けかと呆れ返りました。

栄次郎がようやく私を手にしたのは、梅雨《つゆ》が明けた時分でしたか。日暮れ前から花火の轟音《ごうおん》が響いていましたから、ちょうど両国の川開きの日でしたよ。仕事場には細長い格子窓が穿《うが》ってあるんですが、空の向こうに赤や黄色の火の粉が舞い降りるのが遠目にもよく見えたものです。

「ねえ、お前さん、今年も行かないの、川開き」

「まだやりてえことが残ってるから、お前、行ってきな。ゆっくりしてこい」

「そう。悪いね。じゃあ」

おくみは団扇片手にいそいそと、近所の女らと連れ立って出掛けました。

私は小さな文机《ふづくえ》の上の竹筒に入れられていましたから、栄次郎の仕事ぶりをとっくりと見物することにしました。箱行燈に張られた紙に「御茶漬　山や」なんてのをいくつも書き上げては、それを土間に下ろして乾かしていきます。

花火の音と人声で外はやけに賑《にぎ》やかで、でもそんな夜の家の中はかえって静かで。栄次郎が黙々と手を動かす、その息遣いまでが耳朶《じだ》に触れるような気がしました。

やがてそれらを仕上げ切ると、栄次郎は板間の上に硯《すずり》を移し、反故紙《ほご》を広げました。そして竹筒ごと両手で持ち上げると、己の膝のわきに置いたんです。栄次郎は一瞬、私を見つめると、すっと軸を持ちました。

気がつけば私は硯の海に浸っていて、たっぷりと墨を含んでいました。なかなかいい墨で、何とも言えない香気です。「極楽、極楽」なんて呟《つぶや》きながら肩まで浸かり、その後、引き揚げられて陸《おか》で穂先《ほさき》を整えられる。余分な墨を抜いてから降り立った紙の面《おもて》は微《かす》かに毛羽《けば》が立っていて、それがまた何とも言えぬ心地よさだ。私は思わず、笑い出しそうになりました。

起筆《きひつ》は丸く、私はゆっくりと右へ滑らされました。で、次はどこへ動くかと張り切れば、栄次郎は横棒一本を書いたきりで私を置いた。拍子抜けもいいところです。しかも紙の上を見るなり眉を寄せました。

「こんなんじゃねえ」

栄次郎はそれから「一」の字だけに取り組みましたが、どうもうまくいかない。ははんと、私は察しをつけました。御前の勘亭流を真似《まね》ようってぇ肚だな、って。ですがいかほど目に焼きつけた形といえども、いや、たとえ手本を目の前に置いたとしても、名手の文字はちょっとやそっとで会得《えとく》できるものじゃありません。

久しぶりに身を動かした歓びなんぞ消し飛んじまって、私は癇癪《かんしゃく》を起こしました。何だ何だ、その遣いようは。手首から先だけでやっちゃあ駄目なんだよ。お前《め》ぇ、御前の仕事場に坐り込みながら、いってえ何を見てた。

私の怒声が届くはずもなく、しかも驚くことに、栄次郎はその日から毎晩毎晩、一の字だけを書き続けたんです。たまったものじゃありませんよ。皆さんも覚えがおありでしょうが、手首に力を入れて動かされると、こっちは紙に身を押しつけられちまって方々の毛が従《つ》いてこない。だから文字の端々が厭《いや》な割れ方をします。これは草臥《くたび》れますよ。そのうえ出来が拙《まず》いんだから、骨折り損じゃありませんか。

けれど栄次郎はしぶとくてね。蒸し暑さが募る夜など、下帯一つになってやってました。そんな夜をいくつも過ごして、私はふと己の身のしなりが強くなったことに気がついた。

栄次郎はしっかと腰を据え、肩も背も使って書くようになっていたんです。

それでも奴さんはまだ満足しない。御前の勘亭流をただ真似ようという料簡じゃない、己なりの何かを探しているようでした。

「ここだ、ここで気を緩めちゃなんねえ」

栄次郎は口の中で呟きながら、躰全部を使って私を揮《ふる》います。そう、初めから最後まで同じ力加減で動かさないと、妙な所で痩《や》せたり太ったりした、よろけた一になってしまいますからね。そのうち、終筆《しゅうひつ》に工夫が加わるようになった。いったん私を紙から離し、くいと穂先を上に動かして雫《しずく》の形を作ったんです。すると、一の左端と右端が同じ角度の斜めになった。

これには私も唸りましたよ。輪郭がいかにも江戸前の、しゃっきりと鯔背《いなせ》な一なんです。

栄次郎も目を見開いて、女房を呼びました。

「とんでもねえ物を手に入れちまった」

仕立物の内職をしながら夜なべにつきあっていたおくみは針を仕舞ってから立ち上がり、顔を覗《のぞ》かせました。

「何よ、とんでもない物って。ああ、それ。そういえばいつだったっけ、やっと何かを譲ってもらえたとか何とか言ってたね。ほんとにいいの、それ」

実の兄貴を「あいつ」、亭主の生業《なりわい》に欠かせぬ筆を「それ」呼ばわりとは、まったく口の悪い女房です。けれど栄次郎は目を輝かせて、声も少しばかり上ずらせていました。

「こんなに運びも留めもしやすいのは初めてだ。いい具合に脂っけが抜けてるから腰が強《つえ》えし、弾む力も半端じゃない。……こいつぁ、とんでもねえ」

私はちと面映《おもは》ゆくて、また「へん」と鼻を鳴らしました。

今頃、気づきやがったか。

「さすが、御前が下ろしなすっただけのことはある」

「って、どういうこと」

「最初の遣い手が肝心ってことだ」

「よくわかんないけど、お前さん、それで御前とかいう人んとこに通ってたの」

私はおくみよりもはっきりと、腑《ふ》に落《あ》ちました。おや、皆さんも思い当たる節がありのようだ。そう、我々の筋目の良し悪しは、初めの下ろし方で決まる。

栄次郎もそのことに気づいていて、三禮堂の旦那のお下がりを分けてもらえまいかと通ったようでした。それからですよ。おくみが私のことを「御前」と呼ぶようになったのは。

筆洗いも自ら買ってでましてね、なかなか丁寧に洗ってくれるんです。腰から肩、咽喉《のど》、穂先まで揉んで墨を洗い落としたら、手拭いで手早く水気を拭いてくれて。綺麗さっぱり乾いた後は、命毛《いのちげ》がぴくりと甦りましたね。

栄次郎は己の「一」を見つけた後、順に「十」「百」「千」と修練し、また元に戻って「二」「三」をものにしました。そして「四」に行き着いたのは忘れもしない、十五夜でした。

ご承知の通り、四という字は口の中で髭《ひげ》がハネています。栄次郎はこのハネを書かず、縦棒と横棒だけで形作りました。ちょうど口の中に円という字を重ねた格好です。すると、何が生まれたと思います。

白ですよ。墨色の縦棒、横棒の中に細長い四角が縦に三つ、さらに横長のが一つ。これらが綺麗に並んでいましてね。

私は栄次郎の手の中で、声を張り上げました。

墨色の文字ってのは、己だけじゃない。白も一緒につれて生まれてくるんだな。

栄次郎も反故紙を両手で持ち上げて、こう、目の前にかざしましてね、穴の空くほど見つめていましたっけ。

ちょうど行燈の灯が切れて、窓から差し込む月の光だけがくっきりと丸かった。

私はそうして、新しい主にぞっこんになったんです。

三笑亭《さんしょうてい》喜楽がひょっくり訪ねてきたのは彼岸《ひがん》が過ぎ、朝は白露《しらつゆ》を結ぶようになった頃でした。羽織をつけた洒落臭《しゃらくさ》い男が、雪駄《せった》をちゃらちゃらと鳴らしながら入ってくる。

「よう、相変わらず精が出るねえ。おくみは……って留守だよね。ふふん、それは百も承知の介だ。あんなのがいたんじゃあ危なっかしくて、おいそれと近寄れねえや」

と言いつつ背後を振り返り、路地や井戸端をもう一度確かめてから、仕事場の上がり框《かまち》にばさりと腰を下ろしました。

「喜楽、やっぱ帰ってたのか。上方の師匠は」

「駄目駄目、あっちは水が悪くって腹を下しちゃった。上方なんぞもう、無しの与一《よいち》」

「帰ってたんなら、顔見せろよ。おくみも心配してたんだぜ」

「あいつが心配するわきゃないよ。こうだっただろ」

喜楽は頭の左右に人差し指を立てて角を作ります。栄次郎はついと目の端を緩めましたが、すぐに顔を紙の上に戻しました。

「で、そこの、西両国に住まってんのか」

手を動かしながら訊《き》いた。

「こりゃ驚いた。早耳だねえ」

「いや、おくみが広小路でお前ぇを見かけたって」

「あんな人出ん中でよくも。あいつ、昔っから目敏《めざと》かったからなあ。いやね、今、散々亭《さんざんてい》で厄介になってんだよ」

「散々亭」

「え、知らないの。西両国じゃあ新参だけどね。ほら、売り出し中の桃弥《ももや》ちゃんが出てる。え、それも知らないの。相変わらず野暮《やぼ》だねえ。あのさ、娘浄瑠璃《むすめじようるり》の竹本《たけもと》桃弥って、今、鰻上《うなぎのぼ》りの人気なの。白ずくめの着物に肩衣《かたぎぬ》と袴《はかま》をつけて、可愛いの何の。でもって、芸にかけては正真よ。語りが佳境に入るってぇと髷《まげ》を振り乱して、太棹《ふとざお》の音が入った途端、簪《かんざし》があちこちに吹っ飛ぶ。それを贔屓《ひいき》の男らがさ、我先に拾い回るんだよね」

「節分みたいだな」

「何を言ってくれてんだろうねえ、この人は。あのさあ、桃弥ちゃんの簪は、今、すんごい値がついてんだよ。でね、その桃弥ちゃんがあたしにさ、ちょくちょく流し目をくれるわけよ。楽屋で一緒になるうち、えらく頼られるようになっちまって。喜楽師匠ぅって」

鼻の下を伸ばしていた喜楽が、いきなり「あいた」と素っ頓狂な声を上げました。

「ちょいと、どの面《つら》下げてこの家の敷居またいでんの」

帰ってきたおくみに、水柄杓《みずびしゃく》でぽかりと頭をやられたようです。

「痛いっ、よしなよ、痛いったら」

「へん、どうだ、これでもか、これでもか」

「顔はやめろっての、あたしゃ芸人だよ、ひゃっ」

喜楽は情けないことにやられっ放しで、顔を脇に埋めたまま横ざまに倒れ込みました。

「兄さんのおかげで、あたしがどんだけ蚊に喰われたと思ってんの。痒《かゆ》くて痒くて、ほんと往生したんだから。何さ」

「夏に蚊を出してんのはあたしじゃないや、痛いっ」

「もう堪忍してやんな、おくみ」

「駄目駄目、甘い顔したらすぐつけ上がんだから。さ、出てって。銭はもう返してくれなくていいから。返すつもりなんて端《はな》っからないんだろうけど、くれてやるわよ。だからお願い、二度と来るなっ」

おくみは戸口に仁王立ちしています。

「あたしだって、あれは悪かったたって思ってるよ。だからお詫《わ》びにいい話を持ってきてやったのに、何てことすんの」

額に赤いたんこぶを拵えた喜楽は泣き声を上げながら、するりと両の足を持ち上げ、そのまま四つん這《ば》いで奥の四畳半に上がり込みました。その素早さときたら、虫並みでしたな。長火鉢の前に辿《たど》り着いたらば何喰わぬ顔で腰を据え、勝手に抽斗《ひきだし》の中を掻き回しています。煙管《キセル》を取り出して火をつけると、「栄ちゃん、遠慮してないで上がってきなよ」なんて図々しい口をきく。

栄次郎は「じゃあ、一服つけるか」と苦笑いを零《こぼ》しながら膝を立てましたが、おくみは亭主の筒袖《つつそで》をぐいと引っ張ります。

「駄目。兄さんのいい話って、兄さんにだけ都合がいい話なんだから」

「うん、まあ、いいさ」

栄次郎は尻端折《しりはしょ》りにしていた着物を下ろし、手ではたいてから奥に入りました。

「さすが、栄ちゃんは物わかりが早いや。おくみ、いいかい、こちとら散々亭に出てる三笑亭喜楽さんだよ。真打《しんうち》になるのもそのうちだって、席亭《せきてい》さんからも見込まれてんだ。その席亭さんがね、あろうことか栄ちゃんを名指しのご注文だ。どうだい、恐れ煎豆《いりまめ》だろう」

「散々亭から注文って何さ、法被でも作ってくれんの」

「やだねえ、女ってのは目先のことしか見ちゃいないんだから。あのね、こいつあ、栄ちゃんにとっては大一番の仕事だよ。よく聴きな、散々亭は今、娘浄瑠璃で大当たりを取ってるからさ、客の流れができてるうちに落とし噺にも力を入れようってぇ思案が持ち上がったわけ。で、席亭さんは番頭にこう命じなすった」

喜楽はひょいと横顔を見せて、煙管の吸口をくわえた。

「看板と辻ビラが要るね。江戸の寄席ん中でも一番の、かあっと粋《いき》に目立つのを仕立てとくれ」

今度は顔を逆に向けて、蠅《はえ》みたいに手を揉む。

「かしこまりました。して、かあっと粋ってのは、どういう。……馬鹿、それを考えて職人に仕事させるのが番頭の腕だろ。ことにあの林屋には引けを取るんじゃない、きっかり向こうを張っとくれ。……ってとまあ、負けず嫌いの席亭さんは気の入れようが半端じゃない。ところが番頭ってのは手妻《てづま》遣いの成れの果て、看板や辻ビラには頓珍漢のぽんぽこりんだ。で、見かねたあたしが助け舟を出してやったのさ。身内がちょいといい字を書くんですよ、って」

早口に一席ぶった喜楽は、「どうだい」と胸を張る。ですがおくみは両の眉を逆立てたままです。

「よくもまあ勝手に。寄席の看板文字なんて、この人は請け負ってないよ」

「でも掛看板やらの字は書いてるじゃないか。字なんて何でも一緒だろ。だいいち看板っつっても演者演目が変わったら面を削って書き替えるしさ、ビラもほんのいっとき湯屋や蕎麦屋の壁に張り出して、興行が終わったら捨てちまう消え物だ。栄ちゃんならそんなの、お茶の子さささ、気軽にやりゃあいいんだよ」

初めに「大一番の仕事だ」とぶった、その同じ口とは思えない言いようです。けれど栄次郎は腕組みをして、何やら考え込んでしまいました。

「駄目だよ、お前さん、こんなちゃらぽこに乗っちゃあ」

おくみはもう必死な形相で、栄次郎の袖に齧《かじ》りついていました。

「ああ、あった、あった。ここよ、散々亭。随分と端っこじゃないの。兄さんったらまた、話盛ったんだ」

口ぶりとは裏腹におくみの頰《ほお》は上気して、ちびた下駄の音も何だか明るい。

栄次郎夫婦は散々亭に掲《かか》げてある看板を己の目で見てみたいと、仕事の合い間を縫って西両国で待ち合わせをしました。おくみはちょうど私を洗ったばかりで、そのまままお伴をさせてもらいましてね。「御前も自分の仕事、見てみたいでしょう」って、栄次郎の懐に私を突っ込んだんですよ。

広小路は大変な人出で、小屋から洩《も》れる笑い声や鳴物《なりもの》が入り混じり、辺り一帯が熱気でうねるようでした。

あの晩、喜楽に夕飯まで馳走《ちそう》させられて、雑魚寝《ざこね》して起きたら奴さんは姿を消していました。おくみは兄が持ち込んだ仕事が亭主にまた迷惑をかけるんじゃないかと、随分と引き留めましたよ。けれど栄次郎はききいれませんでした。

いくら消え物といえど、寄席の看板といえば人目のつき方が違います。己の腕を試してみたい、もともと持っていた気持ちに喜楽が火をつけた恰好《かっこう》でしょう。

新装成った散々亭は想像以上の立派な構えで、人の背丈ほどもある仕立物《したてもの》の菊鉢が並んで大層、風流です。見上げれば二階建の建物には入母屋《いりもや》の屋根が秋空に映え、正面の軒庇《のきびさし》には提灯がずらり、その下の招木《まねき》は檜《ひのき》の一枚板で作られた庵《いおり》看板で、有名どころや人気者の顔ぶれが並んでいます。三遊亭円生《さんゆうていえんしょう》を始め音曲噺《おんぎょくばなし》の船遊亭扇橋《せんゆうていせんきょう》、写し絵の都楽《とらく》や都々逸坊扇歌《どどいつぼうせんか》、むろん娘浄瑠璃、竹本桃弥の名もありました。

それらを記した文字のことごとくを、栄次郎ひとりが書き上げました。納品には日が限られていましたが、焦って手をつけるという真似はしませんでしたね。毎晩、ろくろく横にもならずに文字を練ったものです。

「寄席看板はまず遠目で目立たなくちゃなんねえ。ということは……」

栄次郎がまず創意を凝らしたのは文字の太さです。それは、これまで修練してきた栄次郎自身の字が元になりました。線の太さに揺るぎがなく、左端と右端がきっかり同じ角度の斜めになっている、あの字です。そして白場《しろば》の残し方にもさらに工夫を加えました。大入り繁盛を願って文字の間隔を空けず、地色の白を埋めるように、さらに客入りが尻上がりになるようにと、文字を右上がりに揃えて書いたんです。

通りがかりの客はまず看板を見上げましてね、演者と演題を確かめる。

「散々亭てな娘浄瑠璃だけかと思ったら、なかなか、いい番組《ばんぐみ》じゃねえか」

「芝居噺の円生か。近頃は歌舞伎も木戸銭が高くなって迂闊《うかつ》に入れやしねえから、一つ、寄っていくか」

「なあ、それにしてもこの字を見てみな。隙間の埋め方が、何とも乙粋《おついき》だ」

「うん、勢いがある。都々逸坊なんぞ、今にも口を開きそうだ」

「そういや、この字、湯屋で見たビラと同じ体《てい》だ。書き手は同じ奴だぜ、きっと」

おくみは栄次郎に寄り添うようにして、くすくすと小声ではしゃぎました。

「みんな、目に留めてくれてる。嬉しいねえ、ビラも大層な評判を取れたし」

栄次郎が看板と共に注文を受けた辻ビラは二束《そく》の二百枚、それを一枚一枚、精魂込めて三日で仕上げたものです。最後の二十枚あたりでは腕が上がらなくなっていましたが、そこは私の踏ん張りどころ、書き始めは墨を含んだまま腰をため、留める時は最後の一滴までを出し尽くしました。

いえ、流派のある書の道ではかすれや滲《にじ》みも妙味になりましょうが、看板やビラではほんの少しのかすれも汚く見えるんですよ。己の腕をしごくうちに栄次郎がそんな考えを抱いたことは私にもわかっていましたから、文字のハライやハネまで計算し尽くして動きました。

じつは、ビラ文字の当初の評判はぱっとしませんでね。「隙間が詰まり過ぎて読みにくい」なんてケチをつけられましたし、頭の硬い連中からは「ありゃあ、文字か絵か」なんてキワモノのような扱いも受けました。けれど日を追うごとに「いや、こいつはいいよ」という声がちらほらと届くようになって、気がついたら神田じゅうのビラが綺麗さっぱり消えていました。

そう、文字に惚れた連中が剝《は》がして、持って帰ってしまったんですよ。

よくよく考えたら、当時の公方《くぼう》様といえば何かにつけて華美なことのお好きな家斉《いえなり》公でした。だから下々にも風流を解する気風が行き渡って、文字に対する目も肥《こ》えていたんですな。

おくみは散々亭の看板を、しみじみと見上げました。

「長屋の誰かも言ってたけどさ、お前さんの書く字って不思議と形が胸に残る。何かこう、気を惹《ひ》かれて仕方がなくなる」

「いや、それは御前のおかげだ」

栄次郎の息が懐にかかって、「なあ、相方」と呟いたのが聞こえました。

私は思いも寄らぬ分け前をもらったような気がしました。私らがいかほど懸命に仕事をしたって、その手柄は全部、主の掌中にある。それは至極当前のこと、何の不服もありはしません。でも栄次郎は私を、苦楽を共にする相方だと言ってくれたんです。

ところが辺りは押すな押すなという混雑になっていて、おくみは何を聞き違えたのか、ぷんと口を尖《とが》らせました。

「兄さんのおかげなんかじゃあるもんですか。お代を持ったまんま、どろんって、あんまり情けなくって涙も出やしない」

喜楽は己が斡旋《あっせん》した寄席看板と辻ビラの文字代金を猫糞《ねこばば》して、またぞろ消えちまったんです。

そういえば栄次郎が品物を納めに散々亭を訪れた日も、何か修正があったらいけないってんで、私はお伴をしていましてね。喜楽とはちょうど入れ違いで、代わりに番頭さんが応対してくれました。

その時、喜楽は寄席の使い走りに過ぎないことが知れたんです。栄次郎はおくみに黙っていますが、まあ、そのうち露見するでしょう。

「ごめんね、いつも迷惑ばかり」

「いや。誰のためでもねえや。全部、手前《てめ》ぇのためにやった仕事だ」

散々亭の番頭さんは風采の上がらない小男で、ですが苦労人なのか物腰のこなれた人でした。喜楽はどうやら、席亭にいい顔ができたら娘浄瑠璃の桃弥も靡《なび》いてくれるはずだという浅墓《あさはか》な胸算用で、無理に仕事を引っ張ったようでした。番頭さんはそれも、他愛のない笑い話にしてくれていましたが。

「ねえ、どうしてお前さんはいつも兄さんに怒んないの。昔っからだよね」

「さあ。何でかな」

栄次郎は散々亭の客の入りを眺めながら、小さく笑っただけでした。

散々亭を飾った文字が大いに目立って大入りを続けてから、五年ほど経った頃だったでしょうか。栄次郎は「藁店に住まってる栄次郎」をつづめて「わら栄」という通り名を持つようになりました。

「お蕎麦できたよお。さ、伸びないうちに食べて。え、亀《かめ》ちゃんがまだ。遅いね、どこで道草喰っててんだか」

水茶屋勤めをやめたおくみは、毎日、四人分の飯を用意するのに大わらわです。散々亭の仕事以降、他の寄席からも注文が相次ぐようになって、栄次郎は肚を括《くく》って寄席の文字書き一本になりました。今では弟子も二人抱えている。二人合わせても、まだ半人前にもなりはしませんがね。

東西の両国の寄席や見世物小屋は江戸者だけでなく諸国から見物に訪れたお上りさんでますます賑わっていまして、そこかしこで「わら栄」の文字が目につくもんですから、今や上方の寄席でもあの文字の書き方が真似られているようでした。

そうそう、喜楽が入れあげていた桃弥の人気も飛ぶ鳥を落とす勢いで、揃いの羽織をつけた若い衆らが桃弥の行く先々に従いて追っかけるほどの熱狂ぶりです。

「ねえ、お前さんが坐らないと、皆、箸を持てないんだから」

「ああ」と応《こた》えながらも栄次郎は腰を上げません。辻ビラの注文だけでも三束、五束ですから、私だってもう働きづめですよ。

黄表紙《きびょうし》などの読み物や錦絵《にしきえ》は版木を彫りさえすれば後は要るだけ摺《す》ればいいんですが、寄席ビラは興行の月日から演者演目までそのつど変わりますから、一枚一枚書くしかないんです。ですが三十路《みそじ》前になった栄次郎の腕は充実して、私もまあ仕事が面白くて仕方がない。栄次郎も私も、寝ても覚めても文字の工夫ばかり考えていましたよ。

「あれ、亀ちゃん、いつのまに帰ってたの。黙って戸口に突っ立ってないで、ただいま戻りましたくらいお言いな」

弟子はまだ十二、三の子供です、いきなり泣き出しました。

「何よ、べそ掻くような説教じゃないでしょ。あれ、背中に包みを括りつけたまんまじゃないの。あんた、まさか品物納めずに帰ってきちゃったんじゃないだろうね」

「ビラは、もう要らないって」

おくみが「はあっ」と大きな声を出したものですから、栄次郎も私を置いて戸口を見返りました。

「どしたい、亀。何があった」

「興行が取り止めんなったから、ちょいと立て込んでて、ともかく今日はこのまま帰

 っておくれって」

おくみは竹笊《たけざる》を手にしたまま、仕事場に飛び込んできました。

「散々亭、何かあったのかしら。あたし、ちょいと走ってくる」

「いや、先方が立て込んでるって言ってなさるんだ。日を改めて俺が訪ねてみる」

そこに何やらわめきながら駆け込んできたのが、おくみの兄の喜楽です。栄次郎の仕事の代金を持ち逃げして吉原《よしわら》に居続けを決め込んでいたらしいんですが、銭が無くなったらまたいけしゃあしゃあとこの家に出入りしています。

「も、桃弥ちゃんが召し捕られちまうよう」

喜楽の顔からは血の気が引いていて、羽織の衣紋《えもん》が抜けたまま戸口の前にへたり込んでしまいました。


娘浄瑠璃の演者ら数十人が「人心《じんしん》を惑わす」という咎《とが》で召し捕られたのは、それからまもなくのことでした。皆さんもご承知のように、かの家斉公は隠居した後も大御所として権勢を揮い続けましたが、薨去《こうきょ》した途端、水野《みずの》という老中が「御改革」とやらを始めたでしょう。

華美な大御所時代はもう幕引きだとばかりに「浮ついた風俗は禁止、質素倹約に努めよ」なんてお触れが、江戸じゅうを駆け巡りました。そう、おなごの髪飾りの金銀に始まって、町人の絹物や家の新築、歌舞音曲も禁止でしたね。

そして市中に百三十余軒を数えた寄席は「御取払《おとりはら》い」を命じられたんです。人気の林屋も散々亭もすべてというのですから、三座が浅草《あさくさ》に移転を命じられた歌舞伎とはえらく扱いが違います。まあ、歌舞伎には大奥や大身のお旗本、日本橋《にほんばし》辺りの大店《おおだな》という太い贔屓筋がありましたから、御公儀《おかみ》も少し手心を加えたんでしょう。で、下々に最も身近だった落とし噺や娘浄瑠璃は、何の躊躇《ちゅうちょ》もなく潰しにかかられたわけです。

藁店界隈《かいわい》は西両国に近いもんですから、風向きによっては寄席の笑い声が漣《さざなみ》のように聞こえてきたものですが、一軒、二軒と小屋が取払われていくたび、砂混じりの空《から》っ風が吹き寄せるようになりました。

寄席の文字書きとして「わら栄」が名を馳《は》せたのも数年のこと、当の寄席が無くなってしまうんですから何もかもおじゃんです。でも栄次郎には腐る暇もありませんでした。弟子には奉公替えを勧めましたが、二人ともどうでもやめたくないと言い張ります。おまけに喜楽まで転がり込んでいたんで、一家を養うためにまた紺屋に頭を下げて孫請け仕事をするようになったんです。

栄次郎はどんな注文にも手を抜くということを知りませんから、毎日、黙々と手を動かしていました。ですが、寝食を忘れるほど好きな仕事はもう二度とできないんです。だんだん暗い目をするようになりましてね、肩先や背中からも光が失《う》せていくようだった。そんな姿をただ見ているだけなのが何とも辛《つら》くてね。

そう、栄次郎は寄席文字以外の仕事に私を遣おうとしないんです。

おい、栄さん、こんな時こそ俺を遣ってくれよ。相方じゃねえか。

竹筒の中からいくら叫んでも通じなくて。そんな己が、ほんに不甲斐《ふがい》なかったですよ。

居候の喜楽はといえば何を手伝うわけでなし、日がな、ごろごろと寝ているものですからおくみから剣突《けんつく》を喰う、すると不貞腐《ふてくさ》れて外に出る。で、二、三日したらまたふらりと帰ってくる、そんな益体《やくたい》もない真似を繰り返していました。

蒸し暑い夜、喜楽がまた何日かぶりに帰ってきました。お銭《あし》も持っていないのに誰に奢《おご》らせたものやら酔っていて、おまけに薄い眉の上から血を流している。見境なしに喧嘩《けんか》を吹っかけて、あべこべに痛い目に遭わされたようです。御改革のお蔭で景気も一気に冷え込みましたから、皆、憂さが溜まっているんでしょう、方々で喧嘩沙汰が増えていました。

「どうせやるなら勝ってきなさいよ。勝てない喧嘩なら、とっととお逃げ」

おくみはぷりぷりしながら介抱していましたが、本人は仕事場の栄次郎の足元にどさりと倒れ込み、犬ころみたいに丸まって寝てしまいました。

皆が寝静まって栄次郎はようやく仕事を一段落させると、猪口《ちょこ》に安酒を注ぎ入れました。仕事仕舞いに一杯だけ呑むというのが、栄次郎の慣《なら》いでね。と、喜楽がきょろりと目を覚まして半身を起こした。栄次郎は膝を動かして喜楽と差し向いになり、黙って猪口を差し出してやる。

おこぼれに与《あずか》った喜楽は一気に酒を呑み干し、顎《あご》の辺りを手の甲で拭きながら大息を吐いた。

「ただ酒ってのは、何でこんなに旨《うま》いのかねえ」

そして、ふいに神妙な顔になりました。

「栄ちゃん、ごめんよ」

こいつ、ひょっとして頭の打ちどころが悪かったんじゃないかって、私は耳を疑いましたね。喜楽が詫びを口にするなんて初めてでしたから。

栄次郎はただ黙って喜楽を見返していましたが、何を思ったか、猪口の中に人さし指を突っ込んだ。で、その指で土間に何かを描き始めたんです。柳の木でした。絵の筋もなかなかよくてね、枝のしだれ具合が今にも揺れそうなんだ。その下に描いたのは女の幽霊です。

すると喜楽が膝を畳み直し、顎をくいと斜めに上げました。

「昼間会っちまった幽霊に、そのわけを訊《たず》ねやした。お前さん、何で真っ昼間に出てきなさる。幽霊といやあ、丑三《うしみ》ツ刻《どき》だろ」

そこで顔の向きを変え、両の手首をだらりと前に垂らす。

「夜出るのは、怖いんです」

栄次郎がぷっと噴き出し、喜楽もつられて肩を揺する。珍しくもない小咄《こばなし》ですが、この二人は可笑《おか》しくてたまらぬように笑うんですよ。まるで子供みたいに。

「懐かしいな」

「うん、懐かしい。あの頃から栄ちゃんはいっつも地面に俯《うつむ》いて、絵だの伊呂波《いろは》だのを書いてたもんな」

「そうだ。お前が喋《しゃべ》る時だけだった、俺が顔を上げる気になったのは」

「そうだったっけか」

「ああ。呑んだくれの糞《くそ》みてぇな親爺《おやじ》に殴られた日も、おっ母《か》ぁが俺を置いて家を出ちまった日も、お前ぇが軽口を叩いてる時だけは顔を上げていられた」

蚊帳の中で二人の話を聞いていたのか、おくみが寝巻のまま起きてきました。

「あたしも。三人で笑ってる時がいっち楽しかった。日が暮れたって家に帰りたくなくて、いつまでもそうしていたくて」

私の目の前に、三つの小さな影が伸びたような気がしました。裏長屋の路地の暗がりで、西の空だけが赤い。

喜楽は「何でだろうな」と背を丸め、大きな溜息を吐きました。

「栄ちゃんの前だといくらでも喋れるのに、さあ客の前だと思うと身がすくんじまう。……一遍でいいから、桃弥ちゃんを笑わせてみたかった」

洟《はな》をすすっています。おくみが喜楽の背中をどんと叩きました。

「暇は売るほどあるんだから修業しなさいよ、噺を」

「俺ぁ、もうすぐ三十だぜ。今さら遅いや」

「何の、遅ぇことなんかあるもんか」

栄次郎も大真面目《おおまじめ》に加勢した。

「お前ぇ、一つっきりでいいから、きっちり聴かせる噺を物にしろ。したら、高座に上げてやる」

「また、そんな法螺《ほら》話。あたしに意趣返ししてんのかい。やめとくれよ。今夜はきついよ、そんなの」

「法螺なんぞじゃねえさ。寄席を開くんだ、俺たちで」

喜楽は栄次郎の真意を探るように、目を見開きました。

「栄ちゃん、これしきで酔ってんのか。そんなことしたら町方がすっ飛んできて、お縄じゃないか」

おくみも頬を強張《こわば》らせました。御公儀はご禁制破りをそれは厳しく取り締まっていて、市中に密偵まで放っているようだともっぱらの噂だったんです。

しかし栄次郎はひどく真剣な眼差しで、口の片端を上げている。

「なに、近所の、気心の知れた連中に声かけて、ここに集まってもらうだけのことだ。どうだ、おくみ、一晩限りの隠れ寄席ってのは」

おくみはしばらく俯いて、蚊遣《かや》りに杉葉を足したり団扇の柄《え》をくるくる回したりしていましたが、「そうよねえ」と呟きました。

「今は誰も彼もが塩垂《しおた》れちゃってるから、たまには皆で寄り集まって、噺のなりゆきに胸を躍らせたいよねえ。毒にも薬にもなりゃしないんだけど、でもそんな時間がないと屈託が積もるばかりよ。明日がつまんなくなっちまう」

私もそうだよなあ、と頷きました。人々が一日の終わりに集まって、誰ともなしに始めた話に耳を傾ける、寄席はそんなささやかな楽しみから生まれたんでしょう。肩を寄せ合って、一緒に泣いたり笑ったりするために。

「けど兄さん、ここが正念場よ。これで駄目ならそこの神田川にざぶん、その覚悟でやるっきゃないよ」

喜楽は熱い餅《もち》を口ん中に放り込まれたみたいに、目を白黒させました。

「ええ、とる物もとりあえず、小米《こごめ》の生噛《なまが》み、ここん小米の生噛み、親も嘉兵衛《かへえ》子も嘉兵衛……今日規式の御料理、何が良かろうと相談最中、ぼん米、ぼん豆、ぼん牛蒡《ごぼう》、……ぼん牛蒡……」

「ぼん牛蒡の次は、摘み蓼《たで》ですよ。もう、喜楽兄さんはいっつもそこでつかえるんだから」

喜楽は隠れ寄席の演目に、殿様から家来まで登場人物のすべてが早口が得意という『御加増《ごかぞう》』を選びました。ですがすぐに息が上がって舌がもつれる、次を忘れる。とても聴けたものじゃありません。仕事場で練習するんで、弟子の亀ちゃんなどはすっかり門前の小僧になってしまいました。

栄次郎は小さなビラを作り、おくみはそれをこっそり隣近所に配って回っています。そして栄次郎は一枚看板を作ることにしました。

看板といっても縦に長い紙を用意して、『三笑亭喜楽』の名と演目『御加増』を一枚に記すだけです。狭い家の中に高座の壇など設《しつら》えられませんから、喜楽は客と同じ目線で演《や》らねばならない。だからせめて一枚看板で、寄席の雰囲気を助けてやろうと考えたようでした。

紙の前に坐った栄次郎は、諸肌《もろはだ》脱ぎになりました。喜楽とおくみ、弟子らが固唾《かたず》を呑んで背後から見守っています。

すっと息を吸って吐くと、栄次郎は久しぶりに私を手に取り墨を含ませました。まずは三笑亭の「三」ですが、この字は三本の横棒が二本の白場を抱えています。この白がぴったり同じ分量でなければ、栄次郎は気色が悪い。そう、文字というものは手塩にかけた末に、書き手自身が「うん、これがいい」と得心するしかないんですよ。世間がいかに誉めそやしてくれても、自身が納得いかないものは何の値打ちもない。

そうやって、栄次郎はまず喜楽の名を書き上げました。

「へえ、喜楽兄さんの名ぁって、真ん中で折っても左右が同じなんですね」

亀ちゃんが面白いことに気づきました。まあ、栄次郎の書き方だから対称が明瞭になるわけで、金釘《かなくぎ》流だとそうは行きませんな。

次は演題の『御加増』です。私は毛筋の一本一本をまとめながら総身を伸ばし、墨をしっかりと紙に渡していきます。そしてほんの少し頭を動かして文字の角に雫《しずく》の形を作ってから身の向きを変え、右上がりに動く。角を綺麗に作ると今度は下に向かって一直線だ。

時々、身を持ち上げられるので、左へ上へと宙を動くこともある。私が息継ぎをするのはその時ですが、墨を含んだ躰はたしかに夏の夜風を感じている。いえ、ほんの束《つか》の間《ま》ですが、微かに命毛がそよぐんです。

そして次の位置に迷いなく下り、身を横たえ、動く。私は栄次郎の息にぴたりと合わせ、寸分の乱れもなく最後の横棒を引き終えました。するとより高く持ち上げられて、紙の上が見渡せます。画数の多い武張った字は、点々とできた小さな白によって何とも言えぬ可笑しみを孕《はら》んでいました。

栄次郎は幼馴染みのために、そして楽しみを奪われた者らのために、願いを込めて書きました。笑わせる者と笑う者を結ぶ、あれは極めつきの縁起文字でした。

小坊主らが庭の隅に石を組み、細い薪《まき》を積み始めた。葬儀が続いて日延べされていた筆供養《ふでくよう》が今日、執《と》り行なわれるらしい。私はその間の三日を使って、時々、行きつ戻りつしながら皆に話をしたことになる。

「いよいよでござんすね」

皆、本堂の中で囁《ささや》き合っている。だが怖《お》じけづく者はなく、誰もが落ち着いている。己の仕事を全《まっと》うした者だけが持つ、満ち足りた面持ちだ。

「御前、そのわら栄で開かれたという隠れ寄席は、いかが相成りましたの」

振り向くと、三日前、泣き暮れて周囲を手こずらせた細筆だった。軸には蒔絵《まきえ》がほどこしてあり、お武家らしい紋も見える。娘はもう泣いていなかった。

私に問うた娘の背後には穂先の割れた若者、隈取筆《くまどり》の姿も見える。拗《す》ねた振舞いは相変わらずで、だが貧乏揺すりをしながらも私の話に耳を傾けていたのはわかっていた。

周囲を取り巻く面々も、口々に「御前」とせっついてくる。

「お話ししたいのは山々ですが、もう時が足りぬでしょう」

「供養が始まるまで、まだ四半刻《しはんとき》はあるようです。その娘御のおっしゃる通りだ、顚末《てんまつ》をお聞かせくださいよ」

「客は入ったか」「喜楽はちゃんと演《や》ったか」、そのうち「気になって成仏《じょうぶつ》しきれませんよ」とまで催促されて、私は居ずまいを改めた。

じゃあ、早口で語りますから、お聞き苦しいところはご勘弁を願いますよ。

わら栄はあの日、朝から仕事場の物を端に寄せるだけ寄せて、客が坐れる場を作りました。ですが集まったのは同じ長屋に住まっている連中だけじゃない、近くの大和《やまと》町《ちょう》や橋本町《はしもとちょう》辺りからもわんさと押し寄せて、家鳴《やな》りがするほどの大入りになりました。

職人や棒手振《ぼてふ》りに出前持ち、子供を抱いた夫婦から杖をついたご隠居までが目を細めて入ってきて、奥と仕事場はむろん台所の板間も一杯で、格子戸の窓の外には目玉がずらり、はては板壁の隙間から覗いている者もいました。

喜楽はそれでまた怖くなったようで、こっそり逃げ出そうとしたんですが栄次郎に襟髪《えりがみ》を摑《つか》まれて、おくみと弟子らに力ずくで家の中に放り込まれました。栄次郎の思案に乗ったことを心底、悔いているような面持ちでしたが、やがて臍《ほぞ》を固めたように客を見回しました。

「……豆右衛門《まめえもん》がこう言上《ごんじょう》いたしますと、殿様は、ほほう、できた、できた。その早口の褒美《ほうび》として、田一反《たん》に茶一斤《きん》、田二反に茶二斤、田三反に茶三斤、田四反に茶四斤、田五反に茶五斤、田六反に茶六斤、田七反に茶七斤、田八反に茶八斤、田九反に茶九斤、田十反に茶十斤を取らするぞ」

皆、息を呑んで聴き惚れて、最後は家の中が弾けるみたいに揺れました。

いいえ、奇跡なんぞじゃありませんよ。噺というのも文字書きと似てるんでしょう、いい加減な修練しか積まずに本番でいい目をしようなんて、そんな甘いことは起きやしません。喜楽は朝から晩まで汗みずくで演っていましたからね、あの夜は舌も咽喉もこなれていました。

いや、もう、あんなに大勢の笑顔を見たのは久しぶりでした。おくみなんぞもう、ほろほろと泣きながら手を叩いていましたよ。

その後、すべての寄席を取払うというお触れが撤回されて、創業の古い十五席ほどが残されましたから、喜楽はそれからちょくちょく高座に上がるようになりました。まあ、真打にはほど遠いでしょうがね。

散々亭ですか。あそこは新興でしたから、お取潰しは免れませんでした。

そういえばあの日の夕暮れ、珍しいお客が姿を現しました。その散々亭の番頭さんです。「まあ、精々、お気張りよ」と喜楽に祝儀まで出してくれて。いいえ、噺は聴かずに帰っちまいました。後でわかったことですが、番頭さんは「召し放ち」になった桃弥と手に手を取って江戸を出奔《しゅっぽん》したんです、その晩に。

「あんな、しもけた親爺がいつのまに桃弥ちゃんと。ほんに手妻遣いだ」

喜楽の悔しがるまいことか。

そういえばもう一人、土地《ところ》では見かけない顔が客の中に混じっていましてね。町人のなりをしてはいるが何となく佇《たたず》まいが違うので、おくみは御公儀の密偵じゃないかって肝を冷やしたようです。そしたら喜楽が「なあに、心配要らねえ」と手を横に振りました。

「そいつならあたしも気がついてたが、ありゃあ堅気《かたぎ》じゃあないよ。袖口からちらりと彫り物が見えてた」

噺家ってのは演ってる最中でも客の一部始終が見えてるものなんだねえって感心しながら、一斉に胸を撫《な》で下ろしましたよ。お開きになった後にそれは立派な角樽《つのだる》が届いたんですが、誰が贈ってくれたのかはわからず仕舞いで、皆で呑んでしまいました。

そうそう、江戸に寄席が残ったのは、先だって、この寺で葬儀があった遠山《とおやま》様、ええ、当時の北町奉行、遠山左衛門尉《さえもんのじょう》景元《かげもと》様のおかげを蒙《こうむ》っているんです。

何でも、ご老中の水野様に直談判してくださったんだとか。

「下々から笑うことを奪っては、生きる心地を奪うも同然。それは、ご政道にもとる仕儀にござりましょう」

まあ、そんなところでしょうか。いずれにしても天保の御改革はあまりに急激な締めつけでしたから、中途で頓挫《とんざ》しちまいましたね。天保十四年に水野様は老中首座を罷免《ひめん》されて、翌年には寄席の制限令も撤廃されました。東西の両国ばかりか、江戸市中に寄席が戻ってきたんです。

ええ、栄次郎は今も筆を揮っているはずですよ。今日も消えものの文字にぞっこん、精魂を籠めているはずです。


と、背後で荒い足音がして、いきなり軸を摑まれたかと思うと、ふわりと身が浮いた。

「ああ、間に合った、良かった。これこれ、これが御前だ、違いない」

——ちょいと、何です、いきなり。あれ、お前さん、栄次郎んとこの弟子じゃありませんか。

近いうちに一本立ちするはずの亀ちゃんは、汗だくで息を切らしている。

——え、お前さんが私を遣おうって肚かい。無理だよ、私の躰がもうどうなっちまってるか、知ってるだろう。え、いい職人が見つかった、抜けた毛を束ね直してくれる。いや、もういいよ。老いて役目を終えた筆をこうして供養に出してくれた、それで充分だ。有難いことだよ。私じゃなくって、そこの若い者らにしておくれでないか。たしかに、最初の主は悪かったかもしれない。けどね、この子たちはまだ誰にも何にも、ぞっこんになったことがないんだ。そいつぁ、あんまりじゃないか。だから仕事をさせてやっておくれよ。ねえ、聞こえるかい、亀ちゃん。

護摩《ごま》を焚《た》く匂いが立ち始めたのに、亀ちゃんはまだ私を戻そうとしない。どうやってわからせたものか、私は途方に暮れた。栄次郎と私のように気を通じ合わせられる仲など、滅多とあることではないのだ。

すると亀ちゃんは左手に私を握ったまま、広蓋《ひろぶた》の中を見渡し始めた。額から鼻の下まで汗の玉を光らせながら、三百はいる筆を指先で順になぞっていく。隈取筆と紋入りの細筆の上を通り過ぎ、と、また戻って二本を取り上げると、私がいる掌《てのひら》の中に納めた。

——でかした、見直したよ。さすが栄さんの弟子だ。じゃあね、あたしはこれでおさらばだ。亀ちゃん、これから精々修業して、親方みたいな文字書きにおなりよ。

え、何だって。あたしも一緒って、そんな、今さら若い者の面倒なんてやだよ、勘弁しておくれよ。

けれど亀ちゃんは奮い立つような笑みを満面に浮かべると、小坊主を摑まえて頭を下げ、これこれしかじかと了承まで得ている。

参ったねえ、やれやれ。しつこいとこまで親方譲りか。

――皆さん、そういうわけで、私はもう一奉公せねばならないようです。

頭を下げると、皆は私を見上げながら「ええ」「ええ」と答えた。

――その二人をよろしくお頼みしますよ。

――なあに、ちっと後れを取りますがね、私もすぐに参ります。この二人の仕事ぶりをあの世で披露しますからね、お楽しみに。

同じ掌の中の若い二人は仰天して、声も出せないでいる。

「ぼんやりしてないで、しゃっきり覚悟するんだよ。あんたたちは何もかも、これからなんだ」

本堂を出ると、青葉の梢《こずえ》の向こうを夏燕《つばめ》が飛んだ。

千両役者

火鉢にかけた鉄瓶の蓋《ふた》が、りんりんと鳴っている。

芝居がはねた後、花六《かろく》は大部屋の壁にもたれて摺物《すりもの》を見ていた。

毎年、冬の初めに出回るのがこの番付《ばんづけ》だ。名のある歌舞伎役者が一年の間にいくら給金を受け取ることになったかを記し、市中に触れ回るのである。

今年は千両役者がたった三人か。しけてやがる。

花六は舌を打ち、紙を持ったまま片膝を立てた。

江戸三座がこの猿若町《さるわかちょう》に移される前、文政の頃には三代中村歌右衛門《なかむらうたえもん》が千四百両、三代坂東三津五郎《ばんどうみつごろう》は千三百両、五代松本幸四郎《まつもとこうしろう》が千二百両と、千両役者が六、七人はいたという。

俺ももっと早く生まれていたら、いつまでもくすぶってなかっただろうによ。

茶碗の中で賽子《さいころ》が回る音がして、皆が一斉に声を上げた。

「やあ、また親の総取りだ」

花六は紙から目を離し、煙管《キセル》に火をつけながら部屋の真ん中に目を這《は》わせた。大部屋の朋輩《ほうばい》らが車座になって遊んでいる。昔は時折、花六も交じっていたのだが賽子ごときに己の運を使うのも馬鹿馬鹿しくなって、つきあわなくなった。今は誰も誘ってこない。

「もう、やだ。あたし、いち抜けた」

不貞腐《ふてくさ》れて立ち上がったのは四十前の女形《おんながた》、金太郎《きんたろう》だ。花六に苦笑いを投げかけながら、火鉢を挟んで向こう側に横坐りした。

「今夜も、負け逃げよ」

「ご愁傷さんです」

「どういたしまして」

鉄瓶の湯を土瓶に差し、茶を淹《い》れている。「おや」と湯呑《ゆのみ》を持ったまま尻を動かし、花六の手の中を覗《のぞ》き込んだ。

「それ、むかつき番付じゃないの。今年の、もう出たのかえ」

頓狂な声を出したので、遊んでいる連中がふいに静かになった。勝っている者も負けている者も一様にこっちを振り向いて、けれどそれは束《つか》の間《ま》で、すぐに「さ、張った、張った」と輪の中に顔を戻す。

金太郎は眉間《みけん》にくの字を何本も寄せ、口許《くちもと》に掌《てのひら》を立てた。

「花六ちゃん、こんなの、楽屋で見るもんじゃないわよ。むかつく」

番付に並ぶ給金は長屋者にとっては一生、縁のない大金で、皆、「大したものだ」と感嘆の声を洩《も》らす。一年で軽く千両を稼ぐ花形役者が舞台にいてこそ身過ぎ世過ぎを忘れ、しばし夢のごとき世界に酔えるのだ。

ところが千両役者の下欄、さらにその下を見れば、「なんだと」と目を剝《む》くことになる。ことに稼ぎが自慢の大工、大きな日銭を動かす魚河岸《うおがし》辺りでは、「あんな大根が三百両も取ってやがんのか」と負けん気を出す者が多い。

それは役者にとっても同じことで、千両役者についてはもう雲の上に置いている。その下で鎬《しのぎ》を削っている者同士が、「何で、あたしがあいつよりも安い」と胸を悪くするのだ。

役者は興行主である座元《ざもと》と、一年の約定《やくじょう》を交わすのが常だ。つまり主だった役者は毎年入れ替わり、給金の取り決めも変わる。己が前年に得た評判のほどを紙一枚で思い知らされるので「むかつき番付」と呼ばれるのだが、花六はこれを毎年、買い求めている。昔は、いつか俺もこの番付にという望みを懸けて、今はただの慣《なら》いで。

「ちょいと貸して」と、金太郎が花六の手から番付を奪った。

「へえ。三ノ輪《みわ》さん、とうとう八百両の大台に乗ったんだ」

花六に向かって得意げに小鼻を膨らませた。

「あたしさ、この人と同じ年に役者になったのよ。あの時分から目が小さくて貧相な人だったけど、そういや昔から化粧は巧《うま》かったわね。へえ、立女形《たておやま》ともなれば八百両か。大したものだ」

役者の格には厳しい上下があり、女形の最高位は立女形と呼ばれる。

「天晴《あっぱ》れねえ」

ついさっき「見るもんじゃない」と戒《いまし》めにかかってきたくせに、感心している。

「姐《ねえ》さん、口惜《くや》しくねぇんですか」

思わず訊《たず》ねると、しなを作って小首を傾《かし》げた。

「こうも差がついちまったら、もうどうとも思わないわね。上を見たら切りがないもの」

女形の楽屋は別にあるのだが、金太郎はいつもこの大部屋に入り込んで遊んでいる。ろくに贔屓《ひいき》もついていないので、暇を持て余しているのだ。

「今の身の上がいっち気楽よ」

欲のないこって。

肚《はら》の中で吐き捨てたが、大部屋でも役者は役者だ。顔つきにはおくびにも出さず、「姐さんらしいや」と左の眉《まゆ》だけを上げた。下品にならぬように口の周囲も動かし、自慢の歯を少しだけ見せる。花六は歯磨き粉と房楊枝《ふさようじ》は上物を揃えるのを常としていて、朝昼晩と日に三度も磨いている。

「花六ちゃん、そうやって笑うとほんと色気があるわね。歯なんて白光りしちゃって、千両役者並みだ」

歯だけじゃねぇぞ、俺の売りは。もっとあんだろ、他に褒《ほ》めるとこが。

「でも、あんた、今年こそ相中《あいちゅう》に上がるんじゃないかって思ってたのに、残念だったわね」

「いえ。あたしなんぞ、まだまだです」

そう答えたものの、褒め言葉の代わりに厭《いや》なことを思い出させられて鼻白んだ。

立役《たちやく》の最も下端を「下立役《した》」といい、通りすがりの町人や馬の脚を演ずるのがもっぱらだ。むろん台詞《せりふ》など一つもない。花六はその一つ上の「中通り《ちゅうどお》」と呼ばれる脇役で、ここまでの役者の楽屋が大部屋となる。「相中」は中通りの一つ格上で、その上が「相中上分《かみぶん》」、そして最高格が「名題《なだい》」と呼ばれる。

この小屋の興行主である座元も名題ではあるが、近頃は自身が演《や》らず、人気のある役者であれば上方《かみがた》からでも招く。役者の誰をどう揃え、狂言は何を掛けるかによって、客の入りが決まるからだ。

そうやって座元が「千両出してでも、うちで演ってもらいたい」と招く役者が、まさに「千両役者」である。

花六は溜息混じりに煙を吐《は》いた。

千両役者どころか、中通りのまま薹《とう》が立っている。もう二十五なのだ。

馬の脚から抜け出すのは他の者より何年も早かったので、そのますんなり昇格していけるものと思い込んでいた。昔から「筋がいい」と周囲に言われていたし、端役《はやく》で黙って舞台に立っているだけでも客の目を引いたのだ。大店《おおだな》の娘から付文《つけぶみ》が届いて、池之端《いけのはた》の茶屋の二階で逢瀬《おうせ》を重ねたこともある。

娘は役者買いに慣れた好き者で、花六はまだ十五で女をあまり知らなかったが、これも修業のうちだと心に決め、懸命に腰を使った。

「嬢様は至ってお喜びのご様子でございました」

事が済んだ後、年増《としま》の乳母《うば》が部屋に入ってきて金子《きんす》の包みを渡される。乳母はいつも隣の部屋に控えており、聞き耳を立てているらしかった。やがてその娘は嫁いだが、相手には困らなかった。どうやら乳母同士で内緒の伝手《つて》があるらしく、次々と相手が現れたのだ。修業がいつしか稼業になっていた。

ところが五年前に師匠筋の役者が早死にして、上の引きが無くなった。以来、役に恵まれず、付文も届かなくなって久しく、贔屓客はいまだに付いていない。

「まあ、なまじ相中に出世したらば、大変だ」

金太郎は火箸《ひばし》で灰をかき寄せながら、慰《なぐさ》めるような言い方をした。

「大変って」

「衣裳《いしょう》に小道具、鬘《かつら》まで自前になるじゃない」

脇役は演じる役がほとんど決まっているので、小屋の蔵にある衣裳を使う。これを「蔵《くら》衣裳」と呼ぶ。一方、役者が自前で作る衣裳は「手《て》衣裳」だ。

「そうですかね。俺はやっぱ、手衣裳でやりてぇですよ」

自前で衣裳を拵《こしら》えてこそ、役者じゃないか。

役者はまず見目なのだ。客に綺麗だ、絵になると思わせてこそ役者だ。芝居だ。

「やあねえ、花六ちゃんってば。手衣裳っていくら掛かるか知ってんの。お給金なんぞ呉服屋への払いで露と消えちゃうんだから。使用人も一人は抱えないといけないし、中通りまでは楽屋のお飯《まんま》がいただけるけど、相中はその米代にお菜《さい》代も出すのが決まりでしょ。かえって懐《ふところ》が苦しくなった兄さんがたくさんいるわよ。だから皆、ご贔屓の機嫌を取り結ぶのに懸命じゃないの」

役者が懐を頓着しだしたら、終《しま》いだね。

「そういや、染矢《そめや》兄さんもさ、今夜、また宴席だってぼやきながら出て行ったわね。朝から芝居のし通しなのにまた一差し舞わなきゃなんない、作り笑いもたいがい苦労だって。ほんにお気の毒さま」

そうかな。染矢兄さんの言《げん》は自慢だろう。

——俺にはいい贔屓がいるんだぜ。ちっと機嫌を取ってやったら、祝儀《しゅうぎ》も衣裳も思いのままだ。

金太郎は売れない役者を続けるうち、鈍《にぶ》くなってしまったのだ。言葉の裏が読めない。気の毒なのはあんただ。

「中通りのままがいいわよ。気楽」

金太郎は火鉢越しに手を伸ばしてきて、花六の肩をとんと叩く。花六は黙って笑い、また番付に目を落とした。

十一月の顔見世《かおみせ》興行が始まった。

　これから一年、どんな顔触れで興行するかの披露目であるので格別の趣向を凝らし、最も大掛かりに盛り上げる。男も女も浮かれ騒ぎ、市中の誰もが夢中で芝居を語る。

　この顔見世の熱気があるから江戸者は冬の寒さをしのげるようなものだと、花六は思ったことがある。十三の年で役者修業に入って以来、花六も毎年、この季節の華やかさに酔ってきたのだ。けれどいつしか、別の昂《たか》ぶりを覚えるようになった。

　大部屋で遊ぶ小博奕《こばくち》など目じゃない。興行こそが、一か八かの賭けだ。

「花六兄さん、おられますか」

　大部屋の暖簾《のれん》の間から顔だけを覗かせているのは、楽屋番の見習いだ。

「あれ、兄さんだけですか」

　人気《ひとけ》のない大部屋は、やけに声が響く。

「皆、呑みに行ったぜ」

　連日の大入りが続いて、気を良くした座元が大盤振る舞いに出たのだ。千秋楽《せんしゅうらく》ならいざ知らず、興行の最中に祝儀が配られるのは珍しい。朋輩らはそれを一晩の酒で使い果たすが、花六は愚痴混じりの酒につきあうのが面倒で部屋に残っていた。

「あのう、ご贔屓さんが来ておられます」

「贔屓って、誰の」

「花六兄さんですよ。一目でいいから会わせてもらえまいかとおっしゃってんですが、お通ししてもいいですか」

「いいとも。通しな」

声が裏返りそうになるのを抑え、咳払いをした。襟許《えりもと》を整えながら、いや、もっと粋《いき》に構えた方がいいかと懐を広げてみる。はて、どの役が気に入られたのだろうと、目を上げた。中通りの役者は一日のうち、いくつもの役をこなす。奴《やっこ》に町人、駕籠《かご》舁《かき》、盗人《ぬすっと》の手下に公家《くげ》の従者、そして今度の顔見世では初めて腰元《こしもと》まで演っている。

「花六ちゃん、女形もいいじゃないの。いやね、憎らしい」

昨日、金太郎が舞台の袖《そで》で待っていて、腕をつねったことを思い出した。

その昔は一人一役柄が決まりであったらしいが、近頃は若衆方《わかしゅがた》が若女形の役を兼ねることもある。となれば、俺はこれからもっと女形を務めてもいいわけだ。芸の幅が広がれば、出番も増える。

目の前が少し開けたような気になっていた矢先に、贔屓客のご到来だ。いずこのお大尽《だいじん》だろう。札差《ふださし》に呉服商、唐物屋《からものや》、それに吉原《よしわら》の楼主も歌舞伎芝居の太い贔屓筋だ。

いいぞ。今年はいい年になりそうだ。

「ごめんくださいまし」

坐り直して待ち構えると、従者らしき男が一人きりだ。歳の頃は五十くらいか。首から上が土臭く灼《や》けている。中腰で入ってきて、花六を見るなり顔を紅潮させ、尻からへなりと坐り込んだ。

「ああ、どうしよう。本物だ、本物の花六さんだ」

何だ、今日は遣《つか》いの者だけを寄越しなすったか。それにしても、随分と風采の上がらねぇ男だな。

大身《たいしん》の旗本や富商ともなれば、朝も明けやらぬうちから身支度に取り掛かり、朝陽が光る隅田川《すみだがわ》を屋根舟に乗って浅草《あさくさ》まで遡《さかのぼ》ってくる。芝居茶屋の紋入提灯《ちょうちん》に迎えられて舟から上がり、まずは芝居茶屋で一休みしてから小屋に移るのが常だ。その上客らが、小屋で最も上席である上桟敷《かみさじき》に居並ぶ。むろん従者にも、相応の身形《みなり》をさせているものだ。

「今日もほんに、見事なお姿でございました。芝居にこうも夢中になったのは生まれて初めてで、初日から毎日、通い詰めてるんでございます」

言葉につかえながらも、男は手拭いを持った手を上げ下げして訴えてくる。

「花六さんを観たくて」

「あんたが、ですかい」

何かの間違いではなかろうかと、首を伸ばして暖簾の向こうに眼差しをやった。が、男の主らしき人影は見えない。

「あたしなんぞに会っていただけるわけはないと思ったんですが、この気持ちを一言なりともお伝えしとうて、矢も楯《たて》もたまりませず」

やっぱり、こいつか。こいつが贔屓客ってか。冗談じゃねえぞ。

「私は七種《なないろ》唐辛子を商《あきな》っております、太之助《たのすけ》にございます」

「唐辛子って、もしや両国《りょうごく》の薬研堀《やげんぼり》の」

七種唐辛子を「薬研堀」と呼ぶほど、有名な店がある。

「はい、両国ですが」

「じゃあ、大店《おおだな》じゃありませんか」

花六は急に意をたくましくした。しかし男は「いいえ」と目の前で掌を振る。

「時々、間違われるんですが、同じ辛子屋でも大違いで。あたしは唐辛子売りから身を起こした新参者にございまして、小僧一人も雇えぬ小商いにございます。ですが風味はなかなかだとお褒め下さる方もおられまして、それもこれも七種の按配《あんばい》が独自の仕方でして。唐辛子に芥子《けし》の実、麻の実と胡麻《ごま》、山椒《さんしょう》、生姜《しょうが》、そこに陳皮《ちんぴ》を混ぜておりますんです」

身振り手振りを交えて語る。

「唐辛子の按配なんぞ、どうだっていいよ。あんた、どの席で芝居を観なすった」

「追込《おいこ》みって言うんですか、毎日、舞台の奥にある席を買っています。役者さんの背中しか見えませんけど、花六さんの後ろ姿は一目でわかります。水際立ってますから」

いっとう安い席じゃないかと、男から目をそらした。

本舞台の背後に作られている追込み席は木戸銭も格安で、芝居好きの貧乏人でいつもごった返している。幕が閉まっている間も役者や大道具方の様子が丸見えであるので、図々しい者は気安く声を掛けてきたりする。花六はそんな客を相手にしたことがない。

「こうして正面からお姿を拝見できて、感激もひとしおにございます」

安い客のくせに、よく喋《しゃべ》る。

「お近づきのしるしに」

懐に手を入れ、薄い紙包みを取り出した。

「差し入れにございます。当店自慢の」

すぐに察しがついて、「おっと」と遮《さえぎ》る。

「役者は辛いのは駄目なんだよ。咽喉《のど》を痛めちまう」

「ああ、なるほど」と男は息を吸い込み、申し訳なさそうに頭を下げる。

「何も存じませんで、それはとんだ不調法をいたしました」

だいたい、自分ちが商う唐辛子を一包みぽっち持ってくるなんぞ、差し入れとは呼ばねぇや。楽屋を訪ねてくるんなら、そのくらい弁《わきま》えろ。

「これからは、甘い物を見つくろって参じます」

「駄目駄目。甘いのは胸がもたれてさ、所作が鈍くなる」

また適当な言葉を投げた。とはいえ、こんな安物の客にさえ「二度と来るな」と言えないところが、中通りの浅ましさだ。唯一の救いは、大部屋の仲間に知られなかったことか。こんな贔屓が付いたとわかった途端、嘲笑《ちょうしょう》されるに決まっている。

そうだ、そこんとこをきっちり押さえとかねぇと。

「辛子屋さん、あんた、また訪ねてくるのかい」

「え。よろしいんで」

喜色を浮かべたその顔を目の当《ま》たりにして、思わず口の端が下がる。

そうじゃなくて、暗に「もう来るな」という意を仕込んだ声音《こわね》だったろう。こんなのも通じねぇのか。

「芝居がはねた直後は、楽屋が混んでるんでね」

「じゃあ、今時分がちょうどよろしゅうございますか」

「いや、いつもはもういやしないよ。夜はご贔屓さんに招かれることが多いから。万《まん》八楼《ぱちろう》とか、八百善《やおぜん》にさ」

料理屋の名を出してみたが、あんのじょう知らないらしく、「はあ」と曖昧《あいまい》な返事だ。

花六が押し黙っていると、男はようやく腰を上げた。

「こうしてお目にかかれて、本当に嬉しゅうございました。お疲れのところ、とんだ長居をいたしまして」

そして念を押すように、両の掌を胸の前で組んだ。

「あたしはこれからもずっと、花六さんが贔屓ですから」

「それはどうも」

やっと退散した。背を丸めて出て行く姿が、これまた貧相だった。

十日の後の夜、花六は小屋の裏口から出た。

それらしい人影がないのを確かめてから、通りへと踏み出す。

小屋の左右には芝居茶屋が並んでいて、屋根庇《びさし》の上には趣向を凝らした作り物、軒には無数の提灯を吊るしてある。二階のどの窓も橙色《だいだいいろ》にともり、三味線や鼓《つづみ》、小太鼓、そして茶屋女らが客を呼び込む声も賑《にぎ》やかだ。

芝居がはねるのは暮七ツ半で、上桟敷の客らは幕間《まくあい》でいったん茶屋に戻り、幕引き後も茶屋に戻って夕の膳を取る。いわば仮宅のごとき使い方だ。しかも舌の肥えた客が多いので、茶屋が用意するのは名代の料理屋に引けを取らぬ本膳《ほんぜん》である。客が帰路につくのは夜も更《ふ》けてからで、芝居はまさに一日がかりの遊びだ。

「ちょいと、花六兄さん」

呼ばれて顔を上げると、見知りの茶屋の女だった。

「どうしたの、俯《うつむ》いて歩いちゃって。近頃、評判いいのに。兄さんの女形」

「まあな」

評判といえども、ごく内輪の間でのことだ。姫様付の腰元役であるので台詞も三人揃っての「あいぃ」だけ、まして客さえ見飽きた蔵衣裳なのだ。衣裳や化粧を目にしただけで重要な役どころか端役かが即座に客に伝わる、それが芝居の約束事だ。

「ご贔屓も付いたんだってね。辛子屋」

「誰から聞いた」

「皆、言ってるよ。追込みの客に、追い込まれちまってるって」

大部屋の連中が方々で言い触らしているのだろうと思うと、頭に血が上った。

「あんなの、贔屓でも何でもありゃしねえ」

「何さ。そうも怒ることはあるまいに」

花六はもう相手にせずに、足を速めた。

体《てい》よく追い払ったつもりであったあの男、辛子屋の太之助はあれからも毎晩のように楽屋を訪ねてくる。大部屋の役者らにへこへこと挨拶《あいさつ》をして回り、鼻紙や安煎餅《せんべい》を配って回る。そして皆は黙って妙な笑い方をしながら、花六を見るのだ。我慢し切れなくなって、ある晩、太之助を叱《しか》りつけた。

「鼻紙や煎餅なんぞ、よしてもらいたいね。恥を掻くのはあたしなんだ」

「じゃあ、何をお持ちすればよろしいんで」

「皆、忙しい。一口で食べられる物にしなよ」

そう命じると、次の日、鮨《すし》を買い込んできた。しかしどこの屋台で購《あがな》った物やら、魚が乾いていた。皆、一摘《つ》まみして口を曲げた。食べ物には懲《こ》りて、次は白粉《おしろい》を命じた。怖気《おじけ》づいて小間物屋の暖簾など潜れないだろうと睨《にら》んだ通り、翌晩は訪ねてこなかった。ところがその次の日、小箱を持って現れたのだ。伸びの悪い代物だった。

「そろそろ半襟の替えどきだ」

そう呟くと、また持ってくる。櫛《くし》に煙管、煙草《タバコ》入れ、鏡に手焙《てあぶ》りと、ともかく言いなりにはなる。

「花六ちゃん、忠義の番頭さんを持ったじゃないの。便利」

金太郎にまで突《つつ》かれた。

「もしかして、案外と分限者《ぶげんしゃ》だったりして」

「姐さん、からかわないでおくんなさい。こんな品をどこで探してくるものやら、呆れるのを通り越して感心してんだ」

奢侈《しゃし》には縁のない辛子屋のこと、物の目利きがまるでできていない。

「世間には、蔵持ちなのに銭を使わないお人だっているわよ」

「辛子屋に限ってそれはない。ありゃ、骨の髄からのしみったれだ」

「まあ、うまくあしらっておやりなさい。お尻の毛まで抜いちまって心中でも迫られたら、つまんないでしょ。心中は芝居の中でやるものよ」

「あの親爺《おやじ》に、そんな度胸があるもんか」

次の日、花六は太之助を待ち構えてこう命じた。

「細々とした物を運んでこられても、楽屋が一杯になるんでね。反物《たんもの》にしてくれねぇか」

「反物、ですか」

「そうだ。小袖を仕立てる、あの反物」

すると太之助は肩を落とし、うなだれる。

「他ならぬ花六さんのお言いつけですからお持ちしたい気持ちは山々ですが、ずっと独り身のこのあたし、反物などどこでどう選んだものやら、さっぱり見当もつきません。白粉一つ買うにも、近所の女衆《おなごし》さんに頼んだくらいで」

「呉服屋の番頭をつれてくりゃあ、いいだけさ。お勧めの物を持ってこさせたら、こちらが手ずから選ぶ」

そして払いは太之助にさせる。それでこそ贔屓客というものだ。

「それができないんなら、楽屋への出入りはもう遠慮してもらおうか。鼻紙も白粉も、持て余すほどあるんでね」

あれから二日、今日で三日目になるが、やはり姿を見せない。

やっと観念しやがったかと思うと、清々する。太之助が訪れるたび、何かしら苛立《いらだ》たされるのだ。汲々《きゅうきゅう》と花六の言いなりになって大部屋の連中に嗤《わら》われて、それでも安物をせっせと運んでくる。その必死な地味さが鬱陶《うっとう》しい。

長屋に帰ると、畳まで凍りついていそうな冷たさだった。小女《こおんな》の一人も雇っていないので、火の気が全くない。朝は暗いうちにここを出るし、帰りはこんな夜である。花六は背筋を震わせながら、搔巻《かいまき》をひっかぶった。

あともう少しの辛抱だ。顔見世の間に何とかいいところを見せて、来年こそ相中になる。そしたら小体《こてい》な家を借りて下男か小女を置こう。いや、弟子だ。いずれ弟子になりたいってぇ者が入ってくる。

花六は十三の年で師匠の家に住み込んで、身の回りの世話から掃除、洗濯、子守りまでした。その合間に師匠は芝居のあれこれを、教えるともなしに語るのだ。

——歌舞伎芝居も元はお祭なんだから、役者は綺麗でなくちゃ。隅々まで、絵にならなくちゃ。

花六は師匠の言よりも何よりも、顔見世の賑わいが震え上がるほど嬉しかった。人波が寄せる木戸前を走り抜け、小屋の裏口から入るのが誇らしい気さえした。おいらは一座の者だ。観る側じゃない、観られる側の人間だ。

やがて花六が下立役として今の小屋に雇われた時、師匠はこう言った。

「役者は日々のすべてが精進《しょうじん》だよ。むさい暮らしをしていたら、むさい芸になる。ちっと無理をしてでも、己に注《つ》ぎ込む気構えをお持ち」

師匠は煙管を持つ所作も、それは優雅だった。

「あたしはね、まだ駆け出しの頃に見た名題の衣裳が忘れられないんだよ。金糸銀糸を惜しげもなく使った猩々緋《しょうじょうひ》の綸子《りんず》でさ。もう、この世のものとも思えぬ美しさでね、しばらく口もきけなかったほど見惚れたよ」

「そうも豪勢な衣裳で舞台に出たら、御公儀《おかみ》のお咎《とが》めを受けたりしないんですか。しゃし何とかで」

「奢侈を禁じるお触れのことかい」

師匠は口の中で、さも当たり前と言わぬばかりに笑った。

「受けるに決まってるじゃないか。名のある役者でお咎めを受けなかった者なんぞ、滅多といやしない。牢屋にぶち込まれたり、手首を鎖《じょう》で縛られてこそ、千両役者だ」

そしてこう続けたのだ。

「お前は持って生まれたその顔立ちがあるんだから、役者の豪儀をお極め。華のある役者がいなけりゃ、芝居はすたれる」

だが当の師匠は千両役者にはなれず、中堅どころのまま病で死んだ。役者たるもの、畳の上で死ぬほど利益《りやく》のないものはない。

お師《し》匠さん、惜しかったね。牢死でもしてたらさ、もうちっとは名を残せていただろうに。おかげで、あんたの弟子まで割を喰ってるよ。

暗闇の中で目を開けると、油障子越しに月の光が土間に差し込んでいた。


正月も過ぎ、初春興行の三日目を迎えた。

花六は舞台の袖、幕溜《まくだまり》に控えて、出を待っている。

背後で小競り合いが始まった。追込み席の客らだ。

「そこ、もっと詰めてくれ」

「馬鹿言うねぇ。こっちは錐《きり》も立たねぇほど一杯だ」

顔見世がいい口切りとなって、初春興行も連日大入りなのだ。追込みにはそれでも客を詰め込むので、両隣と肘や膝が当たったりする。

花六はそっと顔だけで背後を見回した。

辛子屋の太之助、今日も来てねぇな。

呉服屋を連れて来いと命じてから、太之助は姿を見せなくなった。

よし。あんな貧乏人に夢中になられたって、こちとらのツキが逃げるばかりだ。

　幕が引かれ、朝一番の演し物《だ》が始まる。踊りが主の新作で、花六は笛を持って立ち回る狸《たぬき》役だ。他に同じ役が四人いて、皆、中通りの仲間である。台詞は「そうしろ、そうしろ」のみだ。

　先に舞台に出ているのは狸に化かされる坊主と武家で、狸を仕留めて狸汁を喰おうと談合するが、双方とも小狡《こずる》く独り占めを図り、挙句、狸に化かされて身ぐるみ剝《は》がれてしまうという筋書だ。坊主と武家の掛け合いに客席はどっと沸き上がり、笑いの波が途切れない。

　そこに花六ら狸が連なって舞台に出た。小走りから愛嬌よく飛んでは転《まろ》び、腹鼓を打っては滑稽《こっけい》に踊る。

「これ、僧侶どの。さても旨《うま》そうな狸ではござらぬか」

「ほんに、お武家様。旨そうじゃ、旨そうじゃ」

　ここから二人はいったん力を合わせて、狸の生け捕りに挑む。笊《ざる》や縄を手にして上《かみ》手《て》、下手《しもて》へと大きく動きながら踊るのが見せ場の一つだ。

　と、舞台の真ん中で妙な音がした。二人が鉢合わせをして、額《ひたい》をしたたかに打ったようだ。また笑いが起きる。が、厭な予感がした。坊主の役は染矢、そして武家役は吉蔵《きちぞう》という相中である。二人は顔を合わせれば口喧嘩《くちげんか》を始める仲で、稽古の際から周囲は冷や冷やさせられ通しだった。

「いい加減にしろ」と笊を頭の上に振り上げたのは、坊主役の染矢だ。

「また勝手に段取りを変えやがって。俺がとんと床を踏み鳴らしたら、お前《め》ぇが三歩後ろに退《ひ》くんだろう。それを毎日毎日、わざと外しやがって。目立ちたがりが」

「ちっと身を躱《かわ》したら済む話じゃねぇか。お前ぇが空下手《からへた》なのよ」

「下手はどっちだ、この盗人野郎」

「手前ぇ、因縁《いんねん》つける気か」

「盗人じゃねぇか。他人《ひと》の贔屓を掠《かす》め取ったは、どこのどいつだ」

すると吉蔵が「はッ」と、せせら笑った。

「まだ根に持ってやがんのか。じゃあ、教えてやろう。先様は、染矢より俺がいいとよ。仕方あるめえ」

顔色を変えた染矢は、笊を板の上に叩きつけた。と、吉蔵も縄の束を放り出す。

花六は呆気《あっけ》に取られ、それでも舞台の端で笛を吹く。客席は桟敷から平土間、追込みに至るまで気味悪いほど静まって、互いの胸倉を摑《つか》み合う役者二人を見つめている。とうとう取っ組み合いになって、狸の一人が中央に飛び出した。

「兄さん、よしておくんなさい」

青く剃《そ》り上げた鬘の染矢を後ろから羽交い締めにして、吉蔵から引き離している。が、染矢は両腕を回して抗《あらが》う。

「放せ、もう勘弁ならねぇんだ。さんざっぱら舞台で嫌がらせしやがってよう、挙句の果てに尻を使って俺の贔屓を奪《と》りやがった。ここで引っ込んだんじゃあ、男がすたる」

紫衣《しえ》に掛けた金襴《きんらん》の袈裟《けさ》が斜めに歪《ゆが》んでいる。吉蔵もそれはしかりで、狸らに腕を取られ、若緑の小袖の片袖がもげた。それでも互いに悪口《あっこう》を投げつけ合う。やがて柝《き》の音《ね》が鳴り、裏方が走るように幕を持って引いた。

染矢と吉蔵は上手下手に分かれて引っ込み、花六らもその後に続く。客席は大騒ぎだ。狸の被《かぶ》り物のまま梯子《はしご》段を上がりかけると、背後から呼ばれた。座頭《ざがしら》だ。座元から任じられて興行の柱となる役者を、座頭と呼ぶ。この後、上方で人気の世話物を演るので、二枚目の町人の顔を拵えてある。

「花六、坊主を演れ」

「あたしがですか」

「稽古場でずっと見てたはずだ。踊りと台詞は入っててんだろう」

「けど、そんな急に」

「演れねぇんなら、他の奴に声を掛ける」

「い、いいえ、演らせておくんなさい」

滅多とない機だ。これを逃《のが》す法はねえ。

座頭はじろりと花六を睨《ね》めつけた。

「四半刻《しはんとき》も幕を閉めとくわけにはいかねぇんだ。すぐに支度しろ」

「衣裳はどうしたら」

染矢が身につけていたのは、自前で用意したはずの手衣裳だ。

「蔵から衣と袈裟を出すように命じてある。お前ぇはともかく化粧を変えろ。……まったく染矢の野郎、何てことをしてくれた。ただじゃおかねえ」

三階の大部屋に上がって急拵えし、頭に合わぬ鬘を無理やり被って顔を作り直した。梯子段を駆け下りると、もう吉蔵が袖に控えている。先に喧嘩を売ったのは染矢であるので、吉蔵は役を降ろされなかったらしい。花六の狸も他の中通りが代役を務めることになったので、三人も代役で演るとなれば客席も黙っていないだろう。おそらくそういう考えだ。

そうこうするうちに、もう幕が引かれていた。顎《あご》が震えるのを懸命にこらえ、稽古場で見ていた踊りと台詞を何とかなぞっていく。しかし客席は白々として、一向に乗ってこない。所作に至るまで寸分違《たが》わぬようにやっているはずであるのに、皆、地蔵のように押し黙っている。相方の吉蔵もだんだんと顔を強張《こわば》らせ、振りを立て続けに間違えた。それでも懸命に続けるが、くすりとも来ない。

「辛気《しんき》臭《くせ》ぇな、まったく」

舞台の背後から、たまりかねたような声が上がった。追込みの席には気性の荒い客が多い。すると正面の平土間の客が、舞台越しに応《こた》えた。

「おうよ。新春早々、代役の芝居なんぞ観たかねぇわ」

「さっきの喧嘩の方が、よほど面白かったぜ」

「そうだ。いっそ決着をつけさせてやれ」

「代役はすっ込んでろ」

「引っ込め、引っ込め」

「染矢を出せッ」

鮨の竹皮包みが方々から飛んできて、花六は棒立ちになった。また幕になった。

翌日、小屋は壁が膨れそうなほどの大入りで賑わった。

芝居の途中で喧嘩を始めた染矢の振舞いが評判を呼び、「男の意気地を見せた」と褒めそやす者までいるらしい。

あれは意気地なんて上等なもんじゃねぇだろ。

花六は咽喉許まで出かかる怒りを押し戻しながら、また狸として笛を吹く。

昨日、座元と頭取《とうどり》、座頭の三人は染矢を呼んでこっぴどく叱責《しっせき》したらしいが、今日の客入りを見て途端に夷顔《えびすがお》だ。奇妙なのは喧嘩相手の吉蔵で、乗りに乗っている。

「御坊《ごぼう》はその昔、舞台で派手に暴れた役者であられたそうな」

わざと昨日の喧嘩を持ち出して、にやりと笑う。すると染矢も眉を上げ、受けて立った。

「いかにもいかにも。吉蔵なる相方が、ほんに小面憎《こづらにく》い男でありましての」

客はもう大喜びで、やんやの喝采だ。役者がうまく素《す》を覗かせて、舞台と客席が見事に一体になった。

ひとり楽屋に残って、化粧を落としながら鏡を見る。目の下に青黒い隈《くま》が浮き出ている。昨夜はあまりの口惜しさに、一睡だにできなかったのだ。

俺は、何て損な役回りだったのだろう。まるで染矢兄さんを引き立てるために、代役を演ったようなものじゃないか。あんなに冷え切った客らを相手に、俺がどうもできるわけねぇだろう。千両役者にだって無理な仕業だ。

だが座頭はもちろん、大部屋の連中から裏方、楽屋番までが花六を見ないのだ。誰も目を合わせてこず、話しかけてもこない。いや、そういえば女形の金太郎だけは慰めてくれた。

「気を落とすんじゃないわよ。あんな墨染の衣じゃあ、舞台で映えないのはもっともなことなんだから」

そうだ。蔵衣裳のせいだ。染矢の手衣裳を引っ剝がして、紫衣を着込めば良かったのだ。金襴の袈裟をつけて。

「こんばんは」

鏡の中を見ると、辛子屋の顔があった。

返事をする気にもなれず、背を向けたまま水桶で顔を洗う。一階には専用の湯場があってふだんはそこで躰も洗うのだが、狸の被り物のまま地下の奈落《ならく》で時を潰した。そして皆が引き上げる時分を見計らって、楽屋に戻ってきたのである。

「ご無沙汰しました」

手拭いで顔を拭いながら、嚙みつくように訊《き》いてやった。

「呉服屋はどうした」

「方々を回ったんですが、あいにく、あたしごときがお願いして同伴していただけるお店がございませんで」

「だろうな。つきあいがない客の言うことなんぞ、はい、さいですかなんて聞き入れるもんか。あんたも小商いをしてるんなら、そのくらい料簡《りようけん》しなよ」

「ごもっとも」

太之助は力なく、ただ詫《わ》びるばかりだ。化粧水を肌に叩きつけていると、鏡の中でまた目が合った。こちらを気遣うような顔つきであるのが、よけいに厭《いと》わしい。

「知ってんだろ、あたしの不始末」

すると太之助はおずおずと膝を前に進め、頭《かぶり》を横に振った。

「花六さんの不始末じゃあ、ないと思います。あなたはしっかり代役をお務めになっていました」

「当たり前だ。自前の衣裳さえあったら、あんなことにはならなかった。蔵衣裳なんぞで間に合わせたばかりに、舞台が辛気臭くなっちまったんだ」

すると、太之助は「衣裳」と繰り返した。

「客はまず衣裳や小道具を見て、いい役者かどうかを決めるもんなんだよ」

「さいですか。あたしにはやはり、花六さんがいい役者ですけれど。何より、台詞に思いを入れてなさいます」

思わず「素人《しろうと》が」と吐き捨てた。

「台詞の言い回しや声の良し悪しなんぞ、二の次、三の次。役者はまず姿形さ、見栄えなんだ」

花六はいつしか膝を回し、真正面から太之助と相対していた。

「歌舞伎芝居ってのは、もともとが祭なんだ。神々を慰め、楽しませるために贅《ぜい》を尽くし、綺麗に飾り立てた。それが人の愉《たの》しみにもなって、芝の上に坐ってでも見物してぇものになったのさ。芝の上に居て観るから、芝居だ」

これも昔、師匠から教えられたことだった。

「だからあたしらは、隅々まで絵になる姿で舞台に立たなくちゃならねぇんだ。けど、あたしにはろくな贔屓が付いてないからね。いつまでも中通りのまんまだ。手衣裳を拵えられるようになりさえすれば、必ず千両役者になってみせるのに」

なのに運に見放され通しだ。夢が遠のいていく。

太之助が「あのう」と小声を出した。目を上げると、身を乗り出している。

「花六さんが拵えたいと思ってるご衣裳ってのは、いかなる仕立てで」

「あんたなんぞに話したって、わかるわけねぇだろ。あたしが着たいのは、ちっとやそっとで拵えられる代物じゃねぇんだよ」

「それでも、聞かせていただくわけにはいきますまいか」

洟《はな》を啜《すす》る音を立てた。

「花六さん、あたしもそろそろ潮時なんです。もう芝居見物は終《しま》いにしようと思いまして、それで今夜、ご挨拶に上がった次第で」

「商い、傾けたのか」

「店を閉めて芝居に通いましたんで、お客がすっかり離れてしまいまして。はい、振り売りから出直しです。ですから花六さんの晴れ姿を、せめて思い描くだけでも」

「一晩に百両、二百両を蕩尽《とうじん》したわけじゃなし、あんな追込みの席に通い詰めただけで店を潰しちまうたあ、まったく最初から最後までしみったれてるよ」

太之助はうなだれて、肩をすぼめていた。

弥生《やよい》と皐月《さつき》の興行、夏芝居を終え、菊月興行もそろそろ千秋楽を迎える。

菊月興行は年度の末であることからお名残《なごり》興行とも呼ばれ、しみじみとした味わいの狂言を掛ける。

ところが役者にとっては少々、気が落ち着かない時季だ。十月になれば一年の終わりで、翌年に向けての話し合いが座元と持たれるのだ。上位の役者らにとっては、今度はどこの小屋からいくらで声が掛かるかが思惑の中心であるが、大部屋の役者にとっては昇格できるかどうかの瀬戸際である。

いや、俺は今年限りでお払い箱かもしれないな。

代役の一件以来、舞台で時々、立ち往生するようになったのだ。客席からまた「引っ込め」の声が飛んできそうだと思った途端、身が動かなくなる。舌がもつれ、たった一言の台詞が出なかった日もある。誰にどう叱られようが慰められようがどうにもならず、夜もほとんど寝られない。やがて鏡を見るのも厭になった。頬《ほお》がこけて翳《かげ》が差している。

お前なんぞ、もう要らねえ。

きっとそう告げられるのだろうと、花六はもう半分がた覚悟を決めかかっていた。亡くなった師匠がここの座元と親しかったので、花六は他の小屋を知らない。おそらく、他になど移りようもないだろう。花六の無様なしくじりは、市中に知れ渡ってしまっている。

上方に上ろうか。それとも、いっそ振り売りでもするか。

そんなことを考えながら着替えていると、楽屋番が暖簾の間から顔を出した。

「兄さん、座元がお呼びです」

その途端、心ノ臓が音を立てて跳《は》ね上がった。梯子段を下りる際など、脚が震えてくる。二階の奥までやっと進み、敷居の前で膝を畳んだ。

「花六にございます」

ややあって、「お入り」と許しの声が出た。膝で前に進み、再び手をついて辞儀をする。

座元は火鉢の前に坐し、俯いて煙管の火皿に刻みを詰めている。顔の造作は舞台映えのする彫りの深さで、目も鼻も口も大きい。小袖は渋い鼠色《ねずみいろ》に細い縞《しま》が走っており、半襟は雪白、そして伊達《だて》襟は路考茶《ろこうちゃ》だ。羽織は黒縮緬《ちりめん》に、房は濃緑である。

俺にとっては、本当にお名残興行になるのだなと思った。座元のこういう姿も、今日が見納めになるのだろう。

座元はゆるりと一服つけてから、花六に目を向けた。

「お前は中通りを務めて何年になる」

「七年です」

「七年になるかい。そいつぁ、随分と長かった」

やはりその話なのだと、目を伏せた。

「そこで、だ。お前、顔見世から相中を務めるかい」

胸の中で何かが轟《とどろ》いた。

「本当ですか」

そう確かめつつ、「何で」と前のめりになった。

「何で引き上げて下さるんです」

座元はしばし黙した後、煙をくゆらせる。

「このところの腐りようは、座元として見過ごせないからだよ」

思いも寄らぬ理由に、花六は息を呑み下す。

「染矢が、あんな代役を務めさせて悪いことをした、花六をどうにかしてやってもらえまいかって頼みにきたけどね。あたしは、うんとは言わなかった。どんな舞台であろうが代役であろうが、きっちりしてのける役者だけが生き残ればいい。運も含めて役者なんだ」

大きな目玉がぴたりと、花六を捉える。

「だから、一度だけお前に運試しをさせることにした。相中は一年限り、それでどうにもならなかったら中通りに逆戻りだ。どうだい、乗ってみるか」

俺は逆戻りなんぞしないと、肚の中で吐いた。

その時は、きっぱり役者をやめる。

「やります。必ず座元の期待にお応えします」

「ただし、また不始末を起こしたら、興行の最中でも出てってもらうよ」

花六は「わかってます」と頷《うなず》いた。

顔見世興行で、花六は姫御前《ひめごぜ》の役を務めることになった。

しかも東西の上桟敷に丸橋を渡し、腰元を引き連れて橋を練り歩くという大きな見せ場のある筋書だ。

さっそく新しい楽屋に呉服屋の手代を呼び、反物を持ってこさせた。ところが何一つ、思い通りにならない。

「違うよ、こんな薄い綸子じゃ見栄えがしない。もっと滑《ぬめ》るようなのを持ってこないか」

「花六さん、今、またご禁制が厳しくなってるんです。お役者にそんな生地をお売りしたら、私どもまでお叱りを受けます」

「舞台の上でだけ着る衣裳じゃないか。あれだろ、本当は払いが心配なんだろ」

すると手代は「そんなこと」と笑い濁しながら、膝の上に算盤《そろばん》を置く。

「ただ、ご注文の通りお仕立てするとなると、打掛《うちかけ》だけで百両はいたしますよ」

値踏みするような目をするので、「わかってるよ」と鼻で笑ってやった。

「ちゃんと算段はつけている。あたしは逃げも隠れもしないさ」

じつのところは何の目途《めど》も無い。相中になって給金は上がったものの小間使いを雇わねばならなかったし、大部屋の連中の米代、お菜代も相中の負担だ。まして姫御前ともなれば、打掛一枚では済まない。内着に帯、草履《ぞうり》や鬘、簪《かんざし》の用意もこれからだ。金子も日も足りなくて、頭の中は渦を巻いているが、ここでしくじるわけにはいかない。

やっと手衣裳で大舞台を踏むのだ。いい贔屓客が付くまでは、借金をしてでもやりおおすつもりでいた。

小間使いの子供が、やっと戻ってきた。

「遅いね、まったく。お茶を淹れとくれ」

「兄さん、お客さんが見えてます」

「お客。どなただい」

「日本橋《にほんばし》の京屋《きようや》さんとおっしゃってます。それから大黒屋《だいこくや》さんに、笹倉屋《ささくらや》さん」

手代と顔を見合わせた。有名な呉服商に小間物商、履物商の名だ。すると暖簾を掻き分けて、金太郎が入ってきた。

「花六ちゃん、あんた、いったい何を買ったの。凄い包みを持った行列が、梯子段を上がってきてんだけど」

「まだ何も買ってないよ。今、注文の最中だ」

そう言うやいなや、「ごめんくださいまし」と荷を抱えた者らが次々と入ってきた。瞬《また》く間に楽屋が一杯になって、花六の周りに風呂敷包みがうずたかく積まれた。

「ちょいと、誰かと間違ってんじゃないかい。あたしは京屋さんとはつきあいがないんだけどね。大黒屋さんと笹倉屋さんも」

だがそれぞれの番頭らしき男が三人揃って、「花六さんでいらっしゃいますね」と言う。

「そうだけど」

「お届け物にございます」

「届け物って、誰から」

「辛子屋さんとおっしゃるお方から、ご依頼を受けましてござります」

花六は飛び上がるように立ち上がり、包みの一つを解いた。

息を呑んだ。他の包みも解くと間違いない、すべて太之助に話した通りの、いや、それ以上の拵えが揃っている。

太之助、あんた、もしかして。

「辛子屋って、どこかで聞いたことあるけど。誰だったかしらん」

金太郎が首を傾げ、「あ」と口に手を当てた。

「花六ちゃんに通い詰めてたあの男って、辛子屋だったじゃないの。あらら、富籤《とみくじ》でも当てたのかね」

しばし口がきけなかった。

「姐さん。たぶん、あたし、やられたわ」

「やられたって」

金太郎の皺を見据えて、花六は「だって」と言葉を継いだ。

「こんな品、富籤当てたって揃えられない。ね、そうだろ、京屋さん。あんたんち、千両箱を積まれたって、一見《いちげん》の客は相手にしないので有名だよね」

すると京屋の番頭は、上方訛《なま》りで「恐れ入ります」と応える。

「ほな、皆さん、私どもは失礼いたしましょうか」

番頭らはゆったりとした所作で連なって、引き上げて行った。花六が呼んだ呉服屋の手代は茫然《ぼうぜん》として、目を白黒させている。金太郎が弾けるように笑った。

「あの親爺《おやじ》、大した役者だったのかねえ。あんなむさい形《なり》してさ、もしかしたら顔も作ってたんじゃないの」

何であたしだったんだろうと、花六は思った。

これだけの散財ができる分限者なら、千両役者とも対等につきあえるはずなのだ。いや、どんなことも、きっとたいていのことはかなえられる。

花六は再び、衣裳拵えの山に目をやった。

そうかと、腑《ふ》に落ちるものがあった。

これぞ太之助の、いや、名も商いも偽りだろうが、あの親爺の道楽なのだ。磨き抜かれた物や通人とつきあうのが当たり前だとしたら、そんな遊びにふと飽きる日があったのかもしれない。路傍の石を拾うように、売れない大部屋役者とつきあってみるのも酔狂かと思いついたような気がする。

そして姿を消してから、とうとう、あたしの人生に打って出たんだね。

花六、お前の望みの品を揃えてやったよ。さて、どうする。

本当に、してのけられるのかい。

「これより、大道具大仕掛けにてご覧に入れまする」

頭取の口上が響いた時、客のすべてが身を乗り出すのが見えた。

平土間の間から何本もの橋脚がするすると上がり、東西の上桟敷に向かって橋板が伸びてゆくのだ。町家の二階くらいの高さは充分にある位置に、丸橋が架かった。いつもの舞台と花道は遥か下だ。

花六は長暖簾を潜り、上桟敷の客席の間から橋の袂《たもと》に向かった。左右には作り物の桜樹が何本も寄せ植えされ、橋の下には平土間の客らが犇《ひし》めいている。誰も彼もが固《かた》唾《ず》を呑んで、こっちを見上げている。

花六は打掛の褄《つま》を取り、一歩、二歩と橋に近づいた。

目に鮮やかな打掛の地色は猩々緋に染めた綸子だ。桜と松竹、宝尽くしの文様は金糸銀糸で縁取り、さらに刺繡《ししゆう》と箔《はく》をふんだんにあしらってある。

「袘綿《ふきわた》をたっぷりと奢《おご》って、帯に負けないようにしなくちゃ」

花六はあの日、太之助にそう話した。

「広帯は緞子《どんす》、その上からさらに羅紗《らしや》の布を締めて前に垂らす」

「羅紗とは、もしやご禁制の」

「いいんだよ、そんなことどうだって。懐剣は黒漆《くろうるし》に金蒔絵《きんまきえ》だ。これも錦《にしき》の緞子に包む」

「包んだら見えないじゃありませんか」

「見えないとこにまで本物を使って着飾るから、お客を夢見心地にしてやれるんじゃないか」

「なるほど。私も花六さんの後ろ姿に惚れ込んで小屋に通うようになったんですから、たしかに衣裳も大事にございますね」

「だろう」

「でも、ちっとばかし心配にございますよ」

「何がさ」

「そうも奢った衣裳をつけちゃ、町方《まちかた》が飛んできそうで」

「お咎めを受けるんじゃないかって、案じてんのかい。そりゃ受けるだろうね。けど、世間を騒がせてこそ役者も一人前さ。捕まって初めて名が上がる」

いつか師匠が口にしていた台詞が淀みもせずに出てきた。だが心にもない言葉じゃない。花六は心底からそう思っていた。

お縄を受けるほどの奢侈に一生手が届かぬ、そんな役者のいかに多いことか。己もその一人だと思い知っているから、なおさら胸が痛い。痛いほど憧《あこが》れる。

櫛は鼈甲《べっこう》に貝と金銀を盛り上げ、簪と笄《こうがい》は銀地に七色の石をちりばめてある。首を動かすのも大儀なほど重いが、花六はまっすぐ前を向いて進む。先導の腰元がいよいよ橋を渡り始めた。鳴物に乗ってさらに四人、五人、その中には金太郎と染矢も交じっている。

ついに花六が踏み出すと、小屋じゅうがどよめいた。熱い吐息が波のように高まってくる。その刹那《せつな》、天井《てんじょう》の梁《はり》から桜吹雪が舞い下りてきた。

花六はゆっくりと橋を渡り、その中央で足を止めた。扇を手に舞いながら、踵《かかと》と腰を回していく。

この小屋のどこかに太之助が坐っているような気がした。

さあ、太之助、始まりだ。一か八かの、あたしらの大博奕。

千両役者か、それとも咎人《とがにん》か。

桜吹雪の橋の上で、ぐいと目に力を籠《こ》めて四方を見回した。

大向こうが掛かった。

晴れ湯

朝の陽射しが天窓から降ってきて、板間の傾斜を流れる湯の一筋がきらきらと光る。

お晴《はる》は流し場に足を広げて立ち、ご隠居の背中から尻までを糠袋《ぬかぶくろ》でせっせとこすっている。

ここは神田《かんだ》松田町《まつだちょう》にある松乃湯《まつのゆ》で、お晴はあるじ夫婦のひとり娘だ。この春で十歳になった。

ご隠居の背骨から尻骨まではでこぼこと飛び出ていて、ひいふうみいと数えられるほどだ。他の客と同じく逆さにした桶の上に腰掛けているので、前のめりになって転ばないよう、お晴は時々、左手を伸ばしてご隠居の肩を押さえてやらねばならない。そうしたまま自身は立ったり屈《かが》んだりして、躰《からだ》をこすり洗いしていく。

お晴は金太郎みたいな、赤い前掛けをつけている。首の後ろで紐《ひも》をくくり、背中はむきだしだ。それでもこうして三助《さんすけ》をしていると、柘榴口《ざくろぐち》から漏れ出る湯気で汗が噴き出してくる。腰に裾《すそ》短かに巻きつけた赤布は、おっ母《か》さんの湯文字《ゆもじ》を自分でちょきりと鋏《はさみ》で切ったものだ。

「また勝手に、そんなことをして」

十日前の朝、お晴が高座《こうざ》に坐るおっ母さんにその姿を見せると、おっ母さんは自分の湯文字を切られたことに腹を立てた。

「もったいない」

「あたいはべつだん素裸でもいいんだけど、裸ばかりの中に裸でいても目立たないから」

言い張ると、おっ母さんは「それもそうだけど」と首をかしげた。

「けどお晴、本当に三助なんてできるの」

松乃湯には庄助《しょうすけ》どんという年季の入った三助がいて、客受けもよく祝儀《しゅうぎ》もたんと稼いでいたのだが、ひと月前、桃の節句の晩にふいにいなくなったのだ。女湯の噂《うわさ》では、どうやら「欠落《かけお》ち」なるものをしたらしい。

それからおっ母さんは郷里の加賀《かが》に人を寄越してくれないかと文を出したが、まだ何の音沙汰もない。そのうち来るには来るだろうけれど、素人《しろうと》の小僧をまた一から仕込まねばならず、当座の役には立たないはずだ。

水の冷たい冬は薪代《まき》がやけに嵩《かさ》むので、お客が払ってくれる湯銭だけでは商《あきな》いが回らない。やっと水がぬるむ晩春となって、さあ、これからという時に庄助どんが出奔して出鼻を挫《くじ》かれた。

「湯屋《ゆうや》は夏にどれだけ稼げるかにかかっているのに、お客さんらに見限られちゃ、事《こと》だわね」

「さいです。三助のいない湯屋なんぞ、白湯《さゆ》みてぇに味気ねえもんです」

おっ母さんと源《げん》じいさんは、思案顔でそんな話をしていた。で、お晴がその役目を買って出たというわけだ。

「できるの」と、おっ母さんはもういっぺん訊《たず》ねた。

「アイサ、できます」

でないと、松乃湯は干上がってしまう。

「手習塾《てならい》はどうするの」

「今日は休みます」

「近頃、休んでばかりじゃないの。あんなに喜んで通ってたのに」

「いいんです」

こういう時、きっぱりと言ってのけるのが肝心だ。するとおっ母さんはたいてい、考えるのを途中でやめる。

湯屋は、六ツから六ツまでの稼業だ。明六《あけ》ツ、明烏《あけがらす》の声を聞きながら薪割りに水汲み、それから湯を沸かして店を開ける用意を始め、暮《くれ》六ツの鐘もろともに湯舟の栓を抜く。もちろんそれからも一仕事。脱ぎ場の棚を片づけ、洗い場と湯舟を一刻《いっとき》ほどもかかって掃除し、やっと蒲団《ふとん》に倒れ込むのは夜更けだ。

しかも日中は、常に誰かが高座に坐っていなければならない。松乃湯ではその役目はおっ母さんで、湯銭を受け取って糠袋や手拭いを貸したり、房楊枝《ふさようじ》やあかぎれの膏《こう》薬《やく》も売る。しじゅうお客が出入りするので、一時たりとも場を空けることができない。

だからお晴とおっ母さんの話はほとんどが中折れして、時々、おっ母さんは今、何の話をしていたかを忘れる。

「じゃあ、好きにしまっし」

やっぱりね。

手を動かすたびにもろもろが浮き出るのがすこぶる面白《おもしろ》くて、お晴は思わず声を弾ませる。

「ご隠居、凄いよ」

「出てますか」

「出てます、出てます」

ご隠居は花見で風邪をひいたとかで、顔を見せたのはひと月ぶりだ。垢《あか》のすり甲斐《がい》がたっぷりとある。

「ほら」

肩越しに両の掌《てのひら》を合わせて見せると、ご隠居は首を突き出すようにして「ほうほ」と咽喉《のど》を鳴らした。

「いやはや、抜群ですね」

「うん、ばつぐんです」

お晴は胸を張った。

「お晴坊、三助稼業が板についたな」

洗い場で躰を洗っている連中が、揃って笑い声を立てた。

軽石で熱心に踵《かかと》をこすっている若い衆《し》に、盥《たらい》の前に坐り込んでいる親爺《おやじ》さんも皆、顔見知りのお客だ。手拭いを肩にして柘榴口から出てきたばかりの先生も通りざまに足を止め、お晴の頭をくしゃりと撫《な》でた。

「精が出るの」

先生は界隈《かいわい》でも有名な戯作者《げさくしゃ》で、太鼓みたいに大きな腹をしている。軽石の若い衆は近くの長屋に住む職人だ。毎日、仕事にかかる前にひとっ風呂浴びにくる。その横に盥を据えて褌《ふんどし》を洗っている親爺は房楊枝売りの平《へい》さんで、松乃湯が高座で扱っている物も平さんから買っている。

柘榴口の向こうにある湯舟にもすでに何人かが入っていて、見知り同士、挨拶《あいさつ》を交わしたり、長唄の稽古《けいこ》も聞こえる。この声はたぶん料理屋の御亭《ごてい》さんで、粋《いき》な通人《つうじん》として知られている。

けれどお晴から見れば、どれも同じ裸だ。その日暮らしの長屋者であろうと名のあるお医者であろうと、それこそふだんは「さよう、しからば、ござる」なんて四角い物言いをするお武家だって、皆、着物を脱げばへそが一つ、尻は二つに分かれている。

女湯は今はまだ、おとなしい。朝湯を使いにくるのは女隠居や大店《おおだな》の身内、そして女芸者か囲者《かこいもの》がほとんどなので、長屋のおかみさん連中が集まる夜とは異なり、かくだんに静かだ。

江戸の湯屋では柘榴口を潜って入る湯舟は男女別にこしらえてあるものの、流し場や脱ぎ場には申し訳ていどの仕切りしかないので、こうして男湯の流し場にいても様子はよくわかる。たまに女湯で喧嘩《けんか》沙汰が起きたりすると、「待て、待てい」と男湯から仲裁が駆けつけるほどだ。

「三助をするのが面白いか」

先生が自分の留桶《とめおけ》の脇に坐り、呉絽《ごろ》の小布で胸を洗いながら訊《き》いてきた。備えつけの小桶はただで使えるが留桶はその人専用の桶なので、節句ごとに二百文をちょうだいして新調するのが決まりだ。小判形で大きさも立派、家紋が漆《うるし》で入っている。

「面白いです。ひねた鶏みたいな躰がゆで卵みたいにつるつる、ぴかぴかになります」

お晴はご隠居の腕を持ち上げて腋《わき》の下をこする。すると、こそばゆそうに皺腹《しわばら》が揺れる。

「ひね鶏を卵にするか。それは、ずいぶんと若返るものよ」

先生が笑うと、周囲の男らがまた可笑《おか》しそうに肩や膝を揺らした。

「つるぴかにするたァ、殊勝なこった。逃げた庄助に聞かせてやりてぇや」

ご隠居も「ほうほ」と笑っている。

お晴は肌の具合を素手で確かめ、次の段取りを考えながら糠袋を板間の上に置いた。掛け湯で垢を洗い流し、それから躰を揉みほぐすまでが三助の仕事だ。桶に汲んであった湯に指を入れてみると、もうぬるくなっている。

「ちょっと待ってて。熱いの、もらってくる」

小桶を脇に抱えて身を返し、お晴はたたっと走る。年寄のこと、生ぬるい掛け湯をしたら躰が冷えてまた風邪をひいてしまう。柘榴口の右手には小さな潜り戸があり、その前に滑り込むようにして膝をつき、桶を差し出した。

「お湯《ぶう》、おくんまっし」

「あいよお」

潜り戸からのんびりと柄杓《ひしゃく》だけが出てきて、桶が湯で埋められる。顔は見えないが戸の向こうには釜番と湯汲みを引き受けている源じいさんが坐っていて、湯舟から引いた熱い湯を求めに応じて汲み入れる。

源じいさんはお晴が生まれるずっと前、お晴の祖父《じい》さんがここを開いた頃に加賀から出てきて、以来、ずっと松乃湯に住み込んでいる。お晴が物心ついた時からすでに腰が曲がっていたが、今も薪割りから水汲み、湯汲み、掃除までを黙々とこなす。

江戸で湯屋を営む者から奉公人までのほとんどが越後《えちご》や越中《えっちゅう》の生まれで、北国者《ほっこくもの》だ。お晴の祖父さんも加賀から江戸に出てきて、縁者の湯屋で奉公しながらこつこつと銭を貯めてここを開いたらしい。その際、奉公人は気心が知れた郷里の者を呼び寄せるのが慣いで、祖父さんは自身の女房まで加賀から迎えた。

その倅《せがれ》がお晴のお父《と》っつぁん、四郎兵衛《しろべえ》で、おっ母さんのお竹《たけ》もまた加賀の遠縁から嫁いできている。

お晴は湯をこぼさないようにそろそろと戻り、「行きますよお」とご隠居に声をかけた。両手で小桶を高く持ち上げ、ゆるりと湯を掛け流す。半分ほど軽くなると片手で持てるので、躰の垢を素手で下へと洗い流し、それから揉みに入った。

「お晴ちゃん、もう充分ですよ。そこまでしてくれなくったって」

「最後までやります」

お晴は我知らず頰《ほお》を膨らませていた。中途で「もういいよ」と言われるのが、いちばん厭《いや》なのだ。

こどもだからって甘やかさないでほしい。あたいは三つの時から、高座にも上がってんです。

――お晴、ちょっとだけここにいまっし。

近所の女房らが言うには、おっ母さんはまだ幼いお晴をちょこんと坐らせて、その間に手水《ちょうず》を使ったり、飯を買いに外へ出ていたらしい。

高座は表の暖簾《のれん》を潜ってすぐの土間に面しており、男も女もまずそこで銭を払う。湯銭は御公儀《おかみ》のお定めで決まっていて、大人、こども共に一人前九文だ。

今も、おっ母さんの背中の端だけが見えている。高座は女湯の土間に設けられているので、男湯からはあまり姿が見えない。でもいつものように女客の話し相手になっているらしく、「……なんだって」「へえ」と帯だけが動く。

「加減いいかな、ご隠居。物足りなかったら肘《ひじ》を使います」

「結構ですよ。はい、そのまま」

背後からのぞき込んで見るとご隠居は心持ち顔を上げ、目を閉じている。まんざらお世辞でもないらしいと満足し、今度は腕、背中と順に揉んでいく。

「お先に」

軽石の男が立ち上がり、小桶を壁際に仕舞った。皆、「どうも」と頭を軽く下げて応《こた》える。房楊枝売りの平さんも「おゆるりと」と小腰を屈めてから、脱ぎ場に上がった。

このやりとりはもうほとんど決まっていて、まず着物を脱いで流し場に入る時、それから鳥居の形をした柘榴口をくぐって湯舟の前に立つ時も、先客に必ず「ごめんなさい」と挨拶をする。何も言わずに出入りすると、たちまちよそ者だとわかってしまうほどだ。

とくに柘榴口の中は昼間でもかなり暗いので、顔がよく見えない。近所の見知りかどうかすら判然としないので、湯に入る前に「ごめんなさいよ」とか「エエ、冷えもんでござい」と断らずに身を沈めようものなら、たちまち「どこのどいつだ」と誹《そし》られることになる。

「それにしても庄助の奴、欠落ちってな色っぽいことをよくもしてのけたもんだ。相手はどこの女なんだろうな」

脱ぎ場に立った職人が、櫛《くし》で生え際を整えながら平さんに話しかけた。櫛は松乃湯に備えつけの物なので、持って帰られぬように鴨居《かもい》から長い紐でぶら下げてある。

「あたしはおでん屋の女房だって、聞きましたがね」

「ああ、二丁目の。芸者《それしゃ》上がり」

お晴は背中を揉みながら「違うよ」と正してやった。

「おでん屋じゃなくて、煎餅《せんべい》屋のおかみさんと手に手を取って逃げたんだよ。庄助どんはもう今頃、江戸にはいないんだって」

ゆうべ、女湯で耳にしたばかりの種だ。

「こりゃまた。お晴坊の耳にはかなわねぇや」

いいえ、あたしは世間通《せけんつう》なんですと、胸の中で呟《つぶや》く。

裸の三人が寄ればたちまち噂話が沸いて、湯気を立てるのだ。そのほとんどは酒に男と女、着る物に食べ物、芝居に役者、そして銭と話が決まっている。

女湯ではそこに、子育てと亭主、舅 姑《しゅうとしゅうとめ》の愚痴も加わる。男湯では自分の女房をとやかく言う者は周りから見下げられるけれど、女湯で亭主を悪《あ》しざまに言う女房は場を盛り上げ、「のろけてる」などと囃《はや》されるほどだ。

悪口がなぜのろけになるのかがお晴には不思議で、もっかのところ、まだその謎は解けていない。うちのおっ母さんは、お父っつぁんのことを他人にぼやいたりしないのだ。もちろん褒《ほ》めもしない。

お晴のお父っつぁん、「松乃湯の四郎兵衛さん」は筋金入りの役立たずだ。

湯屋の倅に生まれながら裾を端折《はしよ》って脱ぎ場を掃除したこともなければ、高座に坐っている姿もお晴は見たことがない。だいたい、ほとんど家にいない。まったく、どこで何をしているものやら、いつぞや、誰かがこう言っているのを聞いたことがある。

──四郎兵衛さんは生まれてこのかた、働いたことがない。

お晴もじつは、随分と長い間、父親は働く人なのだということを知らなかった。湯屋にはそれこそたくさんの働く男たちが訪れて、こどもを二人も連れて躰を洗ってやっている父親も見てきたけれど、その姿と自分のお父っつぁんとを結びつけて考えたことがなかった。「四郎兵衛さんは極楽とんぼ、お竹さんは苦労だ」なんてのも女湯で耳にしたので、世間がそう言うんならそうなんだろう。

お父っつぁんはいつも昼前に起きてきて、のんびりと湯を使った後、隣の髪結い床《どこ》で頭を綺麗にし、それから八丁堀《はっちょうぼり》の旦那みたいに洒落《しゃれ》た黒羽織姿で出掛ける。身形《みなり》に構う暇《いとま》もないおっ母さんとは大違いだ。

ご隠居の躰を揉み終えて肩から湯をもう一度掛け流し、背中を三度、威勢よく叩いた。

「はい、一丁上がりです」

「ご苦労さま」

首を回しながら、ご隠居は己の肩をさする。

「柔らかくなりましたよ。おひねりを弾んでおくから、後でおっ母さんにおもらいなさい」

「これは、きょうえつしごく」

お晴はいつぞや聞いたお武家の言いようを真似《まね》て、ご隠居にぴょこりと頭を下げた。桶を手早く片づけていると、背後から呼ばれた。

「お晴、三助はもういいから、手習《てならい》に行きまっし」

高座から身を乗り出すようにして、ぽっと白い顔が手招きをしている。

おっ母さんはそれは肌が白くて、初めて訪れた女客が目を瞠《みは》り、化粧品は何を使っているのかと訊ねるほどだ。すると「米のとぎ汁を使いまっし」と答えている。

「とぎ汁の上澄みを捨てて、下に溜まった物を濾《こ》してから日に干すんですよ。それをお寝《やす》み前に塗って、あくる朝、洗い落としまっし。するとだんだん、白玉みたいな色白になります」

本当はそんな面倒なことに時間を割けるわけもなく、おっ母さんは白粉《おしろい》や化粧水も持っていないのだが、「何もしてませんと答えると小面憎《こづらにく》く思われるので、そう教えることにしている」のだそうだ。

そのあたりの機微は、お晴にはちと難しい。ただ、源じいさんいわく、ぬきんでた肌の白さは北国のおなご特有のものだ。あいにくお晴は色黒で、これは江戸生まれのお父っつぁん譲りなのだろう。

「手習は、今日はいいです」

「今日はって、昨日も行かんかったじゃないの」

お晴は手足を振って水気を払い、脱ぎ場に上がった。小走りになって高座に向かい、おっ母さんを見上げる。高座の床は厚みがあって、四角い胴縁《どうぶち》がちょうどお晴の胸のあたりだ。その上におっ母さんが坐っている。

「高座、代わります。おっ母さん、朝餉《あさげ》、とってきたら」

「お前は」

「もう食べた」

起き抜けに、ゆうべの蕎麦《そば》の汁の残りに冷や飯を入れてかき込んだ。おっ母さんは「そう」と口に指を当てつつ、それ以上は何も問わずに腰を上げた。

「じゃあ、ちょっと行ってくるわ。源さんのお昼も買わんとね」

湯屋の女房には台所に立つ暇《いとま》などなく、松乃湯ではほとんどを振り売りから買って済ませている。躰が空く時はそれぞれなので、源じいさんの朝と昼は釜場の前か湯汲みをしながらだ。おっ母さんもたいていは高座の中で口を動かし、お晴もいつも一人で食べている。

だから手習塾に行くようになって、初めて知ったのだ。

皆、朝はおっ母さんが炊いたほかほかのご飯と、しじみや春菜の入った味噌汁《おつけ》を食べてくる。しかも驚くべきことに一家揃って、一緒に箸《はし》を持っているのだ。お父っつぁんは働く人なのだと知った時よりも、びっくりした。どうゆうことって、思った。

「お晴は何がいい。お昼と夜」

そう訊ねられた途端、腹が鳴りそうになる。さすがに今日の朝飯は足りなかったと思いながら、「ええと」と考えた。

「ふかし芋《いも》と焼き蛤《はまぐり》、それから大福」

おっ母さんはたいていお晴の好みを聞き入れ、どさりと買ってきてくれる。お晴はそれを昼と夜、翌朝と食べつなぐ。

「菜飯《なめし》の握り飯と、焼餅も」

「はいはい」と、おっ母さんは巾着《きんちゃく》を胸許に差し入れて土間に降りた。お晴は飛び上がって高座に組みつく。おっ母さんに尻を持ち上げられて、右足と左足をようよう入れた。

「じゃあ、頼んだよ」

「うん。お父っつぁん、まだ湯に入りに来ないけど寝てるのかな」

「さあ、どうかしら」

束《つか》の間《ま》、おっ母さんが伏し目になった。きっとゆうべも帰ってこなかったのだ。お晴は慌てて言いつくろう。

「早《はよ》う、行ってきまっし」

おっ母さんは小さくうなずいて、脱ぎ場にいるお客らに頭を下げてから表へと出た。

入れ替わりに客が立て続けに入ってきて、お晴は「らっしゃい」と声を張り上げながら銭を受け取る。間違いがないかどうか数える間もなく、皆、土間から脱ぎ場へと上がっていく。

「ここは、三助はおらんがか」

そう訊ねるところをみると、常連ではないらしい。江戸では旅籠《はたご》にも内湯がないのが当たり前なので、諸国のいろんな人がけっこう訪れる。

「あいぃ。今、お休み中です。悪しからず」

顔を伏せたまま、銭を並べて勘定する。また表の暖簾が動いて、風が入る。今日は春の名残りのようなそよ風で、湯屋日和《びより》だ。

「らっしゃい」

「客じゃありませんよ。悪しからず」

顔を上げると、てかりと日に灼《や》けた顔が目の前にあった。

「何してんです」

「お前こそ、何してんです」

「見ればわかるでしょ。高座を務めてんの」

「いたいけな娘がまあ、気の毒に」

「お父っつぁんが言うか、それを」

「またまた。好きでやってるくせに」

お父っつぁんはにやにやと、白い歯を見せた。

「いちだんと色黒ですね」

「釣り舟で遊びましたからね。昨日は大川《おおかわ》も晴れ上がって、真夏みたいだったでしょう」

「知りませんよ、そんなこと。というより、お父っつぁん、遊び過ぎ。今、うちはてんてこ舞いなんですけど」

「いつ、いかなる局面にあっても、湯屋の亭主ってのは働かねぇものと相場が決まってます」

「北国者は真面目で働き者なんだって、源じいさんが言ってました」

「あたしは江戸生まれなんでね。っていうか、お晴、その妙な話し癖、ますますひどくなってませんか。親に向かって、何てえ他人行儀な」

「おかしいのは、お父っつぁんの方です」

「馬鹿を言うんじゃありません」と言いながら身を乗り出し、女湯の方に顔を向けてから今度は男湯の脱ぎ場をも振り返る。

「お竹は」

「買物」

「あ、そう」と気のない返事をしながら安堵したように頬を緩めているので、やはり朝帰りは少しは気が差すのだろう。お晴は「今なら」と言ってみた。

「今なら、お父っつぁんの活躍の場、ありますよ。庄助どん、いなくなっちゃったから」

「庄助どんって誰」

駄目だ。極楽とんぼにつける薬はないと、お晴は銭勘定《ぜにかんじょう》に気を戻した。

「ええと、何つったかな、坊主、入っといで。こっちだ、こっち」

お父っつぁんが妙なことを言っている。見れば背後を振り返り、誰かを呼んでいるようだ。

ほどなく表の暖簾が動いて、男の子が遠慮がちに入ってきた。客だろうかと思いつつ、手には着替えの一つも持っていないので、「らっしゃい」を言わないでおくことにした。

「この坊主、うちで奉公したいんだって」

「奉公って、この子がですか」

まじまじと土間を見下ろした。お晴よりも少し年嵩《としかさ》に見え、痩《や》せて目だけが大きい。

「うちの前を通りかかったら、天水桶《てんすいおけ》を積んである所があるでしょ。あそこからこの坊主、中をうかがってたんですよ。さては女湯のぞきかと思って、あたしは首根っこを摑《つか》まえた。ね、お晴。湯屋の亭主ってのは、外で役に立ってるものなんですよ」

「さいですか」

「また、つれない返事だね、このお子さんは」

「あたし、忙しいんです」

「いやさ、まあ、聴きなよ。あたしが問いつめたらば、この子は違いますって懸命に首を振るんだな。で、湯屋に奉公したいんですって、これまた奇特な申し出ですよ。

湯屋ってのは傍《はた》で見てるより楽じゃないよ、きついよ。女の裸なんぞすぐに見飽きちまうよって、止めたんですけどね」

その「きつい」をしたことなんぞないのに、よくも、いけしゃあしゃあと。

「でも、是が非にもって言い張るんで、んじゃ、とりあえず、女将《おかみ》さんに頼んでみたらって連れてきたわけですよ。……じゃ、そうゆうことで」

お父っつぁんはくるりと踵《きびす》を返し、「行ってきまあす」と黒羽織の裾をひるがえしながら出て行った。

取り残された男の子はお晴と目が合うと、口の中で呟いた。

「新吉《しんきち》です。よろしくお願いします」

竹馬みたいに細い躰を前に折り、くきくきと不器用な辞儀をした。

筆先に墨をふくませてから半紙に下ろし、ぐいと横棒、そして縦にも引く。今日は松乃湯の「松」の字ばかりを一枚に書いているので、もう真っ黒だ。それでもお晴はかまうことなく、ぐいぐいと腕を動かす。

「お晴、もっとゆるりと腕を使いなさい」

女師匠に背後から注意された。と、さっそく「やあい、叱《しか》られた」と周りに男の子らが集まってきた。この家は男師匠と女師匠が夫婦で、男の子は男師匠が、女の子は女師匠が教えているものの、同じ広間にめいめいの天神机を好きに置いているので、騒々しいこと、この上ない。

このひよっこどもときたら、ほんとこどもっぽいんだから。雛遊《ひなあそ》びや貝打《ばいう》ち、芝居ごっこにばかり夢中になって、ちゃんちゃら可笑しいですよ。

「叱られた、叱られた」

「松乃湯の三助が、叱られた」

手に算盤《そろばん》を持ってひときわ騒いでいるのが、お晴より一つ上の熊公《くまこう》だ。ずいぶんと躰が大きくて、手習塾の中でも幅を利かせている。昔はお晴よりうんと背丈が低くて、おっ母さんと一緒に女湯に入っていた。

――さあさあ、お湯《ぶう》はどこだい。転びなさんなよ、よくよく下を見てお歩きよ。ああ、よくわかったね。えらいえらい、熊ちゃんは。

撫でるみたいに甘やかされていたものだ。でもいつからか熊公は男湯に入るようになって、お晴と顔を合わそうものなら手拭いでさっと前を隠す。そんなもの、こっちは犬の糞《くそ》ほど珍しくもないのだが、当人にとっては何ともばつが悪いらしい。だいいち、お晴は知っている。熊公の尻はまだ赤子みたいに青いのだ。それをここで喧嘩の種に使わぬのは武士の情《なさけ》とやらだと、睨《にら》み返した。

「何だよ、その顔。三助のくせに」

何さ。そっちこそ、九九をろくすっぽ言えないくせに。尻、青いくせに。

「うるさいんで、あっちに行っててもらえますか。小童《こわっぱ》め」

するとまた騒ぎ立て、とうとう男師匠に叱られた。女の子らは面白そうにそれを眺め、お晴の様子を遠巻きにうかがっている。以前は一緒に遊んでいた子も何人かいるけれど、なにせこどもっぽいのがつまらなくて、調子を合わせるのが面倒になった。

そのうち、誰も誘ってこなくなった。

「お晴ちゃん、三助なんてしてるんだ」

「うちのおっ母さんがさ、倅ならともかく娘にそんなことさせるなんて、親の気が知れないって」

「うちのお祖母《ばあ》ちゃんも言ってた。昔、湯女《ゆな》っていう女三助が流行《はや》った頃があったんだけど、二階で男の人の相手もしてたんだって。だから御公儀《おかみ》から禁じられたらしいよ」

お晴は背中を向けて机に向かっているけれど、女の子らがひそひそと話しながらこっちを盗み見しているのがわかる。

「そういえば、松乃湯って湯屋株《ゆやかぶ》を持ってる家じゃないんだってね」

「何、それ」

「湯屋って、誰でも始められるものじゃないのよ。湯屋株を買わないと開けないんだけど、四、五百両もするから、先代がよその株を借りて始めたんだって」

その通りだ。うちは仕手方《してかた》だから、月の揚げ銭から株主に借り賃を納めている。

でも、それの何が悪い。

「へえ。お晴ちゃんちって大した身代《しんだい》だって思ってたけど、内情は大変なのね」

「だから、三助」

違うよ。あたしはお客の背中を流すのが楽しくてやってるだけ。おっ母さんに無理強いされたわけじゃないもん。だいいち、その三助はもうお役御免になった。

お晴は筆を握り直し、前屈みになる。

四月のかかりに突然やってきた新吉を前にして、おっ母さんは戸惑っていた。お晴は高座から下りないままおっ母さんと一緒に坐り、お昼代わりの大福を食べていた。

「いきなり奉公したいって言われても、今、人を頼んでるのよ。その子が江戸に来たら二人になるでしょう。うちは二人も雇えないわ。……新吉さんって言ったっけ、在所はどこなの」

「隣町の鍋町《なべちょう》です」

「あら、神田の生まれなの」

おっ母さんが半身を反《そ》ったので、お晴は「おっと」と前のめりになった。

「はい。三代前から、江戸の水で産湯《うぶゆ》を使ってきました」

新吉は少々自慢げに、鼻の穴を膨らませた。

「じゃあ、親御さんは」

「親父は、板木《はんぎ》の彫師《ほりし》です。兄ちゃんが手伝ってるんで、おいらは自分で生計《たつき》の道を見つけないといけません。で、おいら、三馬《さんば》先生の『浮世風呂《うきよぶろ》』が大好きなもんで、湯屋に奉公したいと思って」

「ああ、滑稽本《こっけいぼん》の」

お晴も、男湯でその本の名を耳にしたことがある。随分と人気で、紙の端がちぎれてぼろぼろになるほどだと貸本屋の小僧が言うと、戯作者の先生がすかさず腐したのだ。

「大したことは書いてませんけどね。益体《やくたい》もなく、身辺を書き散らしてるだけですよ」

でも、その先生の書いたものはさっぱりと売れないらしく、近頃は何か別の商いを考えているようだとは、また別の日に男湯で聞いたことだ。

ともかく新吉の言いようは熱心、かつ道理にもかなっていて、おっ母さんは難なく説き伏せられた。なにせおっ母さんは長く考えることができない。買ってきた握り飯を食べながら手拭いをお客に貸し出し、こう言った。

「じゃあ、とりあえずやってみまっし」

「ありがとうございます」

「家が近いから、通いでいいわね。朝、早いけど」

新吉はうなずいたが、結局、源じいさんと一緒に一階で寝泊まりしている。

お晴たちが寝ている四畳半二間は二階にあって、一階の台所脇の六畳が源じいさんのすみかだ。出入りは皆、釜場のそばにある裏口を使っていて、おっ母さんやお晴はその脇にある段梯子《だんばしご》を使って二階に上がる。

松乃湯には二階への段梯子がもう一つあり、それは男湯の脱ぎ場にある。もともと二階はお武家の腰物を預かる場で、お晴がもっと幼い時分はそこで多くの男客が下帯一つでゆるりと過ごし、囲碁を打ったり将棋を差していた。隠居した祖父ちゃんがそこで茶や菓子を売り、貸本屋や幇間《たいこ》らも訪れてそれは賑《にぎ》やかだったことを微《かす》かに憶えている。

けれど祖父ちゃんが亡くなってから二階の人手が間に合わなくなり、今は閉めたままだ。お父っつぁんが二階番をやれば済む話なんだけどと思いつつ、お晴はそこで筆を仕舞った。時の鐘が昼九ツを打ったからだ。

師匠の「お昼にしましょう」を待つまでもなく、さっそく女の子らが弁当を広げる。

「おとみちゃんのお弁当、今日もおいしそう」

「里芋の煮つけに玉子焼きって、豪勢ねえ」

「お芋は嫌いだって、おっ母さんに言っといたのに。ひどいわ」

「じゃあ、たたき牛蒡《ごぼう》と替えっこして」

そこに男の子らも集まって、お菜《かず》自慢が始まった。熊公も「へへん」と中を見せている。

「今日は目刺《めざし》つきだぜ。おっ母ぁがつけた沢庵《たくあん》もたんとあるから、欲しい奴は言いな」

もちろんいったん家に食べに帰る子もいて、熊公も前はそうだったのだが、いつのまにやらお弁当組に加わったらしい。

近頃、お弁当を持って手習塾に来るのが流行っているのだ。お晴も以前、自分で詰めてみたことがある。おでんの残りと焼芋を入れたら、芋の皮が濡れてぐちゃぐちゃになっていた。

「お晴ちゃんのお弁当、まっ茶色」

彩りを頓着されるとは、予想外だった。

「でもおいしいよ。うちのおでん」

「それ、串がついてる。買ったものなんでしょう」

「違うよ。おっ母さんが作ったおでんだもん」

嘘をついた。でもきっと、見抜かれていたのだろう。誰も「お菜を替えよう」と言ってこなかった。

松の字尽くしの半紙を天神机の上にそのままにして、お晴は席を立った。午後の手習は九ツ半から始まるので、半刻《はんとき》しかない。たっと外に出て、通りを歩く。初鰹《はつがつお》売りが凄い勢いでかたわらを走り抜け、その後ろを冷や水売りや青物売りが行き交う。

今日のお昼は何にしようかな。

家に帰ってもおっ母さんと一緒に食べられるわけではないので、お晴はいつも適当に町をぶらついて買い食いしている。銭には困ったことがないのだ。高座の銭函から掌一杯に摑んで出ても、おっ母さんはとやかく言わない。たぶん、気がついてさえいない。

「お晴ちゃん、今日は何にする」

見知りの天麩羅《てんぷら》屋が声を掛けてきた。胡麻《ごま》油のいい匂いがする。

「隠元豆《いんげんまめ》と椎茸《しいたけ》、それから貝柱」

「あいよ」

それから煮売り屋に寄って握り飯をふたつ買い、また歩く。お寺の門をくぐり、境《けい》内《だい》を抜けて庭に出た。ここはお気に入りの場で、小さな池のほとりに腰を下ろす。懐《ふところ》に突っ込んだ竹筒を出し、まず咽喉を湿してから握り飯、そして天麩羅を食べる。

池の周囲は菖蒲《しょうぶ》の花畠になっていて、剣先みたいな蕾《つぼみ》が無数に並んでいる。葉っぱを揺らして水鳥が飛び立つのを眺めながら、口を動かした。

あと何日かしたら、菖蒲湯だ。

江戸の湯屋は端午の節句の翌日、六日に菖蒲湯を立てる。お客は湯銭の他にいくらかの祝儀をおひねりにしてくれるので、高座では三宝《さんぽう》を置いておく。湯舟に浮かべる菖蒲の葉は毎年、堀切《ほりきり》のお百姓が届けてくれる。その根元の泥を井戸端で落とし、綺麗にするのも大仕事なのだが、今年は新吉が引き受けるそうだ。

「新ちゃんが来てくれて、ほんに助かるわ」

おっ母さんは二言目にはそう言い、源じいさんも舌を巻いていた。

「こうも呑《の》み込みが早いとは、いや、恐れ入りました。薪割りも水汲みも、骨惜しみをせずに真面目《まじめ》にしやすしね」

そしてご隠居や先生も、今じゃ「新ちゃん」と三助を頼んでくる。新ちゃんに揉んでもらったら、お灸《きゅう》も鍼《はり》も要らなくなるのだそうだ。

「新ちゃんは百人力だ。松乃湯も安泰だね」

そんなこと、あたいは言ってもらったことがない。しかも、そんな時だけはお父っつぁんが話の輪に入っていて、「どうだ」と手柄顔をするのだ。

「あたしの人を見る目も、まんざら捨てたもんじゃないでしょう」

教えたのはあたいと源じいさんだと、お晴は口を尖《とが》らせた。

水汲みと湯汲み、薪の割り方から積み方までは源じいさん、お晴は三助と高座の坐り方を教えた。

「お客の背中を流すだけじゃなくて、垢すりから揉み、それから人あしらいまでが腕のうち。前にいた庄助どんなんて、十年も修業したんだから」

「十年ですか」

「それからさ、あまり見かけない顔で、粗末な身形《みなり》のお客は何げなく気に留めておくこと。板ノ間稼ぎかもしんないから」

「板ノ間稼ぎって、あの、他人の着物を着て帰る」

「うん。金目の着物をさっと着込んで、何喰わぬ顔をして出ていくんだ。うちのおっ母さんはおっとりして見えるけど、あれでじつは方々に目を走らせてんだよ。見慣れない顔で、洗い場に長居をしない、すぐに湯から上がる、そういう客はまず怪しいね」

「男ですか、女ですか」

「どっちもいるよ。草履《ぞうり》や塗り下駄、いい傘もやられやすい。わざとじゃなくて、ただ間違ったってこともあるからややっこしいんだけど。そこはそれ、常連さんの顔をまず憶えるしかないね。それから難しいのが、生酔《なまよ》いや病《やまい》が癒《い》えてなさそうなお客さん。うまく言ってお引き取り願わないと、うちで倒れられたりしたらひと騒動。悪い風邪を湯屋でうつされたとなったら、町方《まちかた》からお叱りを受けることもあるから」

「それは剣呑《けんのん》ですね」

わかったふうな口をきいてるけどそう簡単じゃないよと思いながら、お晴は講釈を続けた。

「高座じゃ、風にも気をつけないと」

「それはさっき、うかがいました」

「ごほんの風邪じゃなくて、びゅうの風。湯屋は何より、火事が怖いんだ」

釜場のそばには薪を山と積んであるので、風の烈《はげ》しい日は「今日休」と書いた札を店先に吊るして火を落とさねばならない。

「なるほど。でも風が吹くたび休んでいたら、せっかく沸かした湯が丸損になりませんか」

「そこなんだよ、難しいのは」

そもそも、江戸は海に面しているから風が強く、土埃《つちぼこり》がしじゅう舞っている土地だ。だから皆、毎日のように湯を使うのだと、戯作者の先生が言っていた。

「そのうち風が治まりそうだからこのまま開けておこうとか、いや、今日は休んだ方がよさそうだとかは、高座に坐りながら暖簾の向こうの様子をうかがいつつ判じるわけ」

「火事の用心をしつつ、でも損をしないように」

「そうゆうこと。でもあまりいっぺんに教えても、そうやすやすとは呑み込めないだろうから、今日はこのくらいにしておこう。習うより慣れろだから」

「はい、頑張ります」

そして新吉はあれよあれよという間に習い、慣れた。

お父っつぁんは照れ笑いを浮かべる新吉の肩に手を置き、「これからも精々、励《はげ》んでくださいよ」とおだてる。で、お晴にこう指図《さしず》する。

「手習、ちゃんと行ってるかい。読み書きができないと、人生、つまんねえですよ」

こどもを大店に奉公させようと考える親はだいたい十一歳くらいまで手習塾に通わせるが、もっと早く来なくなる子もいるし、女の子でも十三、四まで通う子もいる。どうやらこどもの先行きに合わせて学びの年数が違うらしいのに、お晴の両親はともかく「行きまっし」の一本鎗だ。

おっ母さんはいつものように、「ほんに」と口を揃えた。

「手習に通いたくても、それができない子だってたくさんいるんだから、行きまっし」

お晴は右手に隠元豆の天麩羅、左手に握り飯を持って、かわりばんこに齧《かじ》る。

ついこの間までおっ母さんもあたいの働きを当てにしてたくせに、もうお払い箱だ。

おっ母さんは昨日、久しぶりに髪結《かみゆ》いに行き、違う女の人みたいな顔をして帰ってきた。綺麗だと思って駆け寄ると、おっ母さんはまず新吉を呼んだ。

「ありがと。助かったわ」

お晴は両手の指をねぶってから、立ち上がる。池の水面は五月空を映して、のんびりしている。竹皮包みを懐にねじ込んで、境内を引き返した。でも塾に戻る気にはなれなくて、足が違う方角に向かってしまう。

そのまま町をぶらついて、いろんな店先をのぞいたり、道端で丸くなって寝ている犬を撫でたりした。犬はお晴の指先をくんくんと嗅《か》ぎ、舌でお晴の口の周りをぺろと舐《な》めてきた。少し臭《くさ》かった。猫も触りたかったが、ふうと恐ろしい形相《ぎょうそう》で吹かれた。尾っぽがひどく膨らんで、先が三つに分かれている猫じゃないかと疑ったが、怖くてたしかめられなかった。とっとと逃げた。

そろそろ八ツ時だ。手習塾も仕舞いなので家に帰ってもいい時分だろうと見計らい、松田町を目指して歩いた。出番がないので退屈なのはわかっているけれど、おっ母さんと一緒に高座に坐ればいいかと考えを巡らせる。おはじきか、将棋崩しで遊ぶ。

将棋の駒の手触りを思い浮かべて、待てよと、お晴は足を止めた。こんなにいいこと、何でこれまで思いつかなかったんだろう。男湯の二階だ。あすこを開けて、あたしが二階番をすればいい。

久しぶりに気持ちが晴れて、駆け出していた。

「ただいまっ」

暖簾をくぐると、高座に坐っているのは新吉だった。

「お晴ちゃん、どこ行ってたんです」

「どこって、手習に決まっててんでしょ」

口早に答えた。

「女師匠がいらしてますよ」

新吉が切り口上になったので、「あいた」と言葉に詰まった。まずい。厄介なことになっていそうだと、目をそらす。

「今、奥の二階で女将さんがお話ししてます。お晴ちゃんが帰ったらすぐに上がるようにって言ってましたよ。もし夕暮れまでに帰らなかったら、町内に頼んで皆で探さなきゃなんないって、蒼《あお》い顔して」

新吉は分別顔で、じろりとお晴を見下ろした。肩をすくめて裏口に回る。すると急にお小水《しょうすい》がしたくなって、厠《かわや》に駆け込んだ。しゃがみながら、頭の中は言い訳の算段で一杯だ。

今日は遠くまでお昼を買いに出て、迷ってしまったことにしよう。でも昨日はどうする。犬に追っかけられた、池に落ちた、銭を落として探し回っていた。

お晴は「うぅん」とうなる。この十日というもの、たびたび塾に戻らずに町で過ごしていたのだ。幾通りもの嘘を考えるのは、なかなか面倒だ。

厠を出ると、裏口から出てきた女師匠と鉢合わせになった。

「お晴、大変っ」

「お師匠《し》さん、あたい、お寺の境内でお昼を食べてたらつい寝ちまったんです。いい陽気だったもんで」

お父っつぁんの物言いに似てると思いながら、するすると言い訳を披露した。

「おっ母さんが倒れなすったのよ」

何言ってんの、お師匠さん。

「私がお暇《いとま》を告げて廊下に出た途端、妙な音がしたのよ。振り向いたら倒れていて」

よくわからぬまま、段梯子を駆け上がった。

「らっしゃい」

高座に坐るお晴を見るなり、皆、「大丈夫かい」と親身に顔を寄せてくる。

「お竹さん、大変だったねえ」

お晴は「うん」とうなずき、湯銭を受け取った。

「もうすっかりいいんだけどね。あともう二、三日養生《ようじょう》するようにって、お医者も言ってるから」

「疲れは万病の元だからねえ。長年、寝も足りてなかっただろうし」

見舞いがてらお菜や水菓子を持って来てくれるお客もいるので、お晴は頃合いを見て拍子木《ひょうしぎ》を打つ。すると新吉がまもなく現れて、高座を代わる。お晴はおっ母さんが寝ている二階に食べ物を運び、枕元に坐って給仕をする。

今日はご隠居の家の若嫁さんが土鍋で炊いた茶粥《ちゃがゆ》を持ってきてくれたので、冷めないうちに新吉を呼んで二階に上がった。

おっ母さんは奥の四畳半で寝ている。といっても目を覚ましていたらしく、横になったまま本を読んでいた。お晴が入るとそれを脇に置き、半身を起こした。

「お腹《なか》、空いただろ。ご隠居んちのお嫁さんがお粥をくれたよ」

「まあ、おみよさんが」

壁際に置いたままになっているおっ母さんの箱膳を蒲団の横まで引き寄せた。茶碗に粥をよそい、「はい」と差し出す。

「いただきます」

おっ母さんは寝衣《ねぎ》の襟《えり》をつくろってから手を合わせ、粥を啜《すす》った。

「おいしい」

「よかったね」

「申し訳ないわねえ。皆さんにお世話になって」

「おっ母さんがふだん、よくしてくれてるからって、皆、言ってるよ」

「私は頑丈なだけが取り柄だったのに、丸二日も寝込んじゃって。こんなの初めて」

「少しゆっくりしたがいいよ。松乃湯はあたいたちでちゃんと、やってるから」

するとおっ母さんは手を止め、お晴にじっと目を据えた。

「手習に、行けないね」

やはりその話になるかと、身を硬くした。おっ母さんが倒れたのに取り紛《まぎ》れて、お目玉を喰《く》らわずに済んだのだ。このままやり過ごせそうだと安心していた矢先の不意討ちだ。

「あたいもお粥、食べようかな」

話をそらしてみたが、おっ母さんは厳しい声を出した。

「ちゃんと坐りなさい」

お晴は「あい」とかしこまって、膝を畳んだ。

「お師匠さんはね、お前が昼から塾に戻らないのを、てっきり、家の手伝いがあるからだと思い込んでなさってたみたいよ。うちの事情もご存じだし、半日だけ学ぶって子もいるしね。で、あの日はたまさか用があっていつもより早く塾を出て、その帰りにうちの前を通りかかったから、ふと思いついて立ち寄ってみたんだって。でも私はお前がそんなことしてるなんて知らないから、いつも昼八ツを過ぎてから帰ってきますけどって答えたわよ。もう、お師匠さん、びっくりしなさって、私もわけがわかんなくてね。どこで時を潰してたんだろうって思いながら、でも今日もまだ帰ってこないし、ひょっとしてお前の身に何かあったかもしれないなんて心配になるし」

このあと、どかんと雷が落ちそうだと、お晴はますます顔を伏せて身構えた。ところがおっ母さんはそこで息を切らした。顔を上げると、目が合った。

「お晴。そんなにあの塾が厭なら、よそに移ったっていいのよ」

優しい目をしておっ母さんが言ったので、いろんな嘘や言い訳が吹っ飛んだ。

「厭じゃないです。楽しくないだけで」

「どうして楽しくないの。お師匠さん、言ってなすったわよ。読み書きの覚えも早いし、九九だってもう全部言えるって。お針は苦手みたいだけど、それはきっとおっ母さんが家でしないからよね。私、お前の繕《つくろ》い物だってろくにしてやってないから」

「そんなの、いい。これ以上、無理してほしくないです」

「じゃあ、塾が何で楽しくないの」

そこでおっ母さんはお晴の顔を探るような目をして、声を落とした。

「誰か、いじめるの」

お晴は「ううん」と、頭《かぶり》を横に振る。

「あたいがいじめることはあったって、いじめられることなんてありません。そういう柄じゃないです、あたいは。……でも」

頰が膨れ、唇がにゅんと尖る。

「あたいは松乃湯で働いてる方が楽しい。おっ母さんと一緒に」

するとおっ母さんは「困ったねえ」と、溜息をついた。

「そのうち、厭でも働かないといけないのよ。今だけよ、手習をしなさい、遊びなさいって言ってもらえるのは」

「じゃあ、お父っつぁんはどうなんです」

おっ母さんが倒れた日、お父っつぁんは夜遅くに帰ってきて、それはもうみっともないほど取り乱した。

「お竹、死ぬんじゃない。目を覚ましてください」

重篤な病じゃないと知ると「何だ」と笑ってごまかして、さすがに昨日はずっと二階にいたが、今日はもう朝から出掛けてしまった。新ちゃんの方が何倍も役に立つ。

「お父っつぁんはね、こどもの頃、ずっとこの松乃湯を手伝って、ろくろく遊べなかったのよ。薪割りと水汲みで日が暮れて。だから今、何かを取り戻してるんでしょう」

驚いた。生まれてこのかた、働いたことがあったらしい。

「でも私はね、郷里でいっぱい遊んだのよ。野山を駆けて川で泳いで、木登りもたくさんした。すごいお転婆《てんば》でね、私。毎日、夕暮れ前まで遊んでたから、手足も灼けて真っ黒だった」

意外だ。

「それに。これからの女の子は読み書きも大事だって言うお父ちゃんだったから、けっこう本も読ませてもらった。だからこの中にいっぱい、いろんなものが詰まってる」

　おっ母さんは右手を胸の上に当て、頬笑《ほほえ》んだ。

「うち、潰れたりしないよね、おっ母さん」

　おっ母さんが「え」と、小首を傾《かし》げた。

「お晴、そんなことを心配してたの」

　黙っていた。けれどおっ母さんは「そうなの」と、目を見開いている。

「あたい、好きなんです。松乃湯が」

「ごはん、一緒に食べられないのに」

「いいんです」

「お弁当も、作ってあげられない」

　今度はおっ母さんがうつむいていた。はっとした。

「もしかしたら、何か、お師匠さんが言ってたの。違うよ、何もないんだから。お弁当なんて、あたい、どうだっていいんだから」

　言い張ると、おっ母さんの顔に少しだけ笑みが戻った。障子をすかした窓から、五月の風が入ってくる。薪の匂いや湯の匂いに、若葉のそれが混じっている。

　茶粥を食べ終えた後、おっ母さんはまた横になり、すぐに寝息を立て始めた。お晴はそっと段梯子を下り、走って高座に戻った。

次の日、端午の節句を迎えた。

明日の菖蒲湯に使う葉っぱが荷車に積まれて運び込まれてきたので、それを洗うのは新吉にまかせ、お晴は高座に坐っている。

客は手拭いで頰かむりをしていて、湯銭を払いながら裾前を払う。

「今日はえらい風だね。幟《のぼり》も吹き流しも、大暴れさね」

表の暖簾の動きようで、お晴もそれはわかっていた。

「助かるよ、湯を使えて。頭から爪先まで、埃まみれだ」

「ゆっくり、お流しになってください」

「お晴坊、りっぱな女将さんだな。おっ母さんも安心だ」

おっ母さんは今日いっぱい養生することにして、明日には高座に戻ると言っていた。また暖簾をくぐる人影があって、お晴は声を張り上げた。

「らっしゃ……何だ、新ちゃんか」

「葉っぱの洗いを済ませたんで、三助に入ります」

と言いつつ、新吉は上に上がろうとしない。後ろを振り返り、また顔を戻してお晴を見上げた。

「お晴ちゃん、風、かなり強いけど」

「わかってます。それが何か」

「店休んで、火ぃ落とした方がよくないかな」

「このくらいの風で閉めてたら、うちは大損です」

内心では迷っていたのに、新吉に勧められるとどうでも休んではいけないような気がした。

こんな日は年寄やおなごは外に出ないので、朝湯がまばらだったのだ。昼を過ぎた今も男湯に三人きり、女湯には誰もいない。でもそのうち仕事を終えた連中がやってきて、ほっとした顔をするに決まっている。さっきのお客だって、「助かるよ」と喜んでくれた。

「火を落としちゃったら、今日はもうふいになるんだよ。大した風も吹いていないのに松乃湯は気後れして休んだなんて言われたら、格好がつきません」

「源じいさんも、ここは迷い所だが思い切った方がって」

「休む休まないは、高座が決めること。口出ししないでもらいましょう」

きつい声になった。新吉がどれほど役に立っているか、それはよく承知しているけれど、源じいさんの言葉を持ち出すところが気に障《さわ》った。

新吉はようやく頭を縦に振り、中に上がった。お晴は鼻からぶんと息を吐き、高座に坐り直す。

「新ちゃん、頼むよ。今日はもうしてもらえねぇのかと、あきらめかけてたところだ」

さっそく声が掛かり、背中を流す湯音が響いている。これでいいんだよねと思いながら、お晴は暖簾越しに表を睨んだ。

ところがお客はいっこうに訪れず、行き交う人の足も見えない。暖簾が厭な音を立て、風が舞い上げる土埃の勢いも増してきた。

胸騒ぎがして、拍子木を高く打ち鳴らした。

「新ちゃん、高座、お願い」

叫ぶように言い置いて、お晴は外に出た。家の角から裏口へと走る。と、薪の置場に曲がった背中が見えた。

「源じいさん」

走り寄ると、じいさんは振り向きもせずに叫んだ。

「お晴ちゃん、新吉を呼んできねえ」

見れば積み上げた薪の下方で、赤い物が爆《は》ぜていた。じいさんの足許《あしもと》にはいくつもの桶が転がっている。じいさんは手にしている桶を両手で大きく振り、ざばと薪にかけた。煙と共に火の粉が舞い上がる。

「気になってここに来てみたら、もう火の粉が移ってやがった。ここの備え水だけじゃ追いつかねえ。お晴ちゃん、早く新吉を呼んできねえ。水だ」

お晴は棒立ちになっていた。躰の栓が抜けたみたいで、一寸も動けない。

「さっさと行きなせえ」

顎《あご》と膝を震わせながら、身を返した。頭の中が火の色に染まって、薪の山が焰《ほのお》を噴く光景が目に浮かんだ。そのうち半鐘《はんしょう》が鳴る。そしたらうちはおしまいだ。湯屋が火を出したら、もう稼業を続けさせてもらえない。

どうしよう。ああ、どうしよう。

脇道を出た途端、角で新吉と鉢合わせになった。

「新ちゃん、火、火が」

「わかった」

新吉は表に引き返し、暖簾脇に積んだ天水桶を両手に抱えて走る。お晴もひとつを両手でやっとこさ持ち、後に続いた。

「新吉、上からぶっかけたら風を起こしちまう。根元だ、火の根元を狙ってかけろ」

腰を曲げたまま、じいさんは指図をする。お晴は桶をひきずるようにして、二人の後ろに立った。と、新吉が気づいてお晴の肩先を押した。

「危ない。火のそばから離れて」

痩せっぽちのくせにお晴が運んできた桶を難なく持ち上げ、両腕を後ろに強く引いてから水を放っている。お晴はただ、見ているだけだ。咄嗟《とっさ》に思いついて、お晴は着物を脱いだ。火をはたこうとまた近づいた瞬間、後ろから腕を摑まれた。

「何してるの、早く離れなさいっ」

おっ母さんだった。二階で騒ぎに気づいたのだろう、寝衣のまま裸足《はだし》で立ち、お晴の肩ごと抱き上げるようにして裏の戸口まで引っ張った。

新吉はまた水を取りに走り、源じいさんは火がまだ移っていない薪を摑んでは背後に投げている。

「あれ、何してるの」

唇を震わせながら、おっ母さんに訊ねた。

「ああして薪の山を少しでも小さくするの。燃える物がある分、火が大きくなるから」

風に煽《あお》られてか、薪の燃える臭いと火の粉がこっちにも飛んでくる。怖くてたまらなくなって、お晴はおっ母さんの腰にしがみついた。

新吉がまた桶を持って戻ってきて、その後ろにも何人かがいる。皆、素裸のまま桶を手にしていた。躰には何も身につけていないけれど、頭に向こう鉢巻をしているお客もいる。

首を伸ばすと、表にも馴染みのお客の顔が見えた。軽石の好きな職人に房楊枝売りの平さんは前を通りかかっただけなのか、裸じゃない。それに十徳《じっとく》姿のご隠居もちらと見えた。嗄《しゃが》れ声で何かを命じている。

「誰か、柘榴口の中に入ってください。湯舟のお湯を小桶で汲んで、いや、留桶の方が大きい。誰のだってかまやしません。ともかく洗い場から脱ぎ場、土間にも立って、桶を順繰りに手渡していくんです。銘々に走ったら混乱するだけですからね。そう、それでいい。そっとですよ。静かに、騒ぐんじゃありません」

お晴はご隠居の声に耳を澄ませる。

「いいですか、これはあたしらの手で、小火《ぼや》で済ませます。火消《ひけし》のお人らは延焼を恐れて、すぐに家を毀《こわ》してしまいますからね。半鐘を鳴らさせちゃあなりません。松乃湯を毀させちゃあ、なりません」

身を屈めて柘榴口の中に入り、そろりと身を沈めた。

江戸者は熱い湯を好むので、これから源じいさんはまだまだ薪をくべて焚《た》くはずだが、お晴にはちょうどいい加減だ。

湯の中には菖蒲と蓬《よもぎ》の葉を藁《わら》で束ねたものをいくつも入れてあり、清々《すがすが》しい匂いがゆらゆらと立ち昇る。

今朝、まだ客が入る前の一番風呂に、お晴はおっ母さんと一緒に入っている。

「今日、ちゃんと菖蒲湯ができてよかった」

湯気も立ち始めたばかりなので、おっ母さんが「そうね」とうなずくのがわかった。

ゆうべ、お晴は妙な時間に目を覚ました。あたりはまだ薄暗くて、一瞬、自分がどこで何をしているのかわからなかった。そのまままた寝入ってしまいそうになった時、お父っつぁんの声がした。

「大事《おおごと》にならずに済んで、何よりだった。釜場の前は水で泥沼みてぇになってたけどな。源さんに聞いたんだが、お客らが手伝ってくれたってか」

「ええ。ほんに有難かったです」

お父っつぁんは何もかも片づいた後に、のほほんと帰ってきたというわけだ。

「それにしてもお晴の奴、仰天してたろう」

「当たり前です。こどもの目からすれば、私たちよりも遥かに大きな火に見えたはずですよ。可哀想《かわいそう》に、自分の着物を脱いでそれで消そうとしたんですから」

「馬鹿だな、こいつ。火に餌《えさ》を喰わしてやるようなもんじゃねえか」

お晴は狸《たぬき》寝入りをしながら、妙なことに気がついた。お父っつぁんはおっ母さんには妙な言葉遣いをせず、ごく尋常なのだ。よくよく考えたら、こんなふうに二人が話をしているのを間近で聴くこと自体が珍しい。

「お前さん」

「ん」

「お願いがあります」

「何だよ、改まって」

「そろそろ、働いてもらえませんか」

「今さら、何を言う。そのうち加賀から奉公人も来るだろうし、新吉もいりゃあ、俺の出る幕なんぞねえだろう」

「新ちゃんね、六月になったら辞めるのよ」

「何で」

「最初からそういう約束だったの。あの子、戯作者を目指してたね。で、式亭《しきてい》先生の『浮世風呂』を読んであんまり面白かったもんで、その秘密を探りたいって考えたらしいのよ。私もこの何日かで読んでみたけど、ああ、こんなお客、いるいるって噴き出しちゃって」

「ふうん。……で、新吉はその秘密とやらを探れたのか」

「よくわかんないけど、自分たちが主人公だって思えるのがいいらしいわ。勇ましい仇討《あだう》ちや命懸けの色恋でもなくて、これは俺たちだ、あたしたちだって思えるのがいいんですって」

「そうかなあ。俺も読んだが、身近過ぎねぇか。話の山もねえし、だからどうって話だよ」

「私はほっとしましたよ。毎日、それこそ山あり谷ありの暮らしだから、読物くらい安心して読めるのがいいわ」

「山あり谷ありに疲れたか」

珍しく、お父っつぁんの声が真面目になった。

「倒れたんですよ、疲れてるに決まってるじゃありませんか。寝惚《ねぼ》けてるんですか」

「あ。うん」

ますます、分《ぶ》が悪い。

「でもね。私、湯屋稼業が大の好きだから、これまで夢中になってやってきたんです。お前さんを遊ばせるのも女房の甲斐性だって、ちょっと意気に感じたりして。でも、お前さんももうそろそろ手伝ってください」

「あれだろ。二階も閉めたままだし、湯屋株もなかなか手に入れられねぇって言いいんだろう。まあ、いずれ、そのうち何とかするさ」

あくび混じりに適当なことを言っている。

「違うのよ。そんなこと、どうだっていいんです」

「じゃあ、何だよ」

「お晴にお弁当を作ってやりたい」

お晴は息を詰めた。慌ててぎゅうと、目を閉じる。

「だからお前さん、働きまっし」

目と鼻からも何かが流れて、頬や顎を伝う。

「いや、そいつぁ、稀有《けう》なお申し出で」

ふははと、お父っつぁんは妙な笑い方をした。

「先に上がるわよ」

おっ母さんが湯舟の中で立ち上がった。

「ちっとばかし用があるから」

お晴は知らぬふりをして、「アイサ」と湯舟の外に出た。

「今日も松乃湯、始めましょう」

お父っつぁんは今朝、珍しく早起きをして、寝惚けまなこで脱ぎ場をうろついていた。新吉に「旦那、そこ、邪魔です」と迷惑がられていたので、「働くお父っつぁん」はたぶん三日も保《も》たないだろうとお晴は睨んでいる。

柘榴口の外はもう明るくて、天窓の向こうはよく晴れている。

莫連あやめ

着物って、おしゃべりだよね。

なぜって、身分や生業《なりわい》なんて一目瞭然でしょ。でもって、そのひとの景気とか身の上とか、人柄だってわかっちまう。

「ふうん。じゃ、あのお兄さんは」

「着物も羽織も信州上田縞《しんしゅううえだじま》かあ。ってことは、羽振りのいい商家の若旦那。でも着こなしに粋《いき》が足んないから、成り上がりの二代目だね。あれじゃあ、呉服屋のいい鴨《かも》だ」

「んじゃ、あっちから来るあの子は」

「黄八丈《きはちじょう》に前垂れをつけたまま歩いてるから、水茶屋の看板娘。その後ろの男前は股《もも》引《ひき》が釘抜きつなぎの染め模様だから、火消稼業の勇み肌だ」

「じゃ、じゃ、あの娘《こ》は大店《おおだな》の箱入りだね。ずいぶんと値が張りそうなお作りだもの」

「え、どの子」と言いながらおそのの肩にくっつけるようにして首を伸ばし、外の通りに目を凝らした。今日は陽射しが強くて中からじゃ顔も髷《まげ》もよく見えないけれど、着物は小千谷縮《おぢやちぢみ》、でも一面に派手な蝙蝠《こうもり》柄だ。艶《つや》っぽすぎる。足捌《さば》きに目を留めて、ぴんときた。

「芳町《よしちょう》の陰間《かげま》」

「お、男。あんなに可愛いのに」

おそのちゃんはがばと半身を起こして、呆れ返っている。あたしは店の板間にうつ伏せて頰杖《ほおづえ》をついたまま、膝から下を立ててぶらんぶらんと揺らした。

今、小走りで通り過ぎた年増《としま》は堅気の女房風に作っちゃいるけど、しごきを締めてないから囲い者だろう。合ってるかどうか本人に訊《たず》ねるわけにもいかないけれど、でも、十中八九、当たってるはず。

「ねえ、ねえ、じゃ、あたいは」

飛び跳ねるように立ち上がったおそのちゃんは、短い手足を凧《たこ》みたいに広げてみせた。

「桃白の市松模様に黒の百合《ゆり》文様を散らした友禅、いや、今日も賑《にぎ》やかだねえ。ええと、歳は十六、この界隈《かいわい》じゃあいっち大きな魚屋のひとり娘で、お父《と》っつぁんに猫っ可愛がりされてるから、何でもしたい放題の我儘《わがまま》娘、ってとこかな」

「あやめちゃんてば、あんまりだ」

おそのちゃんは唇《くちびる》を突き出して、ただでさえ丸い頬をぶうと膨らませた。魚みたいに、また古着の山に頭から突っ込んでゆく。

「で、どうなのよ。あやめちゃんの義姉《ねえ》さん。しっぽ、出した」

「しっぽどころか、おっ母《か》さんまで骨抜きにされちまったよ」

半年前の秋、兄さんが祝言《しゅうげん》を挙げた。相手は兄さんが修業に入っていた浅草《あさくさ》の棟梁《とうりょう》の末娘で、通い大工を許されたついでに女房までいただいちまったというわけだ。

「おっ母さんてば、お伊勢詣《いせまい》りに出る前から、そりゃあ、はしゃいじゃって。お琴《こと》ちゃんや、留守を頼んだよって、猫撫《ねこな》で声。で、あたしには頭ごなしのお叱言《こごと》だもん。あやめ、お琴ちゃんに迷惑かけんじゃないよ。うろうろと遊んでないで、台所もしっかり手伝いな。だいたい、あんたは米を研ぐのも不調法だ、この際、包丁の遣《つか》い方もお琴ちゃんにお習い、だって」

「あの喧《やかま》し屋のおばさんに気に入られるとは、鬼に金棒《かなぼう》引き」

間違い方が二重だと思ったが、とりあえず先を続けた。

「おっ母さんは手前勝手な絵を描いてるだけだよ。自分がお伊勢に行ってる間に、家の中が何もかも仕立て直したみたいに綺麗になってるはずだ、あやめの根性曲がりも物臭《ものぐさ》も、お琴ちゃんが全部うまく治してくれるに違いないって思い込んでる」

「おばさん、そりゃ甘いわ。あやめちゃんの不料簡《ふりょうけん》は、今に始まったことじゃないもの。……あ、この柄、いいかも」

おそのちゃんは引っ張り出した着物をはおりながら、姿見の前に立った。

「また、そんな派手なの選ぶ。あんたは小柄なんだから、着物に負けるよ」

「そっかなあ。けっこう、いいと思うけどなあ」

未練がましく、着物をはおったまま身を左右にねじっては鏡を見ている。

「でもさ、出来過ぎの兄嫁さんてば、やりにくいよね。家の中は何でも手際よくやれるわ、器量はとびきりだわ。それがあたしたちと同い歳ってのが、あり得ない。んで、夫婦仲はどうなの。兄さんはまだ首っ引きなわけ」

それを言うなら首ったけだろうけど、面倒だからまた聞き流した。

「独り身の頃の兄さんは男伊達《おとこだて》で鳴らしたもんだったのに、今じゃすっかり脂下《やにさ》がっちまって、三文安もいいとこよ」

「そっかあ、押し込み夫婦かあ」

そんな物騒なもんと一緒にされたら、鴛鴦《おしどり》も形無《かたな》しだ。「やっぱ、これはやめとこう」と、おそのちゃんははおっていた着物をそっけなく放り出した。そして店の中をおもむろに見回して、溜息を吐《つ》く。

「それにしても暇ねえ、あんたんち。猫の子一匹、入ってこないじゃない。今どき、こんな流行《はや》んない古着屋、見たことない。冬木町《ふゆきちよう》一だ。いや、深川《ふかがわ》で天辺《てっぺん》とってるかも」

「そんだけ暇だから、あんたはさんざ試し着できるんじゃない。どうすんだよ、この山」

「隅に寄せとけば」

「ま、それもそうか」

今さら綺麗にしても、客がくるわけじゃない。

洗い立ての木綿《もめん》みたいな匂いがして振り向くと、兄嫁のお琴が茶盆を持って立っていた。

「冷やし白玉、作ってみたんだけど、どう。甘い物、大丈夫」

「大好き。お義姉《ねえ》さん、いただきます。わっ、おいしそう」

おそのちゃんが愛想のよい声で、茶盆を迎えにいく。

お義姉さん、だって。ほんと調子いいんだから。

おそのちゃんはさっそく頬を動かしながら、「あたし、踊りのお稽古《けいこ》、始めたんだ」なんて世間話まで始めた。

「素敵。どこで習ってるの」

お琴ちゃんが訊ねると、おそのちゃんは師匠の名を口にした。すると、お琴ちゃんは知っていると言う。

「凄いわねえ。あのお師匠さん、厳しいので有名なのに」

「ううん。振りなんてもう、全然憶えらんない。けどさ、温習会《おさらい》とかあるから、着物、いっぱい作ってもらえるでしょ。皆、ふだんから、そりゃあいいのを着てるんだよね。それを眺めてるだけで、あたし、楽しいんだ。そういえば、備前《びぜん》屋のお嬢さんも習いにきてんのよ」

「あの、日本橋《にほんばし》の備前屋さん。両替商の」

「そうそう。お八重《やえ》さんっていうんだけど、べらぼうに綺麗な子」

おそのちゃんは生き生きと目を見開き、たった今、目が覚めたかのような顔つきだ。

何さ、さっきまでだらだらと寝転んだり試し着をしたりしてたくせに。いや、お琴ちゃんが巧《うま》いんだ。根掘り葉掘りと訊ねて、好きなことや嬉しいものをするすると相手に喋《しゃべ》らせちまう。で、誰も彼もが尻尾を振って、幸せそうに笑う。

だからお琴ちゃんがそこにいるだけで、あたしは息が詰まってくる。

帳場の中に身を移し、煙管《キセル》をくわえて喫《す》いつけた。舌が苦くなるのは困りものだけど、でも煙を眺めてると気が紛《まぎ》れるような気がする。煙はちょっと青いような文様になってくゆり、窓格子の向こうに消えていく。

「お八重さんがね、そりゃあ乙粋《おついき》な煙管を遣ってたのよ。朱塗りでさ。あたいも、あんなのが欲しいなあ。……でね、ここだけの話なんだけど、菊之丞《きくのじょう》といい仲なんだって。役者とつきあってるなんて凄いと思わない」

黄色い声につられて、姿見の中の二人に目をやった。お琴がふんふんと相槌《あいづち》を打ちながら、着物を畳んでいる。途端に血が昇って、「触んないで」と呟いていた。

「ここはおっ母さんとあたしがやってる店なんだから、手出しをしないで」

お琴ちゃんは黙って、長い睫毛《まつげ》をしばたたかせている。その傍《かたわ》らで、おそのが声を尖《とが》らせた。

「あやめちゃん、お義姉さんにそんな言い方ないよ。片づけてくれてるんじゃない」

「そんなの、頼んでない」

お琴ちゃんは何も言わぬまま、少し困ったような笑みを浮かべながら立ち上がった。

何よ、言い返せばいいじゃないか。なのに「こんなこと、大したことじゃない」みたいに澄ましちゃって、そういうとこが癇《かん》に障《さわ》るんだよ。

お琴ちゃんは敷居際に立つと振り返り、あたしに目を合わせてきた。

「んもう、奥に行ってて。商《あきな》いの邪魔」

「お昼、どうするかしらと思って。お素麺《そうめん》なんだけど、よかったらおそのちゃんも一緒に」

おそのちゃんが喜んで身を乗り出すのを塞《ふさ》ぐように、あたしは言ってやった。

「素麺なんか、だいっ嫌いだから」

八幡《はちまん》様の石段に坐り込んでぼんやり空を眺めていると、ふと気がついた。

やけに汗ばむと思ったら、そろそろ端午の節句じゃないの。

そっか、もうすぐ衣替えだ。

江戸は、五月五日に衣替えをするのが慣わしだ。皆がいっせいに袷《あわせ》を仕舞い、単衣《ひとえ》や帷子《かたびら》をまとう。着物の柄も涼しげな朝顔や流水、蜻蛉《とんぼ》なんぞに変わって、町の風景が一日で夏になる。

その瞬間、あたしは妙に気持ちがはしゃぐ。物心ついた頃からだ。なぜなんだろうと思いながら、流れる雲を見る。

「あやめちゃん」

顔を動かすと、おそのちゃんだ。通りの向こうのお汁粉屋の前で、口許に掌《てのひら》を立てている。

「何してんの、そんなとこで」

「べつに」

おそのちゃんは小首を傾《かし》げたが、お汁粉屋の床几《しょうぎ》を指で突くように指した。

「お稽古までまだ時間あるんだ。どう、寄ってかない」

独りになりたくて、毎日、外を出歩いているのだけれど、誘われたら急に人恋しくなるから不思議だ。

立ち上がって裾《すそ》前や尻を叩き、石段を下りる。もう陽射しが強いので、お汁粉屋も並びの団子屋にも、葭簀《よしず》が立て掛けてある。おそのちゃんに並んで腰を下ろし、おそのちゃんは冷やし汁粉、あたしは薄荷《はっか》水《すい》を頼んだ。待っている間に煙管を取り出して、火をつける。

「ねえ、何で八幡様の石段に坐り込んじゃってたのよ」

「目的なんてないよ。小間物屋をのぞいたり、隅田川《すみだがわ》沿いの堤《つつみ》を歩いて海を見にいく日もある。何も決めずに、気の向くまま歩いてるんだ」

店があんまり暇なんで、このところ、毎日、外に出ている。

「そぞろ歩きしてるの。あやめちゃんたら、のん気ねえ」

「あんたに言われたかない。曲がりなりにも、あたしは家業を手伝ってる」

「でも、お店、どうしてんの。あ、そうか。お義姉さんに店番、頼んでるんだ」

「違うよ。店は閉めて、出てきてる」

「どうして。店番くらい代わってもらったらいいじゃない」

「やめて。そんなこと頼んだら、ますます図に乗る」

あたしが甲高い音を立てて煙管の雁首《がんくび》を打ちつけると、おそのちゃんは白けた眼をした。

「ひねくれすぎ。いい加減にしたら」

溜息まじりに言われると、胸の内にずけりと踏み込まれたような気がする。口をつぐんだまま、おそのちゃんを見返した。

今日の身なりはまたいちだんと気張っていて、緋色《ひいろ》地に青海波《せいがいは》文様《もんよう》を白く染め抜いた総柄だ。たぶん、雛形《ひながた》本を見て染めを注文したんだろう。こんな仕立て下ろしなんぞ、お武家か豪商のお嬢さんしか縁がない。

　我儘放題で何の気苦労もないおそのちゃんに、あたしの気持ちなんてわかるはずがない。どんどん身の置きどころがなくなっていく心細さなんて、あんたにはわからない。

　あたしの言葉が洩《も》れて聞こえてしまったかのように、おそのちゃんは不機嫌に押し黙ってしまった。

「おまちどおさま」

　婆さんが、冷やし汁粉と薄荷水を運んできた。

　おそのちゃんは気のない素振りで椀を持ち上げた。あたしに声を掛けたことを後悔している、そういう面持ちだ。あたしも黙って、煙をくゆらす。

　と、おそのちゃんが鳩のようにいきなり首を動かした。椀を置き、飛び跳ねるように腰を上げた。そのくせ葭簀に身をひそめ、目だけを通りの向こうに注いでいる。

「あんた、何やってんの」

「お、お八重さんなのよ」

「誰だよ、それ」とあたしも立ち上がり、すると女の子らがお揃いの日傘を差して練り歩いているのが目についた。通りを行き交う者らが皆、振り返っている。あたしも思わず目を瞠《みは》った。

十人ほどの群れは色とりどりで、花畠がまるごと動いているようなあでやかさだ。

「このあいだ、話したでしょ、お八重さんのこと。ほら、踊りで一緒の。いちばん前の子」

「ああ、あれね」

お八重さんとなると目を輝かせるおそのちゃんにちょっとうんざりして、気のない返事をした。

たしかに、先頭の娘はひときわ華やかだ。だらりの帯も半襟《はんえり》もそれは贅《ぜい》を凝らしてあり、まるで錦絵《にしきえ》から抜け出てきたよう、と言えなくもない。着物は緋色地、青海波を白く染め抜いた総柄だ。そう見て取って、あたしは妙なことに気がついた。

おそのちゃんの着物に目を戻してみる。その途端、「やっぱり」と、おそのちゃんの肩を叩いた。

「ねえ、あの着物、おそのちゃんのとまるきり一緒だよ」

雛形本は呉服商が摺《す》って用意しているものなので、同じ本を見て注文することは、ままあるはずだ。けれど色遣いや細かな柄行きは呉服商に相談して決める。うちは古着屋だから、仕立ての注文法などどうだっていいんだけど、おっ母さんがそう言っていたのを憶えている。となれば、まるきり一緒の色柄を仕立てたのはよほどの偶然か、好みが恐ろしく似ているかだ。

するとおそのちゃんの顔にぱっと朱が散った。

「このあとお稽古で会うんだから、や、やっぱ挨拶《あいさつ》しとこうかな。知らんぷりするのも変だし、袖振り合うのも何とかの縁だもんね」

迷っている。言葉を交わしたくてたまらないのに、怖《お》じけてるんだ。あたしには何でも、ずけずけ言うくせに。

「あやめちゃん、お八重さんに紹介したげる」

「え、待って。あたし、関わりないんだから、よしなよ」

厭《いや》だと言ってるのに、おそのちゃんは力ずくであたしを通りへと連れ出した。無理やり引っ張られたので、下駄の歯が小石を噛んで前に少しつんのめった。顔を上げると、群れの中の何人かがこっちに気づいたらしく、肘《ひじ》で互いをつつきあっている。

やがて、皆の足が止まった。

先頭の娘は先に進んでいたが、日傘を傾げてこっちを振り向いた。髷に挿したびらびら簪《かんざし》が澄んだ音を立てる。

近勝《ちかまさ》りがするといおうか、本当に綺麗な子だと思った。なるほど、おそのちゃんは憧れてるのか、このお八重さんに。

あんのじょう、おそのちゃんは絡繰《からく》り人形のようにぎくしゃくしながら、「こんにちは」と声をかけた。お八重さんは気《け》だるそうにおそのちゃんの頭から爪先までを見下ろすと、口の中で微《かす》かな笑い声を立てた。

その途端、他の娘らが揃って噴き出した。

「何なの、この子。お八重さんの着物、そっくり真似《まね》ちゃって」

「やっだあ。お稽古でいつもこっちを見てた子じゃない」

「え、こんな子、いたっけ」

「いた、いた。お師《し》匠さんがいつも呆れ返ってなさる子よ。憶えが悪い、勘が鈍《にぶ》い、ついでに姿も悪いの三拍子」

「色柄を真似たって、生地がてんで安物じゃないの。これじゃあ、鯉幟《こいのぼり》が歩いてるみたいだわ」

「ほんと、緋鯉みたい。恥ずかしい」

甲高い嘲《ちょう》笑《しょう》が辺りに響いた。取り巻きの一人が、おそのちゃんの胸を日傘の先で小突いた。

「そんなの、脱ぎなさいよ」

「そうよ、脱げ、脱げ」

おそのちゃんはもうとうに泣き出していて、背を丸めてうずくまってしまった。助けなきゃ。

あたしは拳《こぶし》に力を入れるけれど、躰《からだ》じゅうが棒縛りみたいになって瞬《まばた》きしかできない。言葉という言葉が全部すっぽ抜けちまって、何も言い返せない。

成行きを眺めていたお八重が、「私、帰る」と身を返した。

「お八重さん、こんな猿真似、見過ごしていいの」

「いいわよ。こんな着物、二度と着ない。捨てるから」

皆、お八重の後をついて、またぞろぞろと通りを引き返していく。

香《こう》の匂いが目前を通り過ぎる時、誰かがついでのようにあたしを見た。

「あんたは浅黒いから、真鯉ってとこね。仲良し」

鼻を鳴らされた。

あたしの友だちに手を出すんじゃねえっ。

あの時、何でそう言えなかったんだろう。また同じことを考える。今ならいくらでも啖呵《たんか》を思いつくのに、あたしはうんともすんとも声すら立てられなかったのだ。

何でだろう、あの連中、それは綺麗なのに怖くてたまらなかった。

また昼間の光景を思い出した途端、目の中で緋色と青海波が渦を巻く。

通りにうずくまったおそのちゃんは躰を貝みたいに硬くして、なかなか立ち上がれなかった。声をかけても、長い袖を膝の上にぐしゃぐしゃとたくし込んで、そこに顔をうずめたままだ。簪が小刻みに揺れていた。

いつのまにか婆さんが傍にしゃがんでいて、小声で「気の毒だったねえ」と背中をさすった。様子を見ていたらしい、お汁粉屋の婆さんだ。そのうち、近所の豆腐屋や通りすがりの飴《あめ》売りの兄さんに手助けされて、おそのちゃんはようよう立ち上がった。瞼《まぶた》が赤く腫《は》れ上がっちまって、鼻や口の周りは洟《はな》で濡れて光っていた。

おそのちゃんの肩を抱くようにして家に連れ帰って、あたしとおっ母さんが寝起きしている六畳に落ち着けた。兄さん夫婦は二階を使っているのでそのまま黙っていたかったけれど、お琴ちゃんはほんに目ざとい。裏口の三和土《たたき》に脱いだ草履《ぞうり》に気づいてか、障子越しに「誰か来てるの。おそのちゃんかしら」と訊《き》いてきた。

「あ、ああ、うん」

「お茶、淹《い》れようか」

「いい。かまわないで」

けれど日が暮れて、何やら匂いがすると思ったら、障子の前におむすびを六つものせた皿が置いてあった。お新香とお茶と、浅蜊《あさり》のお味噌汁《つけ》も盆の上にのっていた。放っておいてほしいのに、また立ち入られたような気がしてむっときたが、ともかく部屋の中にそれを入れて、おそのちゃんに勧めてみた。

「いらない」と、おそのちゃんは鼻声で呟《つぶや》く。

「だよね。余計な節介だ」

でも部屋の中が、おむすびやお味噌汁の匂いで一杯になるんだ。それに閉口して二人で渋々と手をつけた。おそのちゃんはその間もまだぐずぐずと啜《すす》り上げ、でも結局、綺麗に平らげた。お腹が一杯になるとまた畳の上に寝転んで、黙り込んでいる。

「今夜はうちに泊まったら」

おそのちゃんが「うん」とだけ答えたので、あたしは台所の板間に出て、仕事から帰ったばかりの兄さんに頼んだ。

「おそのちゃんちに、ひとっ走りしてもらえないかな」

「ちょうど湯屋に行くとこだから、お安いご用だ」

兄さんは軽く請け合ってくれ、お琴ちゃんは黙って桶《おけ》と手拭いを差し出した。今日のことは知られたくなかったので、適当な言伝《ことづて》を頼んだ。

——踊りのお稽古の帰りに、うちに寄りなすってね。何ですか、あやめと話が弾んじまったらしくって、今夜はうちに泊まってもらいやす。

兄さんがそう言うと、おじさんは土間を洗いながら「すいませんねえ」と目を細めたそうだ。

——いくつになっても仲良くしてもらって、有難いことですよ。よろしく願います。

一人娘に大甘のおじさんは、おそのちゃんの言いなりだ。おっ母さんが早く亡くなって、でも後添えをもらわず、男手一つでおそのちゃんを育てた。踊りの稽古への行き来も心配して店の小僧を供につけたがるらしいが、「魚臭いから、やだ」と文句を言うと、「そうかい、んじゃ」と、すんなりあきらめたそうだ。

おそのちゃんは泣き疲れたのだろう、寝返りも打たないでいる。

もう夜更《よふ》けだ。あたしは寝るのをあきらめて寝床を抜け、手燭《てしょく》を持って店の板間に入った。

この何日か閉めたままにしているので、埃《ほこり》と黴《かび》と汗の臭いが混じって鼻をつく。窓格子を透かして風を入れた。夜露を含んでるのか、風が湿っぽい。

帳場に腰を下ろしてぼんやりしていると、ふいに「あやめちゃん」と呼ばれて飛び上がった。この匂いはお琴ちゃんだ。そう思うなり、頬が強張《こわば》った。

「なによ」

けれどお琴ちゃんはかまわず入ってきて、衣桁《いこう》の前で足を止めた。

「うちの人の古い帷子《かたびら》にかぎ裂きがあって、仕立て直してみたのよ。どうかしら。あやめちゃんに袖を通してもらおうと思って」

そんなの、知るもんか。

黙っていると、お琴ちゃんは「おやすみ」と言い、静かに戸障子を閉めた。

今日、おそのちゃんに何かあったことは察しをつけられているだろう。兄さんに言伝を頼んだ時、二人とも何も訊かなかった。けれど束《つか》の間《ま》、お琴ちゃんが兄さんに目配せをしたのだ。

――お前さん、黙って頼まれてあげて。

何もかも呑《の》み込んだようなお琴ちゃんの顔つきが、小面憎《こづらにく》かった。

腹立ち紛れに、帷子ごと衣桁を引き倒した。

何でこんな夜更けに「仕立て直した」なのよ。「あたしはいい女房やってます。義妹にも気を配ってます」ってぇ自慢ですか。こんな時くらい、そっとしといてよ。それが優しさでしょ。いつもいつもしたり顔で、なんてえ出しゃばりなんだ。

そしてあたしは、何もできない己を思い知らされる。強情で向こう意気は強いくせに、いざとなったら意気地がない。幼馴染みのおそのちゃんがあんな目に遭ってるのに、黙って突っ立っていたんだ。

無様な自分の姿がまた目に浮かんで、膝から下の力が抜けた。そのまま板間に突っ伏して、ごろごろと転げ回った。胸の奥が重くて痛くて、どうしようもない。口惜《くや》しくて涙も出やしない。


肩や腕が痺《しび》れて、目が覚めた。頭の隅がずきんと響き、顔をしかめる。

あたし、あのまま寝入っちまったんだ。

身を起こして辺りを見回すと、店の中はもううっすらと明るんでいる。窓格子から朝陽が射して、板間の上に模様をつくっていた。光と影が何本もつらなった、細く長い縞模様だ。思わず見惚れていると、目の端に黒いかたまりが見えた。ぎょっとしてつついてみると、何のことはない、帷子だ。

お琴ちゃんが「仕立て直した」と言ったあれだと、気がついた。立ち上がって、近づいた。手に取ると、しゃきしゃきと手触りが涼しい。気がつけば、それを肩にはおっていた。姿見の前に移る。

鏡の中には、洗い髪の娘がやけに黒い帷子を着て立っていた。袂《たもと》を寄せて見れば、黒地に千筋《せんすじ》の白が走る竪縞《たてじま》だ。江戸の娘は横縞か格子縞しか着ないものだから、男物の竪縞は目を惹《ひ》く。竪の筋が強いと、なんだかすらりと見える。

寝衣《ねぎ》を脱ぎ捨て、素裸になって袖を通してみた。この肌触り、たぶん越後上布《えちごじょうふ》だ。

「これに合う帯は。帯はどうする」

我知らず呟いて、片隅に積んだ行李《こうり》に頭を突っ込んだ。中を掻き回し、茜色《あかね》に子持ち菱格子を引っ張り出した。

「違う、これじゃあ、うるさい。いっそ帯も男物がいいか。そういえば博多献上《はかたけんじょう》があったはず。……ああ、ぼろぼろだ。あ、南蛮端切《なんばんはぎれ》を合わせるってのはどうかな。……駄目、これじゃあ歩いてるうちに前がはだけちまう」

とっかえひっかえ試した後、ようやくしっくりと来たのは白の麻帯だった。低めに緩く結んで、着崩してみる。

「素敵。馬子《まご》にも衣装」

おそのちゃんが鏡の中にいた。懸命に顎《あご》を上げ、腫れた瞼の隙間からうかがうようにこっちを見ている。あたしも鏡の中で、ふっと笑った。

「それ、ちっとも褒《ほ》めてないし」

「なんか、不思議な感じだね。そんな格好して歩いてる子、見たことない」

おそのちゃんのように呉服屋で着物を仕立ててもらえる娘など、この近所ではごくわずかだ。皆、幼い時分からお下がりで育ち、歳頃になってもふだんの着物は古着屋で見つくろう。そして花見や潮干狩り、祭の日には精一杯のお洒落《しゃれ》をして、町に出る。

憧れの赤や桃色や菜種色、そんな綺麗な色を身につけて、明るい頬をして。

「これ、兄さんのお古。やっぱ地味だね」

「でも、あたいは好きだな。きっぱりしてて、ちょっと莫連《ばくれん》ぽい感じ」

「莫連って、それはひどいよ。そんな不良に見える」

「わかってないなあ。かっこいい、粋な不良っぽさってことだよ。莫連流、ってとこ」

「莫連流かあ」

こんななりをして歩いたら、あたしのへっぴり腰もちっとはましになるだろうか。

「おそのちゃんも着てみなよ」

「あたいは無理。鳩胸だし。ま、また、猿真似になっちまうし」

泣き顔になったので、あいたと思った。「そんなことないよ」と言いかけて思い直し、「そうだね」と首を縦に振った。

おそのちゃんがじっと、あたしを見上げている。

「ただ真似るだけじゃあ駄目なんだよ、きっと。真似る方がらくだろうけど、自分の好きなものを見つけたら工夫して試して、精々、失敗しなきゃなんない」

そしたらいつか自分のものになる。そんな気がする。

そしてあたしたちは、店の中が朝陽で眩《まぶ》しいほどになっても、着たり脱いだりをし続けた。

近頃、町を歩くとやたらと声をかけられる。

「ねえ、ねえ。その着物、莫連流だよね。どこで買ったの」

あたしは男物に合わせて髷を結うのもやめ、洗い髪のまま緩く結ぶことにした。

年寄りは皆、眉《まゆ》をひそめるけれど、男物の古着を着崩す「莫連流」はいつのまにか界隈に広まり、今ではなかなかの流行になっている。

そして思いも寄らないことだったけど、うちはお洒落が好きな子が集まる店になった。

「あんたが莫連あやめなんだ。きゃあ、凄い、本人に会っちゃったあ」

同じ竪縞柄でも千筋、万筋、よろけとそれは種類があるし、渋い色にも四十八茶《しじゆうはつちゃ》百鼠《ひゃくねずみ》と呼ばれるほど微妙な違いがある。だから皆、思い思いの着物を見つけて顔を輝かせる。着こなしも工夫する。その姿を見ているだけで、あたしは励まされる。娘らしい、綺麗な色に憧れる子ばかりじゃなかったんだ。こんな黒っぽい着物を素敵だと感じてくれる子らもいる。

お伊勢詣りの旅から帰ってきたおっ母さんは、「さっそくご利益《りやく》だ」とほくほく顔だ。あたしが「莫連あやめ」と呼ばれていることだけは、「そんな二つ名を持っちまったら、嫁入り先がないよ」と不服げだけど。

この頃は店の手が足りなくて、お琴ちゃんに手伝ってもらうことも増えた。おっ母さんは昔ながらの流儀を押し通すので、勧め方も見当違いなのだ。お客の歳をまず訊いて、

「じゃあ、もっと赤いのを着なくっちゃ。番茶も出花」

で、あたしが慌てて間に入ることになる。

「おっ母さん、今はこれが渋いの。赤がなくて、垢《あか》抜けてるの」

おっ母さんには帳場にでんと坐ってもらうことにして、だがそれもつまらないのか、近頃は「仕入れ」と称して外出《そとで》をする日が多い。お伊勢詣りをした仲間と方々の寺社に遊山《ゆさん》しているようで、一緒に常磐津《ときわず》も習い始めたようだ。しかたなくお琴ちゃんに頼むようになって、まあ、今のところは出しゃばってこないので、あたしも苛立《いらだ》たずに済んでいる。というか、お客が引きも切らないし、忙しくて腹を立てている暇もない。

今日ももう午下《ひる》がりになっているけれど、昼餉《ひるげ》もとらずに接客だ。お客が前を合わせるのを手伝っていると、ふらりと入ってきたおそのちゃんが姿見越しに見えた。そういえば、おそのちゃんと顔を合わせるのは久方ぶりだ。

「ちょっと待ってて。もうすぐ手が空くから」

声だけかけて接客を続けたけれど、店の外が妙にざわついている。品物を包んでいるお琴ちゃんのうなじが、きゅっと硬くなったのが見えた。振り向くと、金魚みたいな群れが流れ込んできた。うちの店にはおよそ縁のない鮮やかな色で、統《ぬめ》っている。

十数人が一気に板間に上がったかと思うと、棚から勝手に着物を出し始めた。はりもしないで、次々と土間に投げ捨てる。長い袖をひらひらさせて、客の女の子らまで外につつき出した。

「あんたたち、何なの。やめなよ」

叫んでも甲高い声にかき消され、店の中は毒々しい赤や緋色に埋め尽くされた。

ふと、その中におそのちゃんの姿が見て取れた。

「え。何してんの」

語尾はもう声にならなかった。おそのちゃんが皆と一緒になって、莫連流の着物を踏みつけている。前のめりになって、長羽織《ながばおり》も帯もまき散らす。あたしは群れを掻き分けて、おそのちゃんを引っさらうようにして抱きしめた。何が何だか、頭の中はとっ散らかってわけがわかんないけれど、でも汗みずくで暴れ回るおそのちゃんはなぜか寒そうに見えた。だから、手足をじたばたさせる躰ごと抱きしめた。

腕の中で、おそのちゃんがようやっと声を絞り出した。

「あたいんち、え、えらいことになっちゃって。大口のお得意から軒並み、さ、魚が腐ってたとか因縁《いんねん》つけられて、お父っつぁんの目利きは江戸一なのに。ふ、振り売りから身を起こして、やっとここまで来たのに……そしたら、お八重さんが口を利いてあげてもいいって言ってくれて。お八重さんち、お武家とも対等につきあえる大店《おおだな》だから、十手持ちも子飼いなんだって」

おそのちゃんの両肩を押して、顔を見た。血の気が引いている。

「それで、あんた、手下になったの。こんな連中の」

「だって、逆らえない。あたい、まだ信用されてないから。お店、元通りにしてもらうまでは、ちゃんと言うことききかなくちゃ」

おそのちゃんの咽喉《のど》がごくりと動いて、「ごめん」と言った。

「あやめちゃん、ごめん」

振り向けば店の中はもう足の踏み場が無くなっていて、あたしたちはぐるりを囲まれていた。群れの中からひときわ豪奢《ごうしゃ》な着物が前に出た。水色の縮緬《ちりめん》地には、町人にはご法度《はっと》の銀糸を使って御所車《ごしょぐるま》を縫い取ってある。

この顔、忘れもしない。

そう思った途端にあの日の怖《お》じけがよみがえって、足がすくんだ。咽喉が詰まって、胸の内が早鐘を叩くようにどきつく。でも、本当に怖いのはこの後だ。自分の情けなさを悔やんで転げ回る、あの痛さの方が怖い。

お八重に目を据えて、あたしは声を張り上げた。

「あんた、いったい何が気に喰わなくって、こんなことすんのさ」

我知らず早口になって、舌を噛みそうだ。

「べつに」

お八重は片頰で笑い、あたしから目をそらさない。その顔を見返しているうち、観音様みたいな美しさだと思った。睫毛がそれは長く、白目は青みさえ帯びて澄んでいる。鼻筋が通り、唇の両端は微笑《ほほえ》むように上がっている。

他の娘が言葉を継いだ。日傘の先でおそのちゃんを小突いた、あいつだ。

「あたしたちはねえ、綺麗な物だけに囲まれて育ったの。だからそんな古びた男物を着て大きな顔されちゃあ、鬱陶《うっとう》しいわけ。何が莫連流よ、馬鹿みたい」

「莫連流が気に入らないのか」

「目高みたいなのがちょろちょろ歩いてたら、目障りだって言ってんのよ」

あたしは二人を真っ向から睨《にら》み据え、「ははん」と笑ってやった。

とんだ箱入り娘どもだ。綺麗な顔をして綺羅《きら》を飾ってみたところで、性根《しょうね》はとことん下品じゃないか。

「見下して虚仮《こけ》にしてたあたしらを、今度はそねんでるんだ」

日傘がいらついたように、目をひん剝《む》く。

「古着屋風情《ふぜい》が、粋がってんじゃないわよ」

振り上げた袂からきつい香の匂いが流れ出て、あたしの頰を打った。

「あんた、その子と友だちなんでしょ。助けたけりゃ詫《わ》びを入れなさいよ。莫連流なんか気取ってたのは身のほど知らずでした、金輪際《こんりんざい》、こんな汚い物を広めたりしませんって」

厭だ。あたし、初めてひたむきになれるものを見つけた。何にも夢中になれない毎日に戻るなんて、そんなの真っ平御免だ。

あたしの腕の中で、おそのちゃんが洟を啜った。あたしの胸にひしと顔を伏せる。

「あやめちゃん、ほんとにごめん」

震えているのが袖ごしに伝わってきて、ようやく「そっか」と腑《ふ》に落ちた。

あたしが我を折りさえすれば、おそのちゃんちは助かる。元通りになるんだ。

と、おそのちゃんが横倒しになって、あたしたちはもろとも板間につんのめった。見上げると、日傘がにやりと笑った。また、おそのちゃんを小突いたんだ。

肚《はら》の底が煮えて、頭の先まで噴き上がった。おそのちゃんの手を引いて立ち上がり、娘らの群れをもう一度見回した。皆、険のある目つきで口を半開きにしている。厭な笑い方だ。ほんとにつまんない表情だ。

と、あたしは目を動かした。群れのうち、何人かはこっちを見ていない。お八重を見ている。そうか、出方をうかがってるんだ。機嫌を損ねないようにぴりぴりしてる。

決めた。

「けりをつける」

おそのちゃんの耳許でそう口にすると、ぶるんと背筋が波打った。

こいつら、言いなりに詫びたってきっと反故《ほご》にする。余計につけ上がって、あたしたちはずっと泣き寝入りする破目になる。

狙うのは一人きりだ。

あたしは板間を蹴り、お八重の足許に向かって飛びかかった。踝《くるぶし》に届く長い袖を摑《つか》んで、膝頭で押さえる。片袖を捕えた。お八重は中腰になってわめき立て、群れが怒声を上げて襲いかかってきた。

「金魚どもはすっこんでなっ」

お八重の背を押して両膝を突かせると、皆、気を呑まれたように身じろぎもしなくなった。

や、やった。何度も、夢の中でまで繰り返した啖呵を本当に切っちゃった。

おそのちゃんは口を「あ」という形のまま開いて、でもあたしと目が合うと泣き笑いみたいに頰を緩めた。と、一瞬の隙にお八重が自分の髷から簪を引き抜いて振り上げた。

やられる。

頭をおおって首をすくめた。ややあって、気配が止まっていることに気がついた。おそるおそる片目だけを開くと、誰かがお八重の手首を捻《ね》じり上げている。

「この子らから手を引きな。そしたら、ただの諍《いさか》いで済ませてやる」

耳慣れた、あの柔らかい声だ。あたしは「うそ」と呟いた。

「駄目だよ、こんなとこに出しゃばっちゃ危ない」

小声で諫《いさ》めたけれど、お琴ちゃんの目の端はきりりと上がり、片手でお八重を引き倒した。もう一度両膝を突かせている。お八重の横顔が、斜めに歪《ゆが》んでひきつれた。

「この私に乱暴を働いて、ただで済むと思ってんの。明日っから外を歩けなくなるわよ」

お琴ちゃんはお八重の髷から残りの簪も全部引き抜くと、しゃらしゃらと音を立てながら正面に回った。

「乱暴なのは、そちらさんだろう」と言って裾《すそ》をばさりと割り、片膝を突く。

「この子らから手を引きな。それとも、喧嘩《けんか》を売ろうってんなら話は別だ。売られた喧嘩は買わせてもらうよ。あんたこそ、明日っから江戸ん中を歩けなくなる」

「私が誰だかわかって、やってんでしょうね。私の家は」

お琴ちゃんは、お八重の言葉を遮《さえぎ》るように「へえ」と言った。

「喧嘩売るにも、親の力を笠に着るってか。上等だ。なら、わっちは遠慮なく仲間の力を借りよう。浅草の仲間はざっと五十人ってとこか。けど、それぞれが百人ほどの連を持って、そいつらがまた仲間を持ってるからさ。だから備前屋のお八重さんの道をふさぐなんぞ、わけねぇんだけど。嘘だと思うんなら、試してみるかい」

挑むように、言葉尻を上げた。

「お奉行様だって、うちのお父っつぁんには頭が上がらないんだから。あんたらなんか、まとめて伝馬町《てんまちょう》に送ってやる」

「そんなもんが怖くて、莫連なんぞやってられねえんだよ」

もういいよ、やめて。莫連流が本物の凶状持ちになっちまったら笑えないよ。

あたしが「お琴ちゃん」と袖を引くと、娘らの何人かが後ろに飛びのいた。

「お琴って、まさか、浅草のお琴」

誰、それ。

金魚どもはお八重のことなどそっちのけにして、あたふたと騒ぎ始めた。あたしと同じように、「誰よ、浅草の何とかって」と訊いている。

「奴《やっこ》やくざも一目置くっていう、莫連の頭領《かしら》よ。江戸じゅうの莫連を束ねてる」

「そんなわけないでしょ。こんな普通の見目で、それに丸髷じゃないの」

「ううん、あたし、あの顔に憶えがある。間違いない」

「や、やだ、なんでこんなとこにいるのよ」

「ちょっと待って。もしかしたら莫連あやめって、浅草のお琴の妹分、なの」

お琴ちゃんは業《ごう》を煮やしたように、板間を踏み鳴らした。

「あやめは妹分じゃねえ。わっちの正真《しょうしん》のいもうとだよっ」


「はい、お前さん。お疲れさま」

兄さんに酌をするお琴ちゃんは、今日も甲斐甲斐《かいがい》しい女房ぶりだ。でもあたしはあのことが引っ掛かって、この何日かずっと咽喉がつかえている。

「あやめちゃん、ご飯が進まないわね。この煮ころがし、味がちょっと薄かったかしら」

やだねえ、あたしったら。まさか本物のわけないじゃない。

そう思うと、出し抜けに大声で笑っていた。

「いやはや、お見事だったよ。このあいだのお琴ちゃんたらさ、兄さんにも見せてやりたかったよ。すんごい芝居だったんだから」

我ながらじれったいけれど、まだ素直に礼を言えない。たぶん、このまま口にはしないだろう。

おそのちゃんちにはお得意がぽつぽつ戻ってきたようで、店も莫連流も潰《つぶ》されずに済んだ。騒動の噂《うわさ》を耳にしてか、翌日はさすがに客が来なかったけれど、今日はまたよく売れた。男っぽい縦縞の着物の裏地に目が覚めるほど赤い生地をつけて現れた女の子もいて、あたしは「なるほど」と感心させられたものだ。

莫連流はいつか当たり前になって、各々《おのおの》がまた何か新しい着方を発見して、流行を起こすのだろう。だから莫連流がどうなろうと、本当はどうでもいいことなのかもしれない。

好きなものを探って迫り続ける心さえあれば、あたしはまっつぐ立っていられる。たぶん。

お琴ちゃんはちろりを膳の上に戻し、兄さんと顔を見合わせた。

「どうしよ、お前さん。あやめちゃんにはいいよね、もう」

「そうだな。こいつには心得といてもらった方が、お前《め》ぇもこれから何かと動きやすいかもしんねぇな」

ちょいと、兄さん。あんた、何言ってんの。

あたしは箸《はし》を持ったまま、兄さんとお琴ちゃんを順繰りに見た。お琴ちゃんは首を鳴らして回し、あたしに向かってにいと歯を見せる。

「そうと決まれば、清々しちゃった。じつを言えば、このところ、ちょいと気詰まりになってたのよね。慣れないことすると駄目だよねえ、加減がわかんなくて。傍《はた》迷惑だし。ね、あやめちゃん」

「え、いや、そんなこと、あったり、なかったり」

「わかるわかる。むやみやたらな善人って、暑っ苦しいもの」

恐ろしい予感が的中しそうで、あたしは「あはは」と笑い濁した。

「お琴ちゃん、まさか、本当にほんとの……だったりして」

「だったじゃなくて、今も。現役の頭領だぜ、こいつ」

兄さんが事もなげに言うと、奥からおっ母さんの声がした。

「お琴ちゃあん、脚、揉んどくれえ」

「はあい、ただいま」

奥に向かって首を伸ばし、すっくと立ち上がる。

「ま、おっ姑《か》さんの前ではこのまんまということで。よろしくっ」

お琴ちゃんが、片目を瞑《つむ》った。

福袋

松の内が明けてまもなくの、午下《ひる》がりである。

佐平《さへい》は啞然《あぜん》として、姉を見返した。

「戻されたって……姉ちゃん、離縁されちゃったのかい」

「そうみたい」

姉のお壱与《いよ》は両の手を揉みながら、もっさりと小首を傾《かし》げる。

「そうみたいって、そんな他人事《ひとごと》みたいに吞気《のんき》な声で。何でだよ、理由を聞かせてもらわないと、いきなり出戻って来られたって、うちにだって都合があるんだ。困っちゃうよ」

声が尖《とが》るが、お壱与はふと顎《あご》を持ち上げ、小鼻を膨らませた。

「これ、鰹節《かつおぶし》や昆布の匂いよね。濱屋《はまや》の匂いだわ」

ただでさえ垂れ気味の目尻を下げ、佐平の小座敷を見回している。

濱屋は、ここ室町《むろまち》で乾物を商《あきな》っている乾物商だ。鰹節に昆布、椎茸、大豆や小豆《あずき》が扱い品で、冬には干鱈《ほしだら》や数の子も店先に並べる。

「姉ちゃん、懐かしがってる場合じゃないよ。呑気にもほどがあるよ」

佐平は濱屋の三代目でありながら、姉の言う乾物の臭いが大の嫌いだ。天日で干したり塩漬けにしてあるので、生きの良さが奪われているではないか。年数を経た黴臭《かび》さが奥の隅々に、この座敷の柱や障子にまで染みついている。羽織の袖《そで》にも臭いが移っているような気がして、遊びに出る際はまず女の家に立ち寄ってそこで着替えるほどだ。

「松宗《まつそう》さんは何で姉ちゃんに去《い》ねと、おっしゃった」

お壱与の鼻の穴を睨《にら》みながら、佐平は煙草盆《タバコ》を引き寄せた。

実の弟から見ても、姉は不器量だ。一重《ひとえ》の瞼《まぶた》は腫《は》れているかのように重たげで鼻は胡坐《あぐら》をかき、唇《くちびる》はいつも半開きになっている。言うこと為すことがこれまたひどく緩慢で、しかも曖昧《あいまい》だ。幼い頃から近所や親戚にも「鈍重《どんじゅう》が着物を着ている」と笑われていた。

ゆえに嫁ぎ先もなかなか決まらず、嫁いだのはやっと二十五になってからだ。婚家は通油町《とおりあぶらちょう》の蠟燭《ろうそく》問屋で、大店《おおだな》ではないが御公儀御用《おかみ》も承《うけたまわ》る老舗《しにせ》だ。ただし亭主は三回りも歳上で、その後添えである。孫だってすでに何人もいる男だ。

「今さら、子ができる、できないの話じゃないだろう。松宗さんはもうお歳だし、跡継ぎも立派にいなさる。だいいち、嫁いでもう三年になるじゃないか。何で今さら戻されるんだよ」

障子の外で気配がして、女中が顔を見せた。お壱与の顔をちらちらと窺い見ながら茶を差し出したので、佐平は眉根《まゆね》を寄せた。

うちの女中は行儀知らずで、家内での悶着《もんちゃく》を陰から盗み見たりする。それもこれも、女房のお初《はつ》がちゃんと仕込まないからだ。

「お初は」

「お内儀《ないぎ》さんは、お買い物にお出掛けです」

「あたしは聞いてないよ」

「呉服屋で花見小袖の反物《たんもの》をお選びになって、提《さ》げ重《じゅう》も新しくなさるとかで漆物屋に、それから向島《むこうじま》にお渡りになって風流遊びだそうで。お里のお姉様方とご一緒に」

「甚兵衛《じんべえ》は」

「番頭さんも朝からお出掛けです」

「どこに」

不細工である。と、唇から湯呑の縁を離した。

両手でおずおずと持ち上げている。顎を突き出し、口から吸いついていく様子がまた

佐平は苛立《いらだ》って、「もういい」と女中を追い払った。湯呑《ゆのみ》を手に取ると、お壱与も

「行き先くらい、ちゃんと訊《き》いておきなさいよ」

「さあ、伺っておりませんが」

「熱い」

啜《すす》ってみれば、ごく尋常な加減だ。

「熱かないよ。こんなの、ぬるいくらいだ」

だがお壱与は頭を横に振る。

「姉ちゃん、猫舌だったっけ」

今度は「うん」と縦に振るが、まったく暖簾《のれん》を腕で押しているような案配だ。子供が相手のやり取りでも、もう少し張り合いがある。佐平はうんざりしながら、話を本筋に戻した。

「だいたい、順序が違うよ。離縁となれば仲人《なこうど》なり、先方の代理人なりが先に話をつけにくるのが筋だろう」

「そういえば。おのぶちゃんも先月、戻ってきたんだって」

「おのぶって誰だよ」

「幼馴染み。さっき、そこの角でおのぶちゃんのおっ母さんと行き会ったの。したら、うちも先月、戻ってきたんだよ、また仲良くしてやっとくれって」

「知らないよ、そんなの」

煙管《キセル》の羅宇《ラオ》を手にし、火皿に刻みを詰める。が、膝の上に零《こぼ》れて舌打ちをした。

お壱与は話すことが明後日《あさって》の方を向いてばかりで、肝心の事情がさっぱりわからないのだ。

離縁そのものは、べつだん珍しい話ではない。江戸の町人の場合、半数以上は離縁済みで、佐平の遊び仲間など何度も離縁を繰り返しているし、別れた女房もまた別の男の許《もと》に嫁いでいる。

そもそも嫁をもらったり嫁いだりするのに届を出す定《き》まりがないので、離別するにも大した決意が要るわけではない。武家であれば御公儀や藩に夫婦両家から離縁届を出すのがしきたりだそうだが、町人は三行半《みくだりはん》、つまり「去り状」を書くだけだ。ただし、去り状は亭主しか書くことができない。いわば再嫁の許可証で、これがないと重婚の罪に問われる。

「で、去り状は」

「えぇと、どうだったかしら」

「いきなり里に戻しておいて、去り状も寄越さないのかい。姉ちゃん、去り状がないと次に嫁げないよ。どうすんの」

「べつに……もう嫁がなくても」

微《かす》かに眉を下げるので、思わず大声を出した。

「あたしの立場も考えておくれよ。ただでさえお初とうまくいってないのに姉ちゃんがずっとうちにいるとなれば、鬼の首を取ったみたいに攻めかかってくる」

そこまでを言って口をすぼめた。夫婦喧嘩《げんか》のたびに女中らが聞き耳を立てるのだ。口の立つお初に佐平がやり込められるのを面白がって、くすくすと笑い合う。ろくでもない。

「けどあんた、婚礼の日は喜んでたじゃないの。三国一の嫁御をもらったって」

「そりゃ、あの頃は別嬪《べっぴん》だったさ。けど、ほんに気性がきついんだよ。親が甘やかして気随《きずい》気儘《きまま》に育ってるからさ、濱屋の台所は火の車だって言ってあるのに出歩くんだ。向こうの姉さんや妹も、派手好きの遊び好きだから」

「皆、綺麗なお人ばかりだったもんねえ」

「競い心が強いから姉妹と張り合って、着飾るのを止《や》めやしない。あたしがちょっと意見したらば、これでも充分控えてます、これ以上、みっともない格好をしたらお前さんの体《てい》たらくを言い触らして歩くようなものよ、いいんですか、濱屋がお前さんの代で左前になったってぇ噂《うわさ》が立ってもと、切り返してきやがる」

佐平は実のところ、お初とはもう別れたいのである。何かにつけて上から物を言い、けちをつけてくる。お初が口を開くたび、己の値打ちが目減りするような気にさせられる。

しかし佐平から離縁を切り出すとなれば、お初が里から持たされてきた持参金、そして嫁入り道具のすべてを返す必要がある。亭主、女房、いずれからにしろ、離縁したいと言い出した側が持参金を返すか、縁切金を払うのが慣いなのだ。

離縁の沙汰も金次第、妙に情が絡まない分、後腐れがない。などと言えるのは、手許にゆとりのある者の理屈だ。

佐平はやっと刻みを詰め終え、火をつけながら顔を顰《しか》めた。

お初の持参金は八十両であったが、とうに使ってしまって跡形もない。お初が嫁いできたその年、さらに去年と相次いで両親が亡くなり、佐平としては濱屋の体面を考えて相応の葬儀を出した。その後、不景気の風が吹いて商いが傾き通しなのだ。しかもお初は娘時分のままに贅沢《ぜいたく》を押し通す。八十両なんぞ、瞬く間に消え失せた。

古くからの奉公人も随分と減らし、番頭の甚兵衛が小僧を使って何とか暖簾を守ってはいる。が、客も滅多に入ってこないので、佐平は帳場に坐っているのが馬鹿らしい。で、三日に上げずお紺《こん》の家に通っている。お紺は隣町に住む若後家で、まだ二十歳《はたち》を過ぎたばかりだ。

先だって寒風の中を訪ねると、お紺は柱にもたれたまま言った。

「こんなに寒い中を。いいのに、あたしのことなんぞ気に懸けてくれなくったって」

と拗《す》ねつつ、佐平の手を取って己の懐《ふところ》の中に入れる。

「こんなに冷たい手をしなすって」

「優しいことをしておくれだね、お紺は」

「優しくなんかありませんよ。お内儀さんの目を盗んでこんなことをしてる、泥棒猫だもの」

伏し目がちに、小さく笑う。

お紺は心底、惚《ほ》れ込んでくれているのだ。だから夜、泊まってやれないことが辛《つら》い。

「もう少しだけ待っとくれよ。そのうちきっと、朝まで一緒にいられるようにするからね」

佐平は柔らかな躰《からだ》をもう一度抱き寄せて名残りを惜しみ、「すまないね」と片手で拝みながら敷居をまたぐ。お紺は寝乱れた前を合わせもせず、寂しげに手を振る。佐平はそこで切なくなって引き返し、また帯を解く。

しかし金がないから、女房に離縁を切り出せない。今の佐平にとって、八十両は大金だ。

腕組みをしながら、煙管の吸口を咥《くわ》えた。目の前のお壱与はとうに冷めているであろう茶を啜り、ふうと背を丸めて息を吐《つ》いている。

頭の中で、ぴかりと閃《ひらめ》いた。「姉ちゃん」と、半身を乗り出す。

「お父《と》っつぁん、相当、姉ちゃんに持たせただろう。それが返ってくるよな」

数十度も見合いを重ね、それでも断られ続けてやっと摑《つか》んだ後添えの口だった。しかも相手は名のある松宗だ。佐平の両親はそれは気を入れて、支度《したく》を整えていた。

「持参金、七、八十両は持たせてもらったろう」

「そんなにあったかしらん」

「この際、六十両でもいいよ。いや、五十両でも」

佐平は久しぶりに頭の中で算盤《そろばん》を弾いた。持参金が返ってきたら、足りぬ分はどこかで借りればいい。それなら、何とかなりそうだ。

「ねえ。あたし、お腹《なか》が空《す》いちゃって」

お壱与が上目遣いで佐平の顔を窺っていた。

「ああ、いいよいいよ。台所に言いつけて、何なりとここに運ばせたらいい。ここは姉ちゃんの里なんだから、好きに振る舞うがいいよ。お初の奴が帰ってきたら嫌味の一つも吐《は》くだろうけど、気にしちゃいけないよ」

「佐平、外出《そとで》するの」

「うん、まあ、あたしに万事まかせて。姉ちゃんは大船に乗ったつもりで、ゆっくりおし」

羽織を替える佐平を、お壱与の小さな眼が見上げている。

松宗に侮《あなど》られぬよう、とりあえず身形《みなり》を整えて外に飛び出した。運良く、空の駕籠《かご》が通りかかった。酒代《さかだい》を弾んだからか、猛烈な勢いで走り始める。

姉ちゃんが出戻ってくるなんて、ほんに勿怪《もっけ》の幸いだ。持参金が返ってきたらば、ようやくお初と離縁できる。そしたら毎晩、お紺と一緒だ。そうだ、子供を作らなきゃと佐平は思った。

お初との間に子はできなかったが、それも不幸中の幸いというものだ。濱屋の四代目は、若いお紺に産ませる。

縦横に激しく揺られながらも、笑みが洩《も》れて溢《あふ》れて仕方がない。

「今夜はあまり進まないのね。具合がお悪いんじゃないの」

酌《しゃく》をしていたお紺が、徳利を持つ手を止めた。

「何ともないよ」と紛《まぎ》らわせつつ、「いや、おおありだ」と言い換えた。

「思い出すだけで、肚《はら》が煮える」

三日前、佐平は松宗の店先に駕籠を乗りつけ、談判に及んだ。で、あっさりと返り討ちに遭ったのである。

「あいにく、持参金はお返しできません」

「何ですって。いくら松宗さんでも、それは道理に外れるんじゃありませんか。世間が黙っちゃいませんよ」

「そう、その世間を憚《はばか》って、あたしは仲介人も立てずにお壱与を返したんですがね」

松宗は額《ひたい》に大きな横波を寄せ、じろりと佐平を睨み返した。

「あんな大喰らいだって知ってたら、最初から後添えにもらったりしませんよ。三年も喰わせたんだ。もう放免していただきたいものですな」

「亭主が女房を喰わせるのは当たり前じゃありませんか」

「とぼけて。濱屋さんは弟でしょう、ご存じのはずだ」

「何をおっしゃってるんだか」

「ですから、喰うんですよ、尋常じゃないほど」

佐平は「そんなことですか」と笑い、肩を揺すった。

「そりゃあ、姉は子供時分から、あたしより長い間、膳の前に坐ってましたがね。でも喰うのが遅いだけですよ。万事がおっとりしてますから」

「はい、ゆっくりですよ。ですが遅いながらも一升《しょう》、平らげる」

「一升って、何日で」

「一度に決まっているじゃありませんか。夫婦二人と子供も何人かある家が一日に喰う量ですよ、一升ってのは。それに米だけじゃない。お味噌汁《つけ》にお菜《さい》、漬物だって平らげちまうから、うちの台所女中も音《ね》を上げて、この辺で勘弁して下さいって頼むんだそうですよ。まあ、ああいう女だから黙って箸《はし》を置くんだけれども、今度はいつのまにか餅箱《もちばこ》が空になっている。到来物の塩鮭に数の子、干柿も軒並みやられちまって、あたしら一家はどれだけひもじい思いをしてきたことか。倅夫婦《せがれ》や孫にも決まりが悪くってね」

二の句が継げなかった。

「お疑いなら、これ、この通り、お壱与の胃袋に収まった物とその値を番頭が書きつけてあります。ご覧になるがいい」

松宗は背後の文机《ふづくえ》に置いてある帳面を手に取り、佐平の膝前に投げるように置いた。

「倅がこの掛かりの額に仰天して、これは離縁だけで済む話じゃない、濱屋さんに贖《あがの》うてもらうべきだと申しましたよ。ですが私もこの歳になって、要らぬ波風を立てたくはない。お壱与の持参金は五十両だから、それで埋め合わせてもらおうと宥《なだ》めたんですよ。不服がおありなら人を立てて出直して下さればよろしいが、かえって濱屋さんに弁済していただくことになりかねませんよ。これ、この通り、喰った証拠がありますから。去り状は後で届けさせるつもりでしたがちょうど良かった、お持ち帰り下さい」

まだ信じられぬ思いで家に帰ると、暖簾の外にまで煮炊きの匂いが漂ってくる。番頭の甚兵衛が帳場に坐っていて、「えらい取り込みようで」と両膝を立てた。奥に飛び込んで台所に入ると、女中が竈《かまど》の前で大汗を掻いている。お壱与は板間に坐って、自ら茶碗に飯をよそっていた。膳の上の皿が空で、周囲に並んだ大鉢も煮汁が見えるだけだ。

しゃもじを手にしたお壱与は、のほほんと顔を上げた。

「姉ちゃん、それ、何杯目っ」

すると女中が振り返るなり、剣呑《けんのん》な声を出した。

「旦那さん、米屋に持ってこさせてください。一升をぺろりと召し上がって、まだ足りないってんで米櫃《こめびつ》の底まで浚《さら》ってもう一回、炊いてるんです。今日の夕餉《ゆうげ》のお菜も何もかもお出しして、梅干しだって残っちゃいません」

それから毎日、お初に悪《あ》しざまに責められている。

「あんな底無し、どうすんのよ。お替わりは駄目だって、お前さんが止めなさいよ」

「止めてるさ。けど」

松宗が言っていた通り、飯を止めれば餅箱の中がやられ、近所で稲荷鮨《いなりずし》や大福を山と買い込んでくる。むろん当人は銭を持っていないので、その払いはもれなく佐平に回ってくるのだ。

「姉ちゃん、いい加減にしないと腹を下すよ」

叱《しか》っても、お壱与は黙々と頬《ほお》を動かすばかりだ。無心の体《てい》かと思えば、時々、口の中で呟《つぶや》いていたりする。

「これ、小豆じゃないわ。ささげ豆でごまかしてる」

「頼むから加減してくれよ」

「大丈夫。あたし、胃の袋が強いみたい。お腹をこわしたこと、一遍もないもの」

笑った歯の隙間に豆の皮らしき物が挟まっているのが見えて、なお腹立たしかった。

「お義姉《ねえ》さん、馬だってそうは食べやしませんよ」

お初も皮肉を放つのだが、お壱与にはまるで通じない。で、お初はむきになって亭主に当たってくる。

そして佐平は苛立つ。お壱与の持参金がふいになって、お初との離縁がまた遠のいたのだ。

こうなれば唯一の頼みは無尽講《むじんこう》だと、佐平は思いついた。で、今日、胴元になっていた遊び仲間の家を訪ねたのである。

無尽講は毎月、皆で銭を出し合って積み立て、まとまった額が要り用になった者がそれを使う仕組みだ。むろん利子をつけて返済するのだが、要り用の者が数人いる場合は入れ札をして、より高利をつけた者が競り落とせる。こうなりゃ少々無理をしてもいい、思い切った利子を書いて落札してやろうと訪ねたら、夜逃げをした後だった。仲間に一切合切を持ち逃げされていたのだ。

「お気の毒に、よほどの気鬱《きうつ》を抱えてなさるのね」

お紺は小皿に酒肴《しゅこう》を盛って、膳の上に置いた。水仕事をほとんどしない女なので、煮売り屋で適当に見繕《みつくろ》って買ってきているようだ。これがなかなかの味で、濱屋の女中が作るお菜とは見栄えもまるで違う。塩鯛の毟《むし》り身に黒くわいのきんとん、生貝のやわらか煮が並んでいる。

佐平は月末に小遣いを渡してはいるが、若後家の身の上のことで、亡くなった亭主が残した物がいくばくかはあるようだった。

「ねえ。たまにはどこかに出掛けましょうよ。梅見はどう」

「駄目駄目、うちの女房がお出ましだ」

「怖いんだ、見《め》っかるの」

猫のように目を細めて、からかってくる。

「あんなの、怖くも何ともありゃしないがね。今、こっちの分《ぶ》が悪くなりそうなことは控えておかないと。離縁に向けて、いろいろ算段中だから」

「ちょっと遠方ならどうかしら。そういえば煮売り屋で聞いたんだけど、日暮里《にっぽり》のお寺で面白いことするんですって」

「御開帳《ごかいちょう》とかの催しかい。お寺も近頃は不景気で、喜捨《きしゃ》集めに必死だね」

「それが、大喰い会を開くそうよ。面白そうじゃありませんか」

「大喰い会って、よく瓦版《かわらばん》に番付が出てるあれかい」

蔵持ちの通人《つうじん》が集まり、大喰いや大酒呑みを料理屋に招いて競わせる遊びがあるのだ。

「ええ。お酒が一斗九升五合、ご飯が大椀で六十八杯、お蕎麦《そば》が六十三杯とか。世の中にはとんでもない人がいるものよね」

「あんなの、大袈裟《おおげさ》に書いてあるだけだろう」

「でもお寺の大喰い会は、見物人が見ている中での競争にするみたいよ。勝ち抜いた人には褒賞《ほうしょう》も出るとか」

少し気が動いた。

「金子《きんす》が出るのか」

「三十両ですって。食べるだけで三十両もらえるなんて、喰うや喰わずの連中がわんさと集まりそうね」

「三十両……」

無尽講で落とそうと思っていた額が、ちょうど三十両だった。

こいつはいけるぞ。喰える人間が、うちにいるじゃないか。

佐平は小膝を打った。が、お紺の顔を見て我に返る。

「そんな下世話な見世物になんぞ行かなくても、そのうち、旅につれてってやるから」

万一、あんな姉がいると知られたら、後添えに入るのを尻込みされるかもしれない。

「も少し暖かくなったら、花見に行こう。上方《かみがた》にまで足を延ばしたっていい」

「嬉しい。でも、無理はしないでね」

やっと酒の味が舌に戻ってきて、佐平は機嫌よく酔った。

日暮里の寺の境内《けいだい》には、大変な見物客が押し寄せている。

見物料を取られるというのに、ざっと見渡しただけで四、五百人はいそうな人波だ。参道の左右には見物客を当て込んでか、甘酒屋や団子屋、小鳥屋や金魚屋までが筵《むしろ》掛けの店を出している。境内の隅に大きな松樹があって、その枝の下に芝居の舞台のような板間が設けられていた。さらにその脇には白布をかけた大机と竈が据えられ、大鍋から盛んに立つ湯気の向こうには白鉢巻の仕出し屋が腕組みをして並んでいる。

大会の参加者も参加料を出さねばならず、しかも四百文だ。棒手振《ぼてふ》りのほぼ一日の稼ぎで、二八蕎麦なら二十五杯は食べないと元が取れない。そんな勘定も働いてか、佐平が想像していたよりも参加者は少なく、全部で三十人であるらしい。

お壱与に付き添って行司役《ぎょうじ》の説明に耳を傾ければ、決まりはこうだ。五人ずつイからへまでの六組に分かれ、半刻《はんとき》の間にまず蕎麦で競い、最も量を喰った者六人が勝ち抜き、決勝は餅と菓子で勝負する。

舞台の背後には幔幕《まんまく》が張られ、三十人はその袖に集められた。意外にも相撲取りのような大男はおらず、矢鱈《やたら》と威勢の良い鳶《とび》や職人に混じり、腰の低い商人らしき男に医者の身形をした男、牢人者《ろうにん》らしき総髪のお武家もいる。ただ、女の参加者はお壱与ひとりだ。

佐平はにわかに不安になって、お壱与の脇腹を小突いた。

「姉ちゃん、あんなに腹を空かせとけって言ったのに、今朝《けさ》も喰ってただろう。飯を丼に五杯もお替わりしたって女中が零してたよ。大根の漬物も一本全部やられたって」

「大丈夫。ここにくる間に、もうぺこぺこだもの」

「ならいいが、精々、気張っとくれよ」

皆はいよいよ舞台の上に呼ばれて、佐平は袖から見守ることになった。

お壱与が組み入れられたホ組は、魚河岸《うおがし》の法被《はっぴ》をつけた中年の男に商人らしき男、そしてまだ若い牢人者と隠居の爺さんだった。まずこの四人を倒さないことには先へ進めない。鍋の湯が滾《たぎ》り、蕎麦が次々と茹《ゆ》でられて大椀に盛られ、汁が注がれてからそれぞれに運ばれていく。

お壱与は椀を持ち上げたが、すぐに折敷《おしき》の上に戻した。

姉ちゃん、何してるんだ。隣の牢人者、三口で啜っちまったぞ。ああ、その横の魚河岸もだ。

しかしお壱与はふうふうと、椀に息を吹きかけるばかりだ。

あいた、姉ちゃん、猫舌だ。

佐平は地団駄を踏み、口許に掌《てのひら》を立ててせっついた。

「ちっと熱いくらい我慢しなよ。行けよ、そのまま行っちまえ」

だがお壱与は頬を膨らませてはふうと冷まし、いっこうに箸をつけない。

ああ、もう、何て悠長なことしてるんだい。

と、やっと箸を入れた。蕎麦を丁寧にたぐり、汁をゆっくりと呑んでからじっと椀の中を見つめ、今度は何やら呟いている。

「鰹節に煮干し、干し椎茸も少々。醬油は、銚子《ちょうし》の亀長《かめちょう》……」

「出汁《だし》の講釈なんぞ要らないんだよ。急いで、次っ」

もはや五杯目に挑んでいる者があるのだ。しかしお壱与は周囲を見向きもせず、淡々と蕎麦を啜り込む。十杯、二十杯、三十杯となって、周囲の喰い方が若干《じゃっかん》、遅くなってきた。先陣を切っていた牢人者が魚河岸に抜かれ、商人と隠居、そしてお壱与がほぼ同量で並んでいる。

帳面を手にした行司が積み上げられた大椀を数え、中に麵や汁が残っていないかを検分している。五十杯目となってまず魚河岸と牢人者の箸が進まなくなり、商人と隠居も汁を呑み干すのが辛そうだ。だがお壱与はまったく速度を変えず、さも旨《うま》そうに味わっている。どうやら汁を温め直す手間を仕出し屋が省《はぶ》いているらしく、初めの椀ほど熱くないようだ。

見物衆がお壱与の喰いっぷりに気がついてか、ホ組の前の人だかりが膨れ上がっている。皆、目を輝かせてお壱与を見上げ、空にした大椀を重ねるたび「ほう」と声を洩らす。とうとう五十七杯目となって、三人の男が音《ね》を上げた。お壱与と隠居の一騎打ちだが、隠居が目を白黒させ始める。

「危ないんじゃねぇか、あのご隠居。死人が出たら、えれえこった」

「ここは寺だぜ。すぐに経を上げてくれら」

皆、好き勝手なことを言いながら囃《はや》したり案じたりしているが、とうとう行司から「箸を置いてぇ」と競技の切りが告げられた。イ組から順に、勝者の名を読み上げる。

「イ組、千住《せんじゅ》の大工、金助《きんすけ》、六十二杯」

そこで「金助、でかしたッ」と見物衆から声が掛かった。仲間が集まっているようで、もう大騒ぎだ。

「ロ組は吉原《よしわら》の伊勢屋太郎兵衛《いせやたろべえ》、五十九杯……ハ組は神田《かんだ》の料理人、三四次《みよじ》が六十杯」と読み上げが続き、「ホ組は」と行司が声を張り上げた。

「室町の濱屋お壱与、五十八杯」

たとえ不器量でも紅一点とあって、観衆が「おおう」とどよめいた。負けた者らは皆、腹をさすりながら退場し、おどけて舞台から手を振って見物衆を笑わせるお調子者もいる。隠居は孫らしき若者に支えられ、戸板にのせられて境内を去った。

よそ見をしている間に舞台の上は綺麗に片づけられ、もう決戦の構えに入っている。六人が居並び、お壱与は右端だ。膝前にはそれぞれ、餅蓋《もちぶた》に山と盛られた餅と菓子がある。行司が大声で説明を始めた。

「餅は五十、饅頭《まんじゅう》も五十、練り羊羹《ようかん》は十棹《さお》、松風煎餅《まつかぜせんべい》五十枚、どの順序で食べても構いませんが、一刻《いっとき》の間に完食していただきます。二人以上完食した場合は、早い方が勝ち。お茶は何杯呑んでも結構、杯数は加点されませんので悪しからず。では、始めえっ」

男らは皆、餅を次々と口の中に放り込んでいく。ところがお壱与はまた泰然自若《たいぜんじじゃく》といおうか、半眼になってゆっくりと咀嚼《そしゃく》している。ごくりと咽喉《のど》が動いた後、茶を含んでから次を手に取る。

見物衆の話を小耳に挟みながら、佐平は舞台を見守り続けた。伊勢屋とやらは吉原の妓楼《ぎろう》の主らしく、数々の大喰い会で勝ち抜き、瓦版にもしじゅう名が載る常連らしい。千住の金助は新顔だが餅の喰いっぷりが並大抵ではなく、ぶっちぎりの速さだ。料理人の三四次という男はどちらかと言えばお壱与とよく似た喰い方で、落ち着いて口を動かしている。

餅と饅頭をお壱与が平らげ、練り羊羹に入った時、先に煎餅に手をつける者が二人いた。滅多矢鱈と餅が速かった大工と、吉原だ。いかにも顎の強そうな音を立て、煎餅を齧《かじ》る音が響く。お壱与はまだ羊羹で、しかもまた何かを呟いている。

「この大納言《だいなごん》は丹波《たんば》、砂糖は琉球《りゅうきゅう》の黒、塩が少々、寒天は……」

九棹目を制したのは、料理人よりも先だった。一方、吉原と大工は羊羹に入ったが、三棹めを手にした辺りで息遣いが苦しげになった。

「そういや、伊勢屋の旦那は甘い物があまり得手《えて》じゃなかったはずだ」

「苦手な物を後に回したんだな。さあ、それが吉と出るか凶と出るか」

背後でそんな話が聞こえて、佐平はしめしめとほくそ笑む。

凶だよ、凶に決まってるじゃないか。ああ、あの辛そうな顔。羊羹が咽喉に詰まっちまって、もう下りないんじゃないかい。

そしてお壱与はついに松風煎餅に入った。

薄い五十枚だから、姉ちゃんなら難なくいける。ほら、もう三枚、五枚、十枚だ。

「練り込んである青海苔《のり》は、浅草《あさくさ》」

「お壱与さんとやら、青海苔の出所もわかるんですか」

料理人が喋《しゃべ》りかけた。

こら、うちの姉ちゃんに話しかけるんじゃない。邪魔立てをする魂胆か。

「乾物屋の娘なもんですから」

姉ちゃんもまた呑気に答えてんじゃないよ。さっさと喰わないか。

やがて吉原が音を上げた。羊羹の残り三棹がもうどうにも無理だと言う。大工は粘っているが、舌でねぶっているような案配で目を潤ませている。さすがに料理人も煎餅の罊りっぷりが落ち、無言になった。

お壱与だけが最初から一貫して食べる間合いを変えず、ばりり、ぼりりと間断なく音を立て続けている。とうとう最後の三枚になって、もはや他の五人は顎が上がっている。が、勝負の行方《ゆくえ》はまだわからない。

「姉ちゃん、行け、そのまま平らげろっ」

「おう、頑張れ」

「おなごの身で、凄《すげ》ぇよな」

手に汗を握りながら、皆が励まし始めた。

「頑張れ、あと三枚、あと二枚っ」

そしてとうとう、最後の一枚を喰い終えた。地鳴りのごとき歓声が上がり、見物衆は大騒ぎだ。

しかしお壱与は悠然と茶を呑み干し、きょとんとした面持ちでこっちを見た。

「よくやったよ、姉ちゃん。よくやった」

するとお壱与は初めて鼻の穴を広げた。笑っているつもりらしいが、やはり何とも言えぬ狆《ちん》くしゃだ。と、松の木の下に大太鼓が出され、腹の底に響く音を打ち鳴らした。見物人がまた昂奮して、囃し立てる。

「大喰い会がこうも面白《おもしれ》ぇとはなあ」

「おうよ。いい勝負だった」

背筋がぞくぞくとしてくる。

「よく頑張った、天晴《あっぱ》れだよ、姉ちゃん」

佐平は途方もない高揚感で揺れていた。


二月に入って、今度は谷中《やなか》の寺で大会が開かれた。参加料が要らない分、賞金も十両と落ちる。しかしお壱与はそれも悠々と勝ち抜いて勝者となった。その次は吉原の妓楼で開かれた余興で、これには日暮里に出ていた者が何人か参戦したが、もうお壱与の敵ではなかった。

「姉ちゃん、こんな大枚、危ないからね。あたしが預かっとくよ」

佐平は最初の褒賞を受け取った時に言い含め、以来、己の手文庫に納めてある。貯《たくわ》えた額は、そろそろ六十両ほどになるだろうか。有難いことにお壱与の頭の中は相変わらずの曇り空、いつも「うん」と頷《うなず》くだけの御《ぎょ》しやすさだ。大会の帰りに「褒美に何か買ってやろう。帯締めはどうだい」とねぎらえば、嬉しそうに小鼻を膨らませる。

「お汁粉が食べたい」

佐平は吐き気をこらえながら、汁粉を奢《おご》ってやった。茶漬けや煎豆《いりまめ》の大喰いを傍《そば》でさんざん見ているので、常に腹が一杯の気分だ。朝夕の膳もとんと食べる気がしない。

「お前さん、近頃、瘦《や》せちまって、何なの、その貧相。目の玉だけがぎょろぎょろしてるじゃないの。また、悪い女に引っ掛かってるんだ。女癖だけは一人前なんだから」

お初は口の端を歪《ゆが》ませて、嘲笑《ちょうしょう》してくる。

「あたしは大事な仕事をしてるんだ。口を出すんじゃない」

びしりと言ってやると、お初は眉を逆立てた。常日頃はほとんど佐平がやられっぱなしであったので、女中らも呆気《あっけ》に取られている。

「何よ、えらそうに」

お初はぷいと横を向いて、自室に引き上げて行った。

見てろ、そのうちもっとぎゃふんと言わせてやる。あと二十両なんだ。それさえ作れたら、お前をこの家から追い出してやる。

佐平は片頰で笑いながら、お初の後ろ姿を睨んだ。

そうそう、お紺に文を出しておいてやらないと、さぞ案じていることだろう。

このところ、なかなかお紺の許に通えないのである。大喰い会は今、江戸で大流行《はや》りしていて、しかし喰い物をよく確かめて参加を申し込まねばならない。猫舌のお壱与は辛い物も苦手なので不利だ。かつ早喰いだけを競う会も避けねばならない。お壱与は何を口に入れても、それを味わうのである。そんなこんなで、佐平は二月の末になっても忙しい。むろん、お壱与の機嫌取りも仕事のうちだ。

「姉ちゃん、酒はどうだい。酒合戦にも出てくれないかってぇ話があるんだけどね」

揉み手をして、上目遣いで訊く。

「お酒はそんなに。精々、二升くらいしか」

「二升なら充分だよ。え、ほんとなの。あたしはほとんど下戸《げこ》だよ。お父っつぁんもあまりいける口じゃなかったし」

「じゃあ、おっ母《か》さんに似たのかなあ。毎晩、欠かさず七合くらいは呑んでたもの」

「そんなに」

「ほんの寝酒よ。おっ母さんが本気になったら、斗酒《としゅ》も平気。あたしの祝言《しゅうげん》の日も、よく呑んでたじゃないの」

知らなかった。よくよく考えれば、母親や姉など気に留めたこともなかったのだ。

「そうか。姉ちゃんの大喰いも、おっ母さんの大酒の血を引いてるんだな」

ますます心丈夫だ。と、お壱与が口をもぐりと動かした。言葉を発したい時にする
癖であることも、今の佐平にはわかる。

「何だい。大福、買いに行かせようか。それとも屋台の天麩羅《てんぷら》がいいかい」

「ねえ、佐平。近頃、うちの品物、落ちてるんじゃないの」

突如、妙なことを言う。

「うちの品物のことかい。そんなの、番頭にまかせてりゃいいんだよ」

「でもこの匂い、古くなり過ぎてる」

「気のせいだよ」

「昆布は寝かせた品物の方がいい出汁がでるけど、それも扱い方があるよ。紙にくるんで大切に寝《やす》ませてあげないと悪くなる。それに大豆だって、そのうち虫が湧いちゃうよ」

「なら言うけど、うちはね、贈答に使う鰹節を扱うようになったんだ。わかるかな」

武家でも町人でも、祝い事では鰹節の贈答が欠かせない。昇進や出産、年寄の還暦や喜寿などでは鰹節が山と届くので、どの家も持て余してしまう。それを安く引き取って包み直し、今度は贈る側に届ける。同じ鰹節がぐるぐると、江戸市中を回ってい

る恰好《かっこう》だ。

この方法を考えついたのは番頭の甚兵衛で、仕入れのやりくりが格段に楽になると言っていた。

「皆、家内で使う鰹節は別に買い求めるだろう。だから贈答品は物の良し悪しなんぞ、どうでもいいんだよ。形が立派ならそれでいい」

ふうんと、まだ不得要領な顔つきだ。

「姉ちゃんは商いの心配なんぞしないで、喰うことだけ考えてりゃいいんだよ。じゃあ、大酒会も申し込むからね」

こくりとお壱与は頷いた。佐平は自室に戻って出掛ける支度をする。大喰い会、大酒会を主催する者らと見知りになっていて、これからどこでどんな会を開くかを教えてもらうのだ。

そこに、女中が文を持ってきた。奉書紙の包みに「お招きのこと」と上書してあり、差出人は「満腹連《まんぷくれん》」と記してある。連を組んでいるのはたいてい、暇な通人らだ。さてはと思って中に目を通すと、あんのじょうだった。

来たる三月三日、根岸《ねぎし》の料理屋にて大食会を開く段に至りて候《そうろう》。ついてはぜひ、高名なる濱屋お壱与どのに御来臨を賜《たまわ》りたく、謹んで願い上げ奉《たてまつ》り候。誠に不躾《ぶしつけ》ながら、勝者には百両の御礼を差し上げたく候。

えっと声を洩らし、佐平は瞼をこすった。件《くだん》の箇所を読み返すと間違いない、百両と書いてある。その日は別の会があって参加料も納めてあったが、迷うことなく根岸に鞍替えを決めた。

百両が手に入ったら、締めて百六十両の稼ぎだ。お初と別れても、あたしの手許に八十両が残るじゃないか。ああ、あと少しの辛抱だ。そしたら万事、思い通りになる。

待てよ。姉ちゃんにはどこかに家を借りた方がいいな。でないとお紺がびっくりする。そうだよ、姉ちゃんをこの家にずっと置いとくってぇ法はないんだ。小女《こおんな》をつけて飯さえ喰わせておけば、で、時々、大喰い会に出せばずっと金子が転がり込んでくる。

姉ちゃんは福の神、いや、福袋だ。

佐平は己の思いつきが気に入って、雀躍《こおど》りしながら返事をしたためた。

三月三日の夕暮れ、二挺の駕籠を奢ってお壱与と共に根岸に向かった。

着いた料理屋の前庭はめっぽう広く、通された二階の座敷からは春の隅田川《すみだがわ》が見渡せる。床の間には白い瓶子《へいし》に桃花の大枝が、その前の板敷には緋毛氈《ひもうせん》の上に男雛《おびな》女雛《めびな》まで飾ってある。気分がますます爛漫《らんまん》となって、佐平は羽織の紐《ひも》を結び直した。

やがて満腹連の連中が五人、座敷に入って来た。睨んだ通り、皆、通人らしい恰幅《かっぷく》だ。それぞれが愛想よく名乗った。捌《さば》けた物言いの唐物《からもの》屋に薬種《やくしゅ》屋の主、狂歌師や浮世絵師、そこに二本差しも交じっている。当節は洒脱《しゃだつ》なお武家が増えているようで、この満腹連も元は狂歌の仲間であるそうだ。

お壱与は戸惑って、ろくな挨拶《あいさつ》もできない。佐平が肘《ひじ》で突《つつ》くと、「よろしゅうお頼み申します」と山出しの女中のような頭の下げ方だ。すると満腹連の一人が膝を前に進めた。唐物屋の主とかいう男だ。頭に白いものが混じり、お壱与を離縁した松宗の主くらいの歳頃に見える。

「お壱与さん、満腹連の雛の節句にようこそお出まし下さいましたな。本日、行司を務めますのは私、雁金《かりがね》屋の羽左衛門《うざえもん》にございます」

お壱与はまだ、目も上げられないでいる。

「皆さん、やっとお壱与さんの食べようを近間《ちかま》で拝見できますな。心願成就《しんがんじょうじゅ》だ」

羽左衛門が仲間を見渡したので、座敷に満足げな笑みが広がった。

「ご存じなんですか、姉の喰いようを」

佐平が訊《たず》ねると、「もちろん」と首肯した。

「いつでしたかな、たまたま寺の門前を通りかかって、そしたら大変な歓声が聞こえてくる。私は賑《にぎ》やかなことに目がありませんで、さっそく見物料を払って境内に入ったんですよ。いやあ、驚いたの何の。正直申しまして、私は呑み喰いを競う催しが好きではありませんでしてね。何と言いましょうか、食べ物を粗末に扱っているような気がして鼻白んでしまうんですよ。ところが、お壱与さんは召し上がり方が綺麗だ。しかもちゃんと味わってなさる。感心しているうちに、いつのまにか懸命に応援していましたよ。ああも夢中になって他人様に声を掛けたのは、久しぶりだ」

女中らが酒と肴《さかな》を運んできた。朱塗りの盃に、上品な和《あ》え物が色絵の小鉢に盛りつけてある。

「それを満腹連の仲間に話しましたら、ぜひとも観たいと言いましてね。お壱与さんが出られる会には必ず伺っていたんですよ。皆で追っかけてました」

佐平は如才《じょさい》なく礼を言った。無尽講の銭を持ち逃げするような仲間とは大違い、皆、ひとかどの人物ばかりであることが着物や所作でわかる。あたしもとうとう、こういうお人らの仲間入りかと思うと、胸が躍りそうだ。

「そうこうするうちに、毎年、開いている雛の節句の宴《うたげ》にお招きしたいものだと思いつきましてね。なるほど、その方がゆるりと拝見できると皆も賛同してくれたので、文を差し上げた次第です」

また愛想笑いを返し、入り口に目をやった。

「して、対戦相手の皆さんは」

「今日は二人対決です。文でもそうお知らせしてあったと存じますが」

「はいはい、そうでした」

百両に目が眩《くら》んで細部を憶えていなかったが、ともかく相槌《あいづち》を打つ。

「もう、そろそろ着くと存じますよ。ああ、来なすった」

襖《ふすま》を引いて現れた男を見て、佐平は尻ごと後ろに飛び退《の》いた。座敷が一気に狭くなる。身の丈《たけ》六尺、五十貫はありそうな巨《おお》きな男だ。

「ご承知かと存じますが、関脇をお務めの雲竜周五郎《うんりゆうしゆうごろう》さんです。満腹連とは昵懇《じつこん》の仲でしてね。今日の思案をお話ししたらば、喜んで参加して下さいました」

相撲取りと対決だなんて、書いてなかったじゃないか。それは断じて書いていなかった。

しかし羽左衛門は烏帽子《えぼし》を頭にのせ、機嫌よく手を鳴らす。すると裾《すそ》を引いた芸妓衆がなだれ込んできた。三味線に小太鼓、鼓《つづみ》を手にし、場が賑やかに華やぐ。そこに男衆《おとこし》らが四人がかりで大盃を二つ運んできた。

雲竜とお壱与は金屛風《きんびょうぶ》の前に並んで坐っている。

「ではいよいよ、満腹連が春の催し、大喰い会を始めるといたしましょう。決まりは簡単、こちらからお出しする物を綺麗に平らげていただくだけにございます。口明けは白酒、それから菱餅、赤飯、鯛蒲鉾《たいかまぼこ》、茹で卵、煮豆、次いで清酒に戻り、肴には鶉《うずら》の焼き物、仕上げは羹《あつもの》となっております。刻限は明《あけ》五ツまでござりますゆえ、ごゆるりとお取組みのほどを願います」

羽左衛門が「始めぇ」と、軍配団扇《うちわ》を振った。


口明けの白酒といえども、女子供が節句で舐《な》めるような可愛いものではなかった。一升五合が入る、万寿無量盆《まんじゆむりようぼん》という大盃になみなみと注がれているのである。

雲竜は「甘い」と顔を顰めつつ、その後は一度も口を離さずに呑み干《す》した。お壱与も負けてはいない。盃は自分では持ち上げられない重さなので佐平が助けてやり、次いで菱餅五十個に取り組んだ。砂糖や黄粉《きなこ》が入った大鉢が添えてあり、お壱与はのんびりとそれをまぶしては味わっている。

「姉ちゃん、そんなの掛けたら腹が膨れるじゃないか」

「だって、こうした方が美味《おい》しい」

雲竜はむろんそのままを口の中に放り込んでいく。赤飯は一升とのことで、樽《たる》のごとき大きさの櫃《ひつ》が持ち込まれた。女中がしゃもじを手に各々《おのおの》の傍に控え、大椀に盛っていく。雲竜はもう五杯目、いや六杯目だ。お壱与はやっと菱餅を終え、「ご馳走さまでございました」と空の盆に辞儀をした。

「そんなのいいから、急いで」

「お白湯《さゆ》が欲しい」

それが届くのを待って、しかもふうふうと冷ましてからゆるりと咽喉を動かした。雲竜の櫃の中はもう底が見えかかっている。

「姉ちゃん、早く早く」

焦《あせ》って急《せ》かすと、背後から「濱屋どの」と呼ばれた。

「そこは行司にまかせて、こちらで寛《くつろ》がれよ」

振り向けば、上座のお武家が手招きをしているではないか。

そうは言ったって、こっちは百両が懸かってるんだ。

肚《はら》の中でぼやいたが確かに咽喉が渇いているし、満腹連の機嫌を取っておくのも余《よ》禄《ろく》になりそうだ。「では、お言葉に甘えまして」と仲間に加えてもらい、三味線や小太鼓を聞きながら屏風前を見つめる。

　頑張れ、姉ちゃん。次は鯛蒲鉾だ。


　目を覚まして、辺りを見回した。一瞬、ここがどこだかわからない。

　蠟燭が四方を照らしている。脇息《きょうそく》に凭《もた》れて寝入っている連中が見えて、ああ、そうだ、根岸の料理屋だと思った。芸妓らも三味線や鼓を膝の上に抱えたまま、舟を漕《こ》いでいる。

　屏風前に目をやれば、雲竜とお壱与は喰っていた。

「姉ちゃん、大丈夫かい」

　うんと頷くものの、息が苦しげだ。腰を上げて傍に近寄った。行司役が途中で入れ替わったらしく、まだ若い狂歌師が烏帽子をかぶっていた。

「鯛蒲鉾三十、茹で卵三十、煮豆を五合、清酒は一升五合。お二人とも、見事に食べておられますよ」

　だが雲竜は大きな躰を横に揺らし、鼻から大息を吐いた。

「かように喰うのは、生まれて初めてかもしれねえ。えらいことを引き受け申した」

　鶉の焼き物を手に取るのも大儀そうだ。一方、お壱与はやっと酒を呑み干し、鶉に取り掛かる。骨つきの三十羽《ぱ》が大皿に盛られている。

「塩焼きかと思ったら、お醬油を塗ってある」

「この期《ご》に及んで、味わわなくていいったら」

「でも……硬い。焼いてから時が経ってるものね」

咀嚼するのに手こずっているようだ。並の女ではないものの、さすがに顎の力は男にかなわない。しかも相手は関脇だ。佐平はじっとしていられなくなって、上座を振り返った。

「皆さん、起きて下さいよ。こんなに二人が喰ってるのに、見物衆がいなけりゃ張り合いがないじゃありませんか」

一人が半身を起こし、また一人と起きて顔を見合わせている。

「つい酒を過ごしてしまいましたな。これは申し訳ないことを」

「ん。不覚を取り申したの」

「行司役、代わりましょう。あなたは一休みなすって」

わさわさと動き出した。

「ほう、互角の闘いを続けていなさるか」

誰かが勝負の行方に気づいてか、屏風の前に近づいた。皆が腰を上げ、間近に坐る。その背後で、芸妓がまた三味線を鳴らし始めた。

「いよッ」

小太鼓や鼓も鳴る。一寝入りした連中は元気を取り戻してか、「雲竜ッ」「お壱与ッ」とそれぞれに声を掛け、扇子《せんす》を広げて舞う。丑三《うしみ》つ刻《どき》の座敷が、やにわに賑わいを取り戻した。

しかしお壱与の喰いっぷりは明らかに落ちている。目を凝らすと、こめかみに脂汗《あぶらあせ》が浮かんでいるのがわかった。

「姉ちゃん、大丈夫かい。もう駄目なら白旗を上げるよ。い、いや、頑張れるんなら止めやしないけど」

「白旗なんて上げない。あたしには、これしか能がないもの」

明け方が近づいて、羹が出てきた。鶴のつみれと大根の薄切りに澄まし汁が張ってあり、三ツ葉が飾ってある。全部で十椀ある。

「汁物は腹が膨れるばかりだ」

雲竜が不平顔をしたので、佐平も尻馬に乗った。

「さようですよ。羹を何か、別の品に」

最後に羹十椀など、猫舌のお壱与には不利が過ぎる献立だ。しかし行司役に「これが勝負ですぞ」と、あっさり寄り切られた。お壱与はやっと鵙を喰い終え、椀の蓋を取った。小鼻を広げ、香りを味わうように椀を持ち上げる。まず汁を吸ってから、箸を動かしている。

「熱くないのかい」

「うん。ちょうどいい加減よ。出汁は土佐《とさ》の鰹節に、昆布は松前」

すると満腹連の誰かが「鶴は」と訊いた。

「鶴はいずこの生まれか知らねども、一晩、酒に切り身を浸して滋味を磨いたものと存じます。大根は練馬《ねりま》の産、三ツ葉は瑞々《みずみず》しさから察してこの近くの朝摘みかと。ほんに、結構なお仕立てです」

満腹連は口を揃えて「ほほう」と息を洩らし、芸妓らも音を止めて目を丸くしている。が、その間に雲竜は椀ごと喰うような勢いで突き進んでいるではないか。

「姉ちゃん、急いで」

するとお壱与は初めて横に坐る雲竜を見上げ、俄然《がぜん》、速度を上げ始めた。一気に汁を呑み、それから具を口に入れる。咀嚼している間にまた次の椀の蓋を取り、呑む。

「あと少し、あと一椀だっ」

お壱与が最後の具を口に入れたその時、雲竜が口から椀を離した。皆に見えるように椀を持ち変え、正面に向かって腕を伸ばす。そのまま左から右へと動かしたが、椀からは一滴も零れ落ちない。

雲竜はすべてを呑み干していた。

行司役に戻っていた羽左衛門の軍配団扇が、すっと動く。

と、お壱与が口に三ツ葉を挟んだまま、仰向けに倒れた。

佐平は久しぶりに店の帳場に坐った。大福帳を繰ると商いはますます左前で、番頭の甚兵衛を問い質《ただ》したいが今日も外に出たっきり帰ってこない。

帳場机に頬杖をつき、はあと息を吐く。離縁の話し合いを思い返すと、また気が重くなる。お壱与を担ぎ込んだ朝、お初は容態を心配もせずに言い放ったのだ。

「何てぇ姉弟《きょうだい》なんだろう。弟が甲斐性《かいしょう》無しなら、姉は竈の灰まで喰らう貧乏神じゃないの」

頭に血が昇って、「何だ、その言い草は」と叫んでいた。

「お前には、ほとほと愛想が尽きた。出てけ、離縁だ」

あっと思ったが、お初はすかさずその言葉に喰らいついた。

「今、言ったわよね。離縁だって言ったわよ」

慌てて己の口をおおったが、もう何もかも遅かった。その日のうちにお初は里に帰り、夜には仲介人がやってきた。

お初もとうに別れたがっていたのだ。しかし己から切り出せば、持参金を放棄しなければならない。それが惜しかったのか、それとも姉妹から「粘るだけ粘った方が得だ」と入れ知恵されたのかもしれない。佐平が離縁を言い出すのを、手ぐすね引いて待っていたのだ。

仲介人が言うにはお紺との仲も調べ上げていて、

「密通を御公儀《おかみ》に申し立てるのも気の毒なことであるので、慰謝として五十両積んでくれれば黙っていようとおっしゃってますがね。どうされます」

そもそも、お紺をお初に引き合わせて正式に妾奉公《めかけ》させれば、密通などを持ち出されずに済んだ話だ。だがお初にそれを申し出るのは気ぶっせいで、しかも妾として囲うには先立つ物がなかった。

佐平はまた溜息を吐き、店の天井を見上げる。

「百三十両も払う破目になるとは」

声にならない独り言を洩らした。

手文庫の中にあるのは、六十両ぽっきりだ。あと七十両もどうすりゃいいんだ。どこかで借りるか、それともいっそこの店を畳んで何もかも売り払ってしまおうか。あの満腹連の誰か、融通してくれないかなあ。いや、いっそ雲竜さんを訪ねてみようか。百両をまんまと目の前から攫《さら》っていっちまったんだから、少しくらい貸してくれても罰は当たるまい。いや、どうだかなあ。たった一度会っただけの人間に、そんな大金、右から左に出してくれるわけないよなあ。

物音がして顎を下げると、お壱与がのろのろと店先に出てきていた。大豆袋や鰹節の箱をいじっている。その姿を見るだけで、苛々した。

「店に出てくるんじゃないよ。奥にすっ込んでなよ」

「でも、もう何ともないから」

お壱与は濱屋に帰ってから、次の日の夕方まで寝ていた。どうやら寝が足りなくて倒れたようで、吐きもしなかったのだ。やっぱり大喰い会で稼ぐしかないかと、横目でお壱与を見た。

そうだな、それしかないよな。いや、まずは借金をして縁切金を払わないと、間に合わないじゃないか。

仲介人からは「三月中に」と期限を切られていた。それからお壱与に稼がせて、褒賞を借金の返済に充《あ》てる。そんな段取りを考えるだけで、うんざりしてくる。

「お邪魔しますよ」

暖簾を潜って入ってきたのは、満腹連で行司を務めた雁金屋の羽左衛門だ。つれがいて、同じ連仲間のお武家である。供の者もぞろぞろと中に入って来て、店の中が途端に暑苦しくなった。


座敷に案内して早々に、羽左衛門から用件を切り出された。

「お毒見役ですか」

佐平が訊き返すと、羽左衛門が「さようです」と首肯した。

「詳しいことは申せませんが、さるお大名家で姫君付きのお毒見役を探しておいでしてな。姫は五歳になられたばかりですが、大藩の若君への縁組が決まっておられる。ただ、下々には計り知れぬ事情が出来《しゅったい》いたし、御婚礼の日まで何としてでも姫君の御身《おんみ》をお守りせねばなりません」

ややこしそうな話だ。隣に坐るお壱与を窺い見たが、相も変わらずぼんやりと坐っている。

「で、お壱与さんに白羽の矢をお立て申したというわけです」

「うちの姉にそんな難しそうなお役、とても務まるとは思えませんが」

「いいえ、食べっぷりから行儀はむろんのこと、食べ物の素性がわかる舌の力がお見事と、香川《かがわ》様も仰《おお》せです」

隣の武家に頭を下げ、相手も頷いている。

「さまざまな会でお壱与さんを拝見して適任ではないかとお話し申し上げましたら、香川様がご自身の目で確かめたいと仰せになりましてな。それで根岸にお招き申し上げた次第です。ご内聞に願いたいが、香川様はそのお大名家の奥向《おくむき》にお仕えになっておられるご用人にあられます」

羽左衛門はお壱与に目を移し、「いかがです」と訊ねた。

「ご奉公されませんか。お扶持《ふち》も頂戴できますから、弟御を頼りになさらずとも、これからは自《みずか》らの口を自身で養っていけますよ」

「あたしが、あたしを養う、んですか」

「大喰い会でも稼いでこられたでしょうが、そう長くは続けられないでしょう。江戸の流行の移り変わりは激しいですから」

「でもお大名家の奥など、あたしのような者にはとても」

すると、香川という武家が「いや」と口を開いた。

「勝負の懸かった窮地にあっても急かず慌《あわ》てず、なかなかの胆力と見受けたぞ。町方のおなごはとかく口数が多うていけぬがその方は落ち着いておるし、いざとなれば機転もきく。それで良い」

そうか、これは出世話なのだと、佐平は目の前がまた開けるような思いがした。

「そうなんですよ。うちの姉は福袋、いえ、福の神でしてね」

すると羽左衛門が眉を曇らせた。

「濱屋さん。あんたが姉さんを使って稼いでることは、方々で評判になっていますよ。悪いことは言いません。姉さん頼みはもうよして、家業に精をお出しなさい。でないと、お壱与さんはいつか躰を壊します」

「何を言ってるんです。あんたらだって毒見役を勧めにきたんでしょう。そんなの、生きるか死ぬかじゃありませんか」

香川が「いや」と、頭を横に振った。

「毒見役は一人で担《にな》うものではない。他に何人もおるうえ、昨今、命を落とすような毒など入ってはおらぬものよ。念には念を入れるためのお役だ」

「けど、姫君の御身を守るお役だって言いなすった。姉ちゃん、こんな話、断ろう」

佐平が声を荒らげると、お壱与はやっと客の二人に眼差しを向けた。

「あたし、大喰い会に出るのは厭《いや》じゃありませんでした。だって、嫁ぎ先で嫌われながら自分でもどうしようもなかったこんな性《しょう》が弟の役に立ったんですから。人前に出るのは今でも好きではありませんけれど、他人様に感心してもらえるのは少し嬉しくもありました。これも弟の欲がきっかけです。姉としては、可愛い欲なんです」

そしてお壱与は膝前に手をつかえて、深々と頭を下げた。

「ふつつかではございますが、ご奉公させていただきたく存じます。この舌と胃の袋でもって、必ずや姫様をお守り申します」

佐平はしばらく、開いた口がふさがらなかった。

三日の後、お壱与は濱屋を出た。香川の屋敷に住み込んで、まず行儀見習いをすることになったのである。迎えに訪れた者らはそれは丁重で、お壱与を下にも置かぬ扱いで付き添った。近所の者が皆、通りに出てきて「大した出世をおしだねえ」と見送った。

奉公の話がもたらされた日の夜、お壱与は行きつ戻りつしながらこう言った。

「このままあんたの厄介になっていても、食べて迷惑をかけるばかりだもの。大喰い会の人気がなくなったら、褒賞金も稼げなくなるし。……お毒見役は一生奉公《いっしょうぼうこう》だそうだから、私のことはもう放念してくれていいからね。佐平も躰に気をつけるのよ」

何だか、姉に見限られたような気がした。佐平はふんと鼻を鳴らし、隣町に向かった。

七十両くらい、己の力で作ってやるよ。あたしが本気になったらお茶の子だ。その前にまず、お紺だ。女房と別れたと告げてやったら、どんな声で喜ぶだろうか。想像するだけで頬が緩む。角を折れると、随分と久しぶりな気がした。

表戸に手を掛けて引いたが、まるで動かない。心張棒《しんばりぼう》がかかっているようだ。拗《す》ねてんのかな、お紺の奴。しばらく放っておいたもんな。

それとも買物に出てるのだろうかと裏に回ると、「旦那」と呼び止められた。見れば裏の長屋に住む女だ。ちょくちょく顔を合わせたことがある。

「お久しぶりでござんすねえ」

「お紺、留守にしてるんですかね」

「おや、ご存じないの。越しましたよ」

女は手にしていた水桶を足許に下ろし、「あら、あらあら」と掌を横に振った。

「本当に知らないんだ。お紺さん、いいお相手ができてね、一緒になったんですよ」

「一緒にって」

「だから女房になったんですすよ。やだ、てっきり旦那とは切れたと思ってたけど」

「いつからです、その男とは」

「いつ頃からだったかしらん」と、女は黒目を上に向けた。

「年が明けてからだわねえ、ここんちに入る姿を見かけるようになったのは。なかなかいい男なのよ、煮売り屋らしいけど。で、手頃な家が見つかったから、夫婦で呑み屋を始めるって。ちょいと旨い小鉢を出したりするお店」

佐平は棒立ちになって、「ちょいと旨い小鉢」と鸚鵡《おうむ》返しにした。

「旦那。恨んだりするんじゃありませんよ。あんた、女房持ちなんでしょ。これに懲《こ》りてね、お内儀さんと仲良くしなすったら」

踵《きびす》を返した佐平の背中に、お初に負けず劣らずの毒矢が何本も突き刺さる。

「お紺さんは旦那の手に負えるような女じゃありませんよ。あんたみたいな男を転がすの、面白がってただけなんだから」

そのままどこをどう歩いたものやら、店に辿《たど》り着いた時分にはもう日が暮れかかっていた。暖簾を潜ると、小僧が板間に腰掛けている。

「何だね、お前は。小僧の分際でそんな所に坐ってんじゃないよ。店仕舞いをしなさいよ。甚兵衛は」

「ついさっき、出て行かれました」

「こんな時分から、どこに行ったんだい。まったく、ここんとこ、ろくすっぽ店にいないじゃないか」

「番頭さん、もうお店を退《ひ》かせていただきますって」

「何だって」

「濱屋はもう終《しま》いだから、お前も奉公先を見つけた方がいいって言われたんですけど、おいら、どうしたらいいんだか」

急に洟《はな》を啜り上げる。

「どういうことだい、終いって、そんな馬鹿な」

帳場に飛び込んだ。大福帳を繰るが、手が震える。

「贈答品の鰹節、ぐるぐる回してたんだろう。それで店もうまく回るって」

大福帳を広げ、算盤を帳場机の上に置いた。しかしよほど長い間使っていなかったものか、珠《たま》がくっついて動かない。

うちは潰れるのか。

そう思ったきり、動けなくなった。己が空袋《からぶくろ》になったような気がする。

躰の中で、ひゅううと風の音がした。

暮れ花火

　おようは乳棒を握ると、小さな円を描くように回し始めた。

乳鉢には岩絵具と胡粉《ごふん》、雲母《きらら》も少し混ぜてあり、摺《す》りつぶしていく。これに膠水《にかわすい》を入れ、指で溶きながら、人肌の色を用意する。しっとりと粘りが出たところに小筆の穂先を差し入れ、絹布《けんぷ》に描いた弁財天の顔に色を入れた。

　背を立てて具合をたしかめ、手にした筆の軸を口にくわえる。今度は薬指を水で濡らし、小壺を手許《てもと》に寄せた。指先の腹に色を移し、弁財天の目許を彩る。

「ひょお、色っぺえ」

　見上げると、修吉《しゆうきち》だった。おようの肩越しに絵を覗《のぞ》いていたらしく、間近に横顔がある。修吉が腕を伸ばして小壺を手に取ったので、束《つか》の間《ま》、頬《ほお》が触れ合いそうになった。

「ん、これ、絵具じゃねえんですね」と言いつつ、小壺の中に目を凝らしている。

「おなごが使う本物の紅《べに》じゃねえですか。なるほど、それで姐《ねえ》さんが描く弁天様は生きてるみたいなんだ」

独り合点をしている。およう は身をずらして水鉢を引き寄せ、筆を洗った。

「いつのまに来てたの。ほんと、油断も隙もあったもんじゃない」

「よく言う。戸口から何遍も声かけたのに返事をしねえから、邪魔しねぇように抜き足差し足で上がったんじゃないですか。俺だからいいようなもんの、不用心なことだ。筆を持ってる最中の姐さんは、鍋を竈《かまど》ごと盗まれたって気がつかねえでしょ」

手伝いの婆さんくらい置いた方がいい、なんなら自分が口入屋《くちいれや》に頼んでおくと世話を焼きながら、勝手に茶簞笥《ちゃだんす》を開けて湯吞を出している。

修吉は、呉服商から着物の染めを請け負い、職人に反物《たんもの》を運んで仕事をさせる悉皆《しっかい》屋だ。

悉皆屋は上方《かみがた》で生まれた生業《なりわい》で、まあ、着物にかかわることのほとんどは京、大坂に発祥があるものだけれど、修吉はこの伊勢町《いせちょう》の染物職人の四男で、自ずと悉皆の仕事にかかわるようになったらしい。

ただ、修吉がおように注文を持ってくるのは染め仕事ではない。おようは、「羽《は》裏《うら》」と呼ばれる羽織の裏地専門の絵師なのである。

度重なる「倹約令」や「禁止令」によって、町人の着物は華美に流れることを封じられ、今や、地味な無地や縞柄が主流となっている。が、その裏を掻くかのように、襦袢《じゅばん》や裾《すそ》裏、そして羽織の裏地に贅《ぜい》を凝らすようになったのだ。ことに、脱ぎ着する一瞬しか人の目に触れない羽裏に絵を描かせることは、究極の「裏勝《うらまさ》り」とされている。

着道楽といえば、これほどの道楽もあるまいと、およう は思う。注文主のためだけに絵師が腕を揮《ふる》う一点もので、洗い張りもできないのだ。

羽織は武家の日常服であり、町人の礼装も五所《いっところ》の紋付羽織に袴《はかま》と定められ、柄もまず無地、次いで小紋、縞といった格もある。身分や序列を表し、儀式や交際の場の礼を失しないための道具立てともいえるだろう。

だがそもそもは、傾奇者《かぶきもの》や若衆が人目を惹《ひ》く装いとして、より華美に工夫したのが羽織の始まりだと、おようは師匠に教えられたことがある。その洒落《しゃれ》心が、裏地でまだ息づいているのだ。

仕上げたばかりの絹布を見渡し、「よし」と呟《つぶや》いて周囲の道具を仕舞い始めた。修吉はおようが手にした筆の何本かを黙って、ひょいと軽く奪い取り、戸口の外へ出ていった。路地の井戸で水を汲む音がする。まもなく戻ってきて、これも黙って筆架に吊るす。

いつものことなので、おようも改まった礼など言わない。ただ、手伝いの女を雇うよりよほど役に立つと思うのはこんな時だ。女は齢《よわい》を問わず、とかく口が喧《やかま》しいのが苦手だ。しかも自身の頭で考えない。以前、一度だけ通いで雇った女など、気の張る仕事の最中に「夕餉《ゆうげ》のお菜《さい》は何にします」「お掃除はいつしましょう」なんぞと一々訊《たず》ねてきて、おようが返事をしないでいるとブンとむくれて難儀をした。

気苦労とまでは言わないが、あんなふうに手を止められるくらいなら、不用心なほうがよほどましだと思っている。どうせ泥棒が喜びそうな金目のものなど、何一つ持ってはいない。

修吉が火鉢の鉄瓶で茶を淹《い》れているので、その傍《かたわ》らの炬燵《こたつ》に移って膝を入れた。

「おつかれさんです」

「正月羽織の注文は、この弁財天で仕舞いだね」

「ほんとは、まだいくつか頼みたいのが残ってるんですがねえ。姐さん、厭《いや》がるから」

「なんだい、厭がるって」

「ワじるし」

ああと、おようは曖昧《あいまい》な頷《うなず》きかたをして、差し出された湯呑を持ち上げた。

ワじるしとは「笑絵《わらいえ》」を指し、つまり春画のことだ。金も暇もある男らが羽裏の趣向を競った挙句、滅多矢鱈《やたら》な場所では見せられない笑絵を描かせることがちょっとした流行《はや》りになっている。

物堅い商《あきな》いで知られる大店《おおだな》の主《あるじ》が、渋い細縞の羽織を身につけている。が、人知れず背中にしょっているのは、すうすう、はあはあと秘部もあらわに励む男と女の図なのだ。ある豪商の隠居が「笑絵の羽織は背中がぬくい」と洒落のめしていたのを思い出し、およう は口許を綻《ほころ》ばせた。

「厭というわけじゃない。今じゃ注文の十に一つは笑絵だということも承知してるけど、あたし一人じゃ手が回んない」

なにせ、羽裏に描く絵は失敗が許されない。紙なら描き損じてもやり直せるが、修吉が呉服屋から預かってくる裏生地は客が選んで買い取ったものだ。慣れた山水や松竹梅を描くにも、たいそう気骨が折れる。

「へえ。ああいうのは恥ずかしい、照れちまうのかと思ってた」

「馬鹿。いかな羽裏でも、絵師は絵師。笑絵を恥ずかしいだなんて言ったら、隣の三毛に鼻で嗤《わら》われるわ」

世間で名のある錦絵の絵師らも、皆、笑絵で腕を磨くし、それが生計《たつき》の足しにもなる。

「ああ、あの猫。春になったらまた盛りがついて、赤子の泣き声よりうるっせえんだ」

「いいじゃないの。せっかく生まれてきたんだもの。せいぜい恋して、すること、しなくちゃ」

「んじゃ、姐さんもどうです。今夜はひとつ、俺と」

と言うが早いか、修吉の顔がみるみる真赤に熾《おこ》った。ここにやってくるたび、「一度でいいから、やらせてくれ」だの、「姐さんとしっぽり濡れてみたい」だのとふざけるくせに、己の言葉にあたふたしている。

これじゃあ、もてないわけだ。

「あのさ。男が照れちゃってたら駄目だろう。いいかなんて訊ねて首っ玉にかじりついてくれる手合いは、玄人《くろうと》だけなんだから。町の娘は胸の裡《うち》ではその気でも、のっけは厭々って首を振るもんだ。それがお決まり。そこを押し倒してしまわないと、また愛想《あいそ》尽《づ》かしされるよ。このあいだの、ほら、鳥鍋屋のおきみちゃん、どうなった」

修吉は「ああ、あれはもう、とっくに」と、首を横にした。だが他人事《ひとごと》みたいに、大口を開けて肩を揺すっている。振られたというのに、こいつは何で爽《さわ》やかに笑っている。

「たまにはすかっと、首尾良くやってきたらどう」

「はあ、すんません」と、修吉はまた目尻を下げ、

「姐さん、今夜は冷えそうだから、団子汁にしましょうか」

掌《てのひら》を丸くして、団子をこねる手つきをした。

「あんた、まだここで食べてく気」

「どうせ着彩が乾くまで、待たせてもらうんですから」

「品物は明日、あたしが届けるよ」

「いや、放っといたら、姐さん、ろくなもん食わねえでしょ。倒れられたら、困るのはこっちなんで」

「暇だねえ」と呆《あき》れたが、腹の虫がきゅうと鳴いた。そういえば、朝に塩結びを一つ口に入れたきりだ。修吉はさっそく鍋に水を張って竈にかけている。何かにつけて器用な若者で、台所仕事もおようよりよほど手際がいい。

団子の粉も持参してきていたらしく、どんどん丸めている。

「おとといの油揚げ、残ってねぇかなあ」

「さあ。水屋ん中、見て」

「お、あった、あった。あとは根深《ねぶか》を刻んで、と」

鼻歌混じりで包丁を遣《つか》っている。その音を聞きながら、おようは炬燵に頬杖をついて目を閉じた。


数日の後、修吉が女を伴って訪れた。

「こちら、深川《ふかがわ》の美代次《みよじ》姐さん。お師匠《し》さんにどうでも羽裏絵を描いてもらいたいってえ、ご指名なんでさ」

おようを立てているつもりなのだろう、師匠などと面映《おもは》ゆい口をきく。

「日数がねぇんで他を当たろうと思ったんですがね、桝千《ますせん》さんからも是非ともお師匠さんにと、お口添えがありましたもんで」

大得意の呉服屋の肝煎《きもい》りとあれば、修吉にとっても断れない話だ。およう自身、それほど望まれるとあっては悪い気がするものではない。だがそれにしても、注文主がわざわざ足を運んできたことが腑《ふ》に落ちない。羽裏の絵師は客どころか呉服屋ともやりとりをせず、修吉のような悉皆屋から注文を受けて納めるのが常だ。

美代次という芸妓は、正月羽織の絵を頼みたいのだと言った。贔屓《ひいき》客への歳暮にするのか、それとも情夫に誂《あつら》えてやるのだろうか。

深川の芸妓は「辰巳芸者《たつみげいしゃ》」と呼ばれ、気風《きっぷ》と情で知られている。芸は売っても色は売らずが信条で、ゆえに化粧はごく薄く、着物も派手派手しい赤を避けるほどだ。美代次は切れ長の、いかにも勝気そうな顔立ちで、辰巳芸者らしく、この真冬にあっても素足だ。洗い髪を無雑作に結んだままだが、深く抜いた襟許《えりもと》からは練れた色香が匂い立つ。

美代次の注文はおそらく情夫のためだろうと、おようは察しをつけた。

「悉皆屋さんには申し訳ないけど」

美代次は修吉に軽く頭を下げるようにして、「羽織はもう、仕上がってんですよ」と、傍らに置いた包みを解いた。ずっしりと目が詰まった黒縮緬《ちりめん》の紋羽織で、羽裏も無地の黒絹だ。

「こいつぁ上物だ」

商いの旨《うま》みがほとんど無いとわかったにもかかわらず、修吉は惚れ惚れとした声を出した。が、おようは首を傾《かし》げた。

「これは、女羽織じゃありませんか」

「そう、あたしの。この羽裏にお頼みします」

およう は修吉と顔を見合わせた。

辰巳芸者は、本来、女が着ない羽織を伊達《だて》で身につけるので、「羽織芸者」とも呼ばれる。言葉遣いや所作も男っぽく、そこが意気だと人気を集めているのだ。なるほど、美代次もさばさばとした簡潔な物言いで、耳に心地がよい。

しかし羽裏絵に凝るのはやはり旦那衆であり、女羽織に描いてくれとの注文はおようも初めてだ。

「これ、この通り」

手をつかえて頭を下げられ、およう はなお戸惑った。

「でないと、盗《と》られちまう」

顔を上げた美代次は、思い詰めた面持ちだ。

「盗られるって、何をです」

「あたしの男」

美代次はよほど肚《はら》に据えかねていたのか、ひと思いに吐くように言った。

「可愛がってた妹分にね、ちょっかい出されてんですよ」

修吉は「なるほど、そいつぁ剣呑《けんのん》だ」と、つまらない合の手を入れている。先に手を出したのが妹分か情夫の方なのか、実のところは知れたものじゃない。女はいつも、女のせいにしたがる。

とにもかくにも、世間に五万とある色恋沙汰と知っておようは安堵した。厄介な事情でも抱えているのかと、少なからず身構えたのだ。

だが、なぜ羽裏絵で情夫をつなぎ止めておけるのだろう。願掛けでもしているのだろうか。

そこがまだ解《げ》せないが、どうせ断れぬ仕事ならこれ以上のことを喋《しゃべ》らせるのは野暮だ。

およう は膝を改めて、美代次に告げた。

「お引き受けしますよ」

すると、美代次の瞳の色が灯《とも》るように明るくなった。

「ああ、八幡様《はちまん》にお願いしてきた甲斐《かい》があったわ」

胸を撫《な》で下ろすさまは、まるで素人《しろうと》娘だ。

「さっそくですが、絵柄はどうします。新春らしい縁起柄だったらまずは干支《えと》だけど、美代次さんならば梅林図もよく映えると思いますけど」

見本の絵を膝の前に出し並べたが、美代次は黙したままだ。顔を上げると、「絵柄はもう決めてんです」と言った。

「さようでしたか」

「笑絵を願います」

畳み込むように言った美代次の申し出に、絶句した。

「ワじるしを、女羽織にですか」

美代次は修吉の問いを受け流し、おようだけを見つめてくる。

「生憎《あいにく》ですが、笑絵はお受けしてないんです」

すげないかもしれないが、断る時はすっぱりと言うに限る。

「まさかワじるしだとは。すんません、俺、てっきり」

おように詫《わ》びる修吉を横目にして、美代次の口の端が微《かす》かにめくれた。修吉を侮《あなど》ったような目つきに思えて、「いえね」と言葉を継いだ。悉皆屋が客に侮られては、ただの使い走りになってしまう。

「あたしは、笑絵が厭で描かないわけじゃないんですよ。女の絵師が描く春画が嫌いなんです。妙に生臭くて湿っぽくて、くすりとも笑えない」

笑絵は、笑えてこそなのだ。若武者と姫御前《ひめごぜ》だろうが長屋の夫婦《めおと》だろうが、とどのつまり、することはみな同じだと笑いながら帯を解く。

「ご縁がなかったということで、堪忍してください。……修吉、本所《ほんじょ》の親方に添え状を書くから、今から案内してさしあげて」

修吉も戸惑いが晴れたように頷くと、硯《すずり》と紙を取りに小間に入った。

およう師匠である親方なら、女絵師も幾人か抱えている。事情を呑み込んで快く引き受けてくれるだろう。

すると美代次は、袂《たもと》から何かを取り出した。折り畳んだ濃鼠《こいねず》の絹布を、もったいぶった手つきで開いていく。

おようの目の前に夏の闇が広がって、息を呑んだ。

漆黒の夜空には大花火が上がり、無数の光が咲き乱れている。その光が、夏草の暗がりで絡み合う男と女を照らし出しているのだ。束の間の逢瀬《おうせ》を貪《むさぼ》るように、麻帷子《あさかたびら》の男は坐したまま女に挿《い》れ、弓なりに身をそらせた女は白い腹をむき出している。

「これ、他の笑絵とは少し違うでしょ、お師匠さん」

闇夜を掻き分けるように立ち昇る、汗混じりのあの青い匂いが、おようの鼻先をかすめた。

「どこが違うのかなと思ってね、時折、取り出しては見てた。で、わかったんですよ、あたし」

そこで美代次は言葉を切って、白い指先を咽喉《のど》許に這《は》わせる。

「この男の目。女はもう何度も気をやって身の奥から波打ってるのに、男ももう爆《は》ぜる寸前なのに、目だけはこっちに、観る側に据えてる。この目を見てたらぬらぬらとしてきて、一緒に溶けてしまいそうになる」

熱く粘りつくような息を吐くと、美代次は絹布に指を戻した。

「これ、お師匠さんの御作《おさく》でしょう」

途端に頬が強張《こわば》った。

これをなぜ、この女が持っているのか。本所で修業していた頃に描いたこの絵を、およう は始末したはずだった。反故《ほご》に混ぜておいたのを誰かが抜いたのだろうか。布の端に画号を記してあるので、言い逃れもできない。

「お師匠さんのおっしゃる通りだわ。この絵、妙に真に迫ってて、くすりとも笑えない。だけど、いちど見たら忘れられない絵なんですよ。……お願い、この二人みたいに描いてもらえませんか。あたしらの仲がどれだけ深いものか、羽裏絵であの妓《こ》に思い知らせてやりたい」

いつのまにか修吉がおようの背後にいて、絵を覗いていた。その後、幾度となく押し問答を繰り返したが、結句、決着はつかぬまま美代次が帰る刻限になった。

「支度《したく》があるから今日はこれで退散しますけど、あきらめませんから。あたしは命懸

け の恋を着て正月座敷に出る、そう決めてんですから」

目の縁を赤くした美代次はおようにそう告げると、柳腰をすいと屈《かが》めて辞儀をした。

長屋の門口《かどぐち》まで美代次を送り出した修吉はすぐに戻ってきて、壁にもたれて片膝を抱いた。眉根《まゆね》を寄せ、黙りこくっている。おようは肩をすくめて笑い濁した。

「まいったわ、あんな古いもの引っ張り出されて。ほんの手慰みで描いた、笑絵ともいえない代物だのに」

すると修吉が横を向いたまま、吐いて捨てるように呟いた。

「何を取り繕《つくろ》ってんですか。あれだけのもの、描いておいて」

「なんなの。何を怒ってんのさ」

「この仕事、俺は降りますから。他の悉皆屋に回します」

「それは枡千さんに義理が悪いだろ」

「そんなこと、どうだっていいっ」

修吉の顔から血の気が引いている。おようは膝を向けて、声を低めた。

「何が気に障《さわ》ったのか知らないけど、滅多矢鱈なことを安く言うもんじゃない」

「あの男なんだろう、姐さんがずっと忘れられねぇのは」

「あの男って誰。何を言い出すんだか、この子はもう」

「ごまかしても無駄だ。あの笑絵の男は、姐さんが惚れ抜いた男だ。で、相手の女は姐さんだ」

「突拍子もないこと言うんじゃない。あれは誰かを写したものじゃないよ、ただの絵空事」

「何で隠すんです。姐さんの描く女は皆、どことなく姐さんに似てるけど、けど、笑絵のあの女は姐さんそのものじゃないか」

そして修吉は、おように挑みかかるような目をした。

「道理で、届かねぇはずだ。姐さんの心は糊伏《のりぶ》せしたみたいに、弾《はじ》いちまう。どんな色も寄せつけねぇ」

おようは初めて何かに行き当たったような気がして、口許に手をやった。

そんなわけがない。修吉は、おようより七つも八つも若いのだ。三十路《みそじ》前の女絵師に、本気になるわけがない。

「もう、無理だ」

修吉はそう言い捨て、荒い足音を立てて出ていった。

おようは身じろぎもせずに坐っていた。ぼんやりと、胸の動悸《どうき》を聞いていた。

ふと気づけば畳の目も見えぬほどの暗がりになっていて、障子の上半分だけが西陽で明るい。隣近所は夕餉の支度を始めたらしく鍋釜の触れ合う音が響き、煮炊きの匂いが漂ってくる。

おようは長い溜息を一つ吐《つ》くと、畳の上に大の字になった。

駕籠《かご》から降りたおようは、小体《こてい》な料理茶屋を見上げた。

棒を持った人足の二人が「富岡《とみおか》八幡宮の裏手」と行き先を言っていたので、美代次ら辰巳芸者が暮らす家や置屋もこの近くなのだろう。半刻《はんとき》ほど前、今日こそ返事が欲しいと、美代次が遣いを寄越したのだ。手回しの強引さに眉を顰《ひそ》めたくなったが、この機会にはっきり断ってしまおうと迎えの駕籠に乗った。

あれから七日を過ごしたが、修吉はまるで顔を見せない。

夜は三味線の音《ね》でさぞ賑《にぎ》わうだろう料理茶屋も、師走《しわす》の午下《ひる》りとなるとさすがにひと気が無い。暖簾《のれん》を潜って中をうかがうと、女将《おかみ》らしき女が襟許をつくろいながら出てきた。美代次はここの馴染みであるのか、女将はおようの名をたしかめると心得顔で、「お待ちかねにございますよ」と二階へ案内する。

部屋に足を踏み入れると、川風がいきなり頬を撫でた。

男が一人、掘割に面した窓の欄干にもたれかかるように坐している。懐《ふところ》手をして、窓外を眺めている様子だ。座敷を間違ったかと思ったが、男の横顔がついと動き、今、おように気づいたかのように白い歯を見せた。

棒立ちになった。息を呑み下し、男を睨《ね》めつける。

「どういうこと」

声が掠《かす》れた。男は窓障子を閉め、ゆっくりと立ち上がる。

「まあ、坐んな。十年ぶりじゃねえか」

くいと顎《あご》をしゃくり、裾を割って膳の前に腰を下ろした。おようを見上げ、猪口《ちょこ》を差し出す。

「まずは祝杯だ。ここはさして大した店じゃねえが、景色と酒だけは悪くねえ」

「なんで、あんたがここにいる」

「変わらねぇなあ、お前《め》ぇ。そのつっけんどんな物言いも、昔のまんまだ」

「答えるつもりがないんだったら、帰らせてもらう」

踵《きびす》を返すと、背後からいきなり手首を引かれた。

「放して。大声、出すよ」

けれど男はおようの前にすばやく身を回し、難なく前を塞《ふさ》いだ。目の中を覗き込むように、見下ろしてくる。と、目尻に皺《しわ》を寄せ、おもねるような声を出した。

「そう、つんけんするな。三度の飯より絵を描くのが好きだったお前が、きっかり羽裏の絵師になってるってえ話を聞いたら、ちと懐かしくなっただけだ。それとも、俺が怖いか」

「見くびらないで」と返しざまに両肩を摑《つか》まれ、背を押され、膳の前に坐らされていた。

袖《そで》や帯の後ろを叩くように直しながら、およう は男を睨《にら》み上げる。

「そんな古い話、よく憶えてたこと」

「忘れるわけがねえ。俺の初めての女だからな、お前ぇは」

男は腕で膳を脇に動かし、懐に手を入れた。何かを取り出した。包みだ。濃鼠の絹布を開き、中の物にすっと指を置く。その指の形をおようはまだ憶えていた。

と、薄皮が剝《は》がれるように行き当たった。

「あんた、美代次さんの」

男は絹布の中の絵を眺めながら、猪口を口に運ぶ。

「いい女だろう。悋気《りんき》のきついのには手ぇ焼くがな。そういえば三日前だったか、とうとう妹分と摑み合いの諍《いさか》いを起こしやがって。俺が止めようが宥《なだ》めようが、これはわっちとこの妓の悶着《もんちゃく》だ、あんたは引っ込んでなって、取りつく島もねえ。俺はどうも、勝気な女と懇《ねんご》ろになっちまう男だよな。昔っからだ。なあ、およう」

「相変わらずだね、あんたは」

「相変わらず俺がどうだって言いたい。聞かせてもらいてぇな」

男が粘つく言いようをしたので、おようは口を引き結んだ。

「にしても、羽裏にこういう絵を描いてもらうんだと美代次に見せられた時は、魂消《たまげ》たぜ」

猪口をくいとあおると、男は片目をすがめた。おようの眼差しを探り、搦《から》め取ろうとする。

「あいつ、お前ぇに頼みに行ったんだろ、笑絵」

「そこまで聞いてて、あたしになんの用。あのひとの名を騙《かた》ってこんなとこに呼び出すとは、酔興《すいきょう》にもほどがある」

「だから、お前ぇに会いたくなったと言ってる。それだけだ。駄目か」

この男はつくづくと、変わらない。この目をしたら、女という女は皆、腰がくだけると己惚《うぬぼ》れている。

「お前ぇんちを訪ねてもよかったが、近所の手前もあるだろう。これでも気を回したんだぜ」

「とうの昔に切れてるあたしに、今さらなんの用があって会いたいっていうの」

「こんな絵を描いてたってことは、お前ぇもずっと恋しかったんだろ、俺のこと」

いきなり、力ずくで引き寄せられた。胸を突いても肘《ひじ》で抗《あらが》っても、男の腕の中に戻されてしまう。

ずっと恋しかっただろうって。

怒りが噴き出して、天井がぐらりと傾いた。

まだ色恋の何ごともわかっていなかった十四の頃、初めて好きになった男だった。生家の近くに住む火消人足の倅《せがれ》で、腕っぷしが強く、界隈《かいわい》の悪童どもを率《ひき》いていた。町じゅうの娘が憧れて騒いだが、男はなぜかおようを選んだのだ。初めて肌を合わせた時、男は「お前ぇが初めてだ」と囁《ささや》いた。

「その気になったら、やらせてくれる女はいくらでもいたさ。でもな、お前ぇに決めてた」

そして二人は、幼い夫婦約束をした。男が方々の女と盛んに遊んでいると耳にしても、おようは笑い飛ばした。信じていた。

おようは男の腕から右腕を引き抜き、頬を平手で打った。胸を突いて逃がれ、真正面に向き直った。荒い息を吐きながら、それでも男をじっと見返した。

彫りの深い、相変わらずの男ぶりだ。乱れた懐からは、引き締まった躰《からだ》がのぞいている。この胸に頬を押し当てて、あたしは眠ったこともあったのだ。

つきあって幾度目かの夏、おようと男は友達と大勢でつれだって、祭見物に繰り出した。秋には祝言《しゅうげん》を挙げるはずだった。だが人出に紛《まぎ》れて、おようはひとり、皆からはぐれてしまった。男を探し、汗みずくになって歩き回った。大好きな花火を見上げもせず、人臭さに吐き気さえこみあげるのをこらえながら、彷徨《さまよ》った。

気がつけば、幾重にも連なって揺れる祭提灯《ぢょうちん》を見下ろしていた。神社の境内《けいだい》の裏手から、小高い裏山に登ってしまっていたのだ。花火はもう終わったのか、人のざわめきと鉦《かね》の音だけが夜風に乗って運ばれてくる。

ふと、女の声が聞こえた。喘《あえ》ぐような、啜《すす》り泣きにも思える声だ。息を潜めると、男の荒い息遣いも聞こえてくる。胸騒ぎがした。

その時、地鳴りのごとき音がして、闇夜がとどろいた。終わったはずの大花火が、末期《まつご》とばかりに夜空に散る。そして、夏草の合間の男と女を照らし出した。白い太腿《ふともも》を広げて腰をくねらせている女は、男の弟分がつきあっている娘だ。おようも妹のように可愛がっていた。

およう は立ちすくんだまま、二人を見ていた。男はおように見られているのに、気がついた。たしかに目が合ったのだ。だが男は女の乳首に舌をまろばせ、おようと眼差しを絡ませながら身を動かし続けた。夜空から数多《あまた》の光が降り注ぐ中で。

「あの時、お前ぇは逃げなかったな。じいと、俺を睨みつけてた」

違う。本当は動けなかったのだ。

ちっとでも踏み出せば溢《あふ》れて滴《したた》って、内腿を濡らしてしまいそうだったから。うじやけた瓜《うり》が熱くて、重かったから。

あの夜、口惜《くや》しさと哀しさで胸の内はひび割れていたのに、身も世もなく抜き差しする二人が本当のような気がした。

だから、花火の下でまぐわう男と女を描いた。それが誰と誰かなんて、どうでも良かった。

「今の俺たちなら、今度こそ本意気《ほんいき》の仲になれる。そう思わねぇか、およう」

またも男に抱き寄せられ、腕が首筋に張りついた。着物の上からでも、男がもういきり立っているのがわかる。

「仕方ないねえ」

およう はするりと躰を回し、男の羽織を手荒に脱がせた。肩を押して後ろに倒し、馬乗りになる。両の腿に力を籠《こ》め、男を見下ろした。

潤んで濁った目を見据え、低声《こごえ》で「上等だ」と言い継いだ。

「あちこちで摘《つま》み食いするのも、好きにやんなよ。死ぬまでその調子でいけたら、あんたも大したもんだ。だけど色男を通すんだったら、目の前の女にちっとは真《まこと》を見せたらどうなんだ。それもできねえ男が、意気だなんぞ口にするんじゃねえ」

男の羽織が畳の上で萎《な》えたようにひしゃげている。と、階下で揉み合うような人声がして、階段の段板が拍子を打つように鳴った。

「女が着るのは、いつでも一枚きりなんだ。腹の上を通り過ぎた男なんぞ脱ぎ棄てて、そんなもの、後生大事に取っときゃしない。端《はな》っから無かったことにしちまうんだよ。女はいつも、今しかないんだ。だから命懸けで、男を抱く。そうだよね、美代次さん」

立ち上がって障子を引くと、座敷着をつけた美代次が立っていた。薄化粧の顔は蒼白もあらわで、髷《まげ》も帯も崩れている。

が、おようと目を合わせた途端、くいと左褄《つま》を取った。

雪が舞い始めた夕闇の道を、歩いて帰った。

長屋の門口に、修吉が立っていた。

相変わらずの薄着で首をすくめているが、およように気づくと口を尖《とが》らせた。

「遅いなあ、どこ、うろついてたんですか」

およウの背を押すように家に入り、修吉は縁側に面した障子を引いて裏庭に下りた。片膝をついてかがみ、紙縒《こよ》りの先に火をつけている。

「線香花火……」

修吉は得意げに頷き、庭下駄に足を入れたおように一本を寄越す。

こんな季節に花火だなんて、よく手に入ったもんだ。

呆れて、くすりと笑った。

橙《だいだい》色の花が咲き散るのを、肩を並べて眺めた。修吉は二本の花火が雪に消されないように、腕で抱くようにしている。

あの絵で、笑絵は描き尽くしたと思っていた。だけど、もしかしたら今のあたしに描ける笑絵もあるんだろうか。

うつむいて懸命な横顔が、ふいにこっちを見た。

「姐さん」

「なに」

「今夜、抱いてもいいですか」

おようは目を瞬《しばたた》かせる。

「馬鹿」

だから、黙って押し倒せって、いつも言ってるだろうに。

雪の舞う紺青《こんじょう》の空を見上げると、くしゃみが出た。

後の祭

いよいよだ。

今日、九月十五日、二年に一度の神田祭《かんだまつり》が始まる。

まだ暁《あかつき》のことで闇は濃く、月と星々の光だけが辺りに満ちている。

しかしここ桜の馬場は大変な喧騒《けんそう》で、夜空に黒々と聳《そび》える湯島《ゆしま》聖堂の屋根や木々の影までがざわめいている。馬場には氏子《うじこ》町《まち》の山車《だし》と附祭《つけまつり》の行列が勢揃いし、一番組から順に出立《しゆつたつ》を始めた。

山車と踊台《おどりだい》、曳物《ひきもの》の車の音がごろごろと地鳴りのごとく響き、踊子や演者、囃子《はやし》方《かた》らは声を潜めながらも昂奮を隠しきれず、誰かが間違って鳴らしたらしい太鼓の音もする。

今頃は神田明神社《かんだみようじんしや》から、大榊《おおさかき》を先頭にした神輿《みこし》行列と、氏子の諸大名から出された神馬《しんめ》、警固《けいご》侍《ざむらい》らが出立しているはずだ。二つの祭礼行列は、昌平坂《しようへいざか》を下りたところで合流するのである。

麻の裃《かみしも》をつけた徳兵衛《とくべえ》は胴震いをして、フンッと丹田《たんでん》に気合を入れた。頭の菅笠《すげがさ》には紙で作った花熨斗《はなのし》を飾り、腰には一本差しという出で立ちだ。

徳兵衛は神田旅籠町《はたごちょう》一丁目の町人で、歳は四十七、稼業は家主《いえぬし》である。

家主は大家《おおや》、家守《やもり》とも呼ばれ、地主に雇われて地所と家屋を守るのが務めだ。江戸の地主が皆、ご府内《ふない》に住んでいるとは限らぬもので、徳兵衛の雇い主も川越《かわごえ》の在だ。

徳兵衛は地主に代わって店子《たなこ》の世話をし、地代や長屋の店賃《たなちん》を集め、塀や木戸の修理を手配する。

そしてもう一つ、家主には町役人《ちょうやくにん》としての務めもある。

江戸の町は町年寄《まちどしより》を筆頭に、各町の名主《なぬし》が治めている。その手足となって政《まつりごと》の実務を担っているのが、徳兵衛ら家主だ。ふだんは交替で自身番屋に詰め、名主から町触《まちぶれ》が回ってくれば店子を集めて読んで聞かせ、訴訟沙汰を起こせば奉行所に付き添いもする。つまり家主なるもの、町にかかわることであれば、よろず何でも駆り出される。

ゆえに、徳兵衛はいつでも肩が凝っている。鳩尾《みぞおち》もきゅうと詰まるので、朝晩の六《りっ》君子湯《くんしとう》が欠かせない。

女房のお麦《むぎ》は薬湯を煎《せん》じながら、いつも諫《いさ》め口をきく。

「お前さんは苦労性なんですよう。気楽が薬」

とんでもないことだと、徳兵衛は女房を睨《にら》み返すのが常だ。

「お前みたいな呑気者《のんきもの》に、家主の務めの何がわかる。ちと気を緩めたら、長屋も町もたちまち立ち行かなくなるんだ。さんざっぱら店賃を溜めた挙句、夜逃げをしちまう店子もいるし、縄つきや火事を出そうものなら、それこそ大事《おおごと》だ」

そうやって方々に目配り、気配りをしているだけでも苦労だというのに、今年の五月からはさらに仕事が増えた。

徳兵衛は、神田祭の「お祭掛《まつりがかり》」になってしまったのである。

抜擢《ばってき》されたわけではない。よりによって、籤《くじ》で引き当ててしまったのだ。

神田祭に銀子《ぎんす》を出す町は百九十一町、氏子町は六十町だ。その氏子町のすべてが毎回、出し物を出すわけではなく、一番から三十六番までの行列を何年かおきに受け持つ。

徳兵衛の旅籠町一丁目は今年がその出演年だったのだが、他の町と合同で「附祭」を仰《おお》せつかった。これは町名主ばかりの寄合で決まるもので、どうやらそれも籤引きだったらしい。

神田祭の目玉は、荘厳な神輿渡御《とぎょ》ではなく定番の山車でもなく、附祭だ。巨《おお》きな張りぼての人形を載せた曳物や歌舞音曲、仮装行列で巡行して、いわば祭を盛り上げるための出し物なのだが、何せこれが最も賑《にぎ》やかで華麗だ。

出演者の衣裳《いしょう》の色柄から踊り、唄に至るまで時の流行《はや》りを取り入れ、同じ演目は二度としない。曳物の人形や造り物も使い回しをせず、一度きりの趣向に数百両の銀子を注ぎ込む。それで市中は、今日を限りの芝居を観る心持ちで附祭に熱狂するのだ。

まあ、それはいい。何かと熱くなりやすい江戸者のこと、神田祭だけを楽しみに一年を過ごす者が多いのも徳兵衛は承知している。

だが、ただ観て楽しむのと、祭を差配するのとでは大違いだ。

自慢じゃないが子供時分から籤などに当たった例《ためし》がなく、だから賭け事や富籤にも手を出さず、ひたすら真面目《まじめ》に家主を務めてきたのだ。地主に送る店賃など、ただの一度もごまかしたことがない。

でも、徳兵衛の引いた籤の先だけが赤かった。町名主の屋敷に招集された家主は何十人もいたのに、当たってしまった。

「徳兵衛さん、おめでとう。お祭掛を拝命するなんて、一生に一度あるかなきかの誉《ほま》れだよ」

他町の家主らは皆、祝《いわい》の言葉を口にしたが、親しい者は帰り道、気の毒そうな顔つきで囁《ささや》いた。

「世にも珍しい趣向で江戸じゅうをあっと言わせてやろうとか、公方《くぼう》様からお褒《ほ》めをいただこうなんて色目は使わずに、ともかく皆々様のお言いつけ通りに務めるのがコツらしいよ」

神田祭は費《つい》えの一部が御公儀《おかみ》から出ている「御用祭《ごようまつり》」でもある。行列は神田、日本橋《にほんばし》を渡御してから江戸城中に練り込んで、大樹公《たいじゅこう》や御台所《みだいどころ》、大奥女中の「上覧《じょうらん》」を受けるのだ。ゆえに町年寄や町名主といった町役人はむろん、町奉行に寺社奉行、目付、与力、同心なども総出で動く。

——附祭は江戸を挙げての大祭礼の主役ですから、しっかり励んでくださいよ。

上座から命じた、あの澄まし顔を思い出した。

徳兵衛の上役である町名主、渡辺彦左衛門《わたなべひこざえもん》だ。役者みたいな優男《やさおとこ》で、歳はまだ二十歳《はたち》をいくつか過ぎたばかりだ。去年、急逝した親の跡目を襲《おそ》い、旅籠町を始めとする五つの町を支配している。去年は山王祭《さんのうまつり》が催される年であったので、今年は彦左衛門が町名主として初めて取り組む神田祭になる。

――とはいえ、間違いを起こさぬことが肝心。無事に無難《ぶなん》に頼みますよ。うるさいくらいに念を押された。

徳兵衛は親しい家主と歩きながら、うんうんと頷《うなず》いた。

「心得てますよ。うちは他町と合同だし、どこかが趣向を考えるでしょ。あたしはそれについてくだけですよ」

附祭の演目の趣向なんぞ、あたしにはまるで思いつけない。芸事は苦手だ。

「それがいいよ。お祭掛は何でも逐一、名主さんにお伺いを立てなきゃならないし、祭礼の費えの集銀も大変らしいから。そのうえ附祭の趣向なんぞ引き受けたら、たまったもんじゃない。派手にやり過ぎたら御公儀からお叱《しか》りを受けるし、無難にまとめようとしたら町の者が黙っちゃいない。けどお祭男らの言いなりになって演目に凝ったら、千両用意したって足りやしないからね。何年か前のお祭掛はそりゃあ張り切ってたらしいが、当日までもたねぇで寝込んじまったって」

その男の噂《うわさ》なら聞き知っていた。「ちゃちな附祭だ」と町内で見下げられ、とうとう在所に引っ込んだという。そんな馬鹿なと、徳兵衛は思う。一生に一度あるかなきかのお祭掛で本業を失うなんて、割が合わない。

「ま、徳さんなら大丈夫だ。あんた、石橋を叩いたって渡らない人だもんな」

そんなもの、まず叩かないよ。行く手に石橋が見えたらとっとと違う道を選んで、ここまでやってきたんだ。

「はい。町名主さんのお言いつけの通り、手堅《てがた》くやりますよ。目立たぬように」

そういえば、うちの連中、どこにいるんだろう。

徳兵衛は菅笠の先を指で持ち上げ、旅籠町一丁目の一群をそろそろと目だけで探した。このところ肩凝りが嵩《こう》じてか、首を動かすとぐきりと痛む。迂闊《うかつ》に首も回せない。

すると斜め前から、「お祭掛」と呼ばれた。

五つ紋の羽織に袴《はかま》をつけた町名主、彦左衛門だ。町奉行所の同心らが脇を固め、同じように振り向いているのが察せられた。いつのまにか暗闇が薄まって、互いの様子が何となくは見えるようになっている。

「一丁目の踊台はどこですか。紅葉《こうよう》爺さんは」

旅籠町一丁目の演目は、昔 噺《むかしばなし》の『花咲《はなさか》爺さん』をもじった『紅葉爺さん』である。

「はい、ただいま捜して参ります」

すると若造は「困りますよ」と声を尖《とが》らせた。

「ちゃんと所在を把握して、目を離さないようにしてもらわないと。何事も念入りにね。番狂わせは困りますよ、番狂わせは」

祭礼行列の番組と演目は文書にして、事前に町奉行所に届け出ておくのが定まりだ。

しかも御公儀はとかく文書と実際が異なるのを嫌うもので、町名主は当日、行列に同行して、仕様の逐一を検分するのが務めとされている。というのも江戸城内に練り込む以上、踊子や演者の数が異なるのは城の警固上もまずい。不逞《ふてい》の輩《やから》がこっそり城中に留まらぬとも限らぬからだ。

「番狂わせなど、決して起こさせません。ご安心くださりますよう」

徳兵衛は彦左衛門にしっかと請け合い、その場を即座に離れた。

何だよ、偉そうに。今さら念を押されなくったって、さんざん念入りに差配してきたのはこのあたしなんだから。

肚《はら》の中でぼやきながら、薪《まき》ざっぽうのように硬い首筋に手を当てる。

行列の道筋は何度も確かめて、どの店の角に何色の犬がいるかまで憶えているほどで、山車の衝突がないように、踊子や囃子方、そして見物人にも怪我を負わせることのないように準備してきたのだ。

俠者《きおいもの》の鳶《とび》や火消しの臥煙《がえん》、町内の若者連中は祭に乗じて、日頃、強欲だ、吝《しわ》いと睨んでいる大店《おおだな》を狙うことがある。わざと山車を突っ込み、店先をぶち壊すのだ。そういう店には前もってそれとなく話を通し、祭への寄付銀を一枚でも余分に積ませるようにした。

毎日、そうやって町内を走り回り、お祭掛の寄合に出ては文書を作り、彦左衛門から差し戻されればまた書き直す。てんてこ舞いだ。

しかもよりによって、最も避けたかった附祭の趣向まで出さねばならぬ破目に陥った。それは他の町に任せたかったのに、彦左衛門が五つの町に各々《おのおの》、思案を出させ、競わせたのだ。

おかげであたしの首も鳩尾も、いっそう悪くなった。

次々と出立していく山車や踊台、曳物の間を掻き分けながら、徳兵衛は一丁目の連中を捜した。目の端に楓《かえで》の枝らしきものがわさわさと見えて、首を押さえながら早足になった。

踊台の上に大きな楓の縫いぐるみが見えて、徳兵衛は爪先立ちになった。

「善助《ぜんすけ》、おい、善助」

大声で呼べど、声が辺りの喧騒に吸い込まれてしまう。善助は自身番屋で雇っている書役《かきやく》で、ひょろりと痩《や》せている。縫いぐるみは祭によく用いる仮装衣裳をいい、善助の総身は木の幹を表わす茶色の布地でおおわれ、腕から肩、頭の上には青葉をつけた造り物の枝をくっつけている。

この枝が糸を使った仕掛けになっているのが新奇なる趣向なのだが、果たして目論《もくろ》見《み》通りに仕掛けが動くかどうかと案ずるだけで、鳩尾が詰まってくる。

彦左衛門には「番狂わせなど起こさせない」と請け合ったものの、内心は心配だらけだ。

ああ、そうだ、弁当が休憩場にちゃんと届くかどうか、もう一度確かめておかないと。彦左衛門が坐る床几《しょうぎ》、あれは誰に頼んだんだったか。

他にもお祭掛はいるのだが、徳兵衛は安心して任せられない。皆、詰めが甘く、出演者らと同じように楽しいことばかりやりたがる。

「どうも。えらい賑わいで」

徳兵衛に気づいてか、善助が踊台から声を掛けてきた。顔も茶色に塗り込んで、目鼻がよくわからないほどだ。

「どうもじゃないよ。もう十八番の山車が出立しかかってんだよ。うちは十九番と二十番の間に出るんだから、さっさと動いてもらわないと。曳手《ひきて》の連中はどこだい」

踊台の下には四つの車がついており、三本の綱を若衆が持って曳くことになっている。町内の若者組の連中がその役で、揃いの木綿半纏《もめんばんてん》に下は水色の裁《た》っつけ袴《ばかま》という衣裳だ。

「あら、お前さん。どうしたんです、こんなとこで」

口の周りから顎《あご》にかけて白鬚《しらひげ》でおおわれた爺《じい》さんが、袴の裾《すそ》を持ち上げて近づいてきた。

爺さん姿の女房ってのもなあと思いながら、徳兵衛はお麦を見返す。

自前の衣裳に凝りに凝って、唐花《からばな》文様を織り出した浅黄《あさぎ》の狩衣《かりぎぬ》に濡れ羽色の黒袴だ。徳兵衛に出させた五両では足りず、臍繰《へそく》りを注ぎ込んだらしい。

「どうしたもこうしたも、あたしはお祭掛だよ。皆を率いにきたんだ。さあ、急いで」

「でも、あんまり急《せ》いて発《た》ったって、途中の道で詰まるって言うじゃありませんか。先頭が御城に練り込んだ時、三十番の組はまだこの馬場に残ってるほどだって聞きましたけど」

「うちは二十番の前だよ、そう悠長に構えてちゃあ遅れを取る。だいいち、名主さんが急げとおっしゃってるんだから急ぎなさいよ。仕様を検分なさるんだから」

「んもう。二言目には、名主さんなんだから」

「何だって」

「いいえぇ、何でもありませんよう」

お麦は振り向いて、「さあさ、みんな、出ますよお」と声を張り上げた。

「はぁいぃ」

お麦の周りに、七人の子供らが集まってきた。皆、耳付きの犬の縫いぐるみをつけており、鼻の頭は墨で黒く塗り、髭も頬《ほお》に描いてある。正直者の爺さんが犬に親切にしたことで、お宝を手に入れるという、昔ながらの筋立てだ。

徳兵衛は、何でこんな『昔噺』が附祭に選ばれたのか、いまだに解《げ》せないでいる。

曳手の若衆に踊子の娘らと拍子木打ち《ひょうしぎ》、囃子方も参集し、ようやく行列が整った。

「さあ、十九番に続いて」

附祭は五つの町で合同で出すので、旅籠町一丁目は紅葉爺さんの踊台だが、二丁目は金太郎の人形を載せた山車、他には浦島太郎や桃太郎の曳物、かぐや姫の地走り踊りを出す町もある。これらすべてが合わさって昔噺の趣向を織り成すのだが、どこが見物人の人気を最も集めるか、互いに競い合う間柄でもある。

拍子木の合図で、笛の音《ね》が鳴り響いた。もう東の空が明るい。

徳兵衛は囃子方にも声を掛けようと後方に動いて、目を見開いた。列の中に、妙なものを見たような気がする。小鼓《こつづみ》だ。二人の小鼓のうち、妙に目尻を下げた男がいるではないか。

「まさか平吉《へいきち》じゃないだろうね」

走って近寄ると、その当人が鼓を打ちながらへへっと、片頰に笑窪《えくぼ》を泛《うか》べた。

「まあ、まかせといてくださいよ」

「何で、また。……亀川《かめかわ》さん、どうなってんの。こんなの出したら、駄目じゃないか」

囃子方には玄人《くろうと》の芸人を雇っているので、その親方の名を呼んだ。

「亀川さんは前にいますよ。笛方をお務めだから」

もう馴染んで、わかったふうな口をきく。まったく、油断も隙もない。

「だから、お前、何でそんな衣裳をつけて行列に潜り込んでる」

平吉は徳兵衛が家主をしている長屋の店子で、店賃を溜めに溜めても薄笑いを泛べ、のうのうと昼寝をして過ごす男だ。

店子になったのは今年の春で、「江戸で一旗揚げてぇんです」と言うので裏長屋の一間を貸した。そのじつは明店《あきだな》がいくつもあってこっちも焦《あせ》っていたからなのだが、平吉のその時の物言いには熱が籠《こ》もっていて、片頰にある笑窪が愛嬌者《あいきょう》にも見せていたのだ。

ところがこの男、とんでもないろくでなしだった。

最初は日傭《ひよう》の人足や荷物運びをしていたが、いつのまにか草花売りになり水飴《みずあめ》売りになり、やがて商売っけを出して金魚を大量に買い込んできた。桶と盥《たらい》が足りないので貸してくれというから渡したら、何かの拍子でそれを引っ繰り返したらしく、路地が水びたしの金魚だらけになった。その次は、褌《ふんどし》の洗濯屋だ。長屋の屋根という屋根が煮しめ色の吹き流しになり、しかもろくに洗っていないのか、近所から「臭う」と苦情がきた。

いつぞやは巣引《すびき》をして儲けるのだと極彩色の鳥を買い込んできて、長屋の者らが「うるさくて寝られないんです」と泣きついてきたこともある。

「鳥がね、奇妙な声で夜更けに鳴くんですよ。平ちゃん、素敵、平ちゃん、お大尽《だいじん》って」

そんな騒ぎを何度も起こしておきながら、平吉は三月分の店賃を払ってからこっち、鐚一文《びたいちもん》寄越さない。催促すれば、泣き顔になって切々と言い訳を並べ立てる。

「今度こそ確かなあてがあるんです。来月、まとめてお払いしますんで」

家主稼業も長くなると、この手の言い訳をする奴に「まとめて払う」気も力もないことは知っている。しかしそんな店子を入れてしまったのは徳兵衛の責任であるので、そのまま地主に打ち明けるわけにもいかず、店賃の遅れを文で幾度詫《わ》びたことか。

怪我をして振り売りができなくなりまして、身元引受人が悪い奴に騙《だま》されまして、郷里の親が寝つきまして、云々《うんぬん》かんぬん。思いつく嘘は全部書いた。

「まあ、家主さん、楽しみにしててくださいよ。俺、そのうち必ず一廉《ひとかど》の男になりやすからね」

にやにやと調子のいいことを口にするが、何一つ実《じつ》がない。

「ああ、俺ですか。小鼓さんの代役ですよ。昨夜《ゆうべ》っから酒の呑《の》み通しでしょ。今朝《けさ》、足腰が立たなかったらしいんだな。祭の宵宮《よいみや》じゃあよくあることなんで、家主さん、穏便に済ませてやってくださいよ」

平吉は愛想よく、徳兵衛に説明する。

こんな調子で近所の者にも気軽に口をきくので、お麦などはいつのまにか「平ちゃん」などと呼んで甥《おい》っ子のように可愛がるようになった。平吉もそれに甘えて勝手口からしじゅう上がり込み、餅《もち》や煮しめをせしめていく。

そうだ、あの夜もうちにやってきた。

平吉さえあの場に現れなかったら、そして要らぬ差し出口をしなければ、お祭掛の仕事はこれほど大変ではなかったはずなのだ。生涯渡るはずのない石橋を渡る破目になったのは、元はといえばこいつのせいだ。

「お前、鼓が何だかわかってんのかい。素人《しろうと》にはろくな音も出せない代物だよ」

すると平吉は片膝を高く上げ、ぽぽぽんと打ち鳴らした。

「俺、在所の祭で囃子方もやってたから、笛に太鼓も一通りできちまうんだなあ。家主さん、心配しないで随《つ》いてきたらいいから」

徳兵衛の鳩尾がまた、きゅうと縮み上がった。

お祭掛になってまもなくの五月半ば、徳兵衛は町の衆を家に呼び集めた。

徳兵衛の家は家主をしている町屋敷一帯の表店《おもてだな》で、往来に面した七軒は地面を地主から借りているが上物《うわもの》は自前という地借人《じがりにん》が住み、路地を入った奥に裏長屋が建ち並んでいる。

「こんちは」「こんばんは」「お邪魔します」

夕暮れ時のことで、皆、思い思いの挨拶《あいさつ》を口にしながら奥の八畳に上がってきた。

お麦が皆に酒や湯茶を出し終えてから、徳兵衛は車座になった町衆を見渡した。

大工の棟梁《とうりよう》に鳶の頭《かしら》、煮売り屋の親爺に魚屋の若い衆、煙管《キセル》職人と、いずれも極めつきのお祭男で知られる連中だ。自身番屋で書役をしている善助、そして町内で踊りを教えている後家《ごけ》と三味線の女師匠も呼んであったので、男どもは無闇に咳払いをしたり腕を組んだり解いたりと、そわついている。

「徳さん、お祭掛を引き当てたんだって。大した籤運だ」

大工の棟梁が口火を切ると、鳶の頭が塩辛い声で後を続けた。

「秋になれば毎日のようにどこかで祭が催されるが、江戸の祭のすてっぺんは何と言っても神田祭だ。なあ、それだけでも嬉しいのによ、一丁目が附祭を出させてもらえるわ、徳さんがお祭掛になるわ。こりゃ、大変《てえへん》なこったぜ。町じゅうの運をいっぺんに使っちまったんじゃねぇか」

皆は猪口《ちよこ》を手にして笑うが、徳兵衛はちっとも可笑《おか》しくない。毎日、往来を歩くたびに同じようなことを方々から言われるので、もう聞き飽きている。

「で、折り入って相談ってなあ、何ですか。まあ、この面々を揃えたってことは、祭以外の話じゃないでしょうが」

魚屋の若い衆が、後家と女師匠をちろりと横目で眺めながら訊《き》いた。

「もちろん、お祭だよ」と、徳兵衛は膝を揃え直す。

「他でもないんだが、じつは名主さんに附祭の趣向の思案を出すようにって命じられたんだ。皆も知っての通り、あたしは長唄の一つも習ったことのない無粋《ぶすい》者だし、お祭掛と家主の仕事で手一杯だ。ここは、皆の衆の知恵を拝借したいと」

言い終えぬ間に、皆は身を乗り出した。

「附祭の趣向を考えろってかい」

「徳さん、嬉しいことを頼んでくれるじゃねぇか」

「自分たちで考えていいなんて、町名主さんも豪儀でござんすねえ。まだ随分とお若いと聞いてたけど、憎いわあ」

後家と女師匠も合いの手を入れる。

「いや、附祭は五ケ町合同でやるから、うちの思案がそのまま通るとは限りませんよ。各々、案を出して競い合うんだから」

「そいつあ、面白《おもしれ》ぇな。祭の前に祭が始まってるみてぇだ」

棟梁が胡坐《あぐら》に組んだ脚を景気よく叩き、「皆、他の町に負けるんじゃねぇぞ」と煽《あお》った。

酒がいくらも進まないうちに、煙管職人が「そういえば」と、皆を見回す。

「昨日、長崎とつきあいのある唐物商《からもの》にたまたま聞いたんですがね、向こうの祭はでっけえ龍の張り子に何人も人が入って、踊りながら練り歩くらしいですよ。獅子舞いみてぇに」

「龍の張り子か。そいつぁ附祭の演目に絶好じゃねぇか。龍はめでてぇ神獣だし、何より人目を惹《ひ》くぜ」

「まったくだ。龍を舞わせたら、江戸じゅうの度胆《どぎも》を抜ける」

棟梁と鳶の頭は「幸先《さいさき》がいい」と、大乗り気だ。徳兵衛はかたわらに坐っている善助に、「出た思案は書きつけといとくれ」と指図《さしず》した。

「へい。そのつもりで持ってきておりますよ」

善助は懐《ふところ》から筆と紙を出し、「龍の張り子」と呟《つぶや》きながら手を動かす。

四十過ぎのこの男は元は植木職人であったのだが、梯子《はしご》から落ちて怪我をしたとかで稼業を転じざるを得なくなり、いくつかの生業《なりわい》を経て番屋の書役に納まった。徳兵衛も恐れ入るほど忠実《まめ》な勤めぶりで、およそ浮かれたところがなく、酒も毎晩、半合と決めているようだ。

「ささ、皆の衆、どんどん思案を出しとくれよ。他にないかい」

「あるとも」「ありますとも」と口々に述べ、善助は筆を走らせる。

「私、地走り踊りで一度やってみたいと思ってたんですがね。女と子供で天女《てんにょ》の舞ってのはどうかしら。最初は海女《あま》の格好で、浜辺で貝を拾う」

後家がすらりと立ち上がり、柳腰を屈《かが》めて何かを拾う手つきをする。

「で、しばし踊ってから衣裳を引き抜く。すると、天女に早変わりする仕掛け」

身をくねらせたものだから、皆、「いいね」と手を打ち鳴らした。そこにお麦が酒肴《しゅこう》を運んできて、小鉢に入った海老豆《えびまめ》を配りながら、うっとりと後家の所作を見上げる。

「素敵ねえ」と言いながら、車座の脇に坐り込んだ。

「天女の衣を着て踊るなんて、夢みたい。それ、演《や》ってみたいわあ」

徳兵衛は「お麦、控えなさい」と窘《たしな》めた。

「お前は踊りなんてできないだろう」

すると「あら、知らないんですか」と、両の眉《まゆ》を上げた。

「娘時分に習ってたんですよう。なかなか筋がいいって、褒められてたんだから」

歌舞音曲の師匠なんぞ、褒めるのが商売だ。

「ここはいいから、何か作ってきなさいよ。海老豆だけじゃあ、お腹がくちくならないよ。揉み海苔《のり》とか干瓢《かんぴょう》とか」

「はいはい。もっと上等でおいしいもの、今、やってますから」

お麦は胸に盆を抱えて台所へと引き返した。

それからも思案は次々と繰り出されて、善助はせっせと書き留めていく。

「善さん、今、どのくらい出てる」

「ええと、将棋盤の曳物を作って、その上で将棋の駒の縫いぐるみを着た子供らを動かす。勝負が進むたびに三味線をかき鳴らす、ですな。それから大きな桃の造り物を曳いて、その前を西王母《せいおうぼ》と召使が練り歩き、桃を食べる所作をする、と」

三味線の師匠が、「そうです」と頷いた。

「もとはお能の演目でしてね。何年前だったか市村座《いちむらざ》で掛けましたから、芝居好きの見物人にも受けること間違いござんせんよ」

また「いいね」の声が上がる。徳兵衛は善助の膝前にある書きつけに目を通し直し、「ついては」と車座を見渡す。

「それぞれ、費《つい》えはいくらかかな」

「え。趣向だけじゃねぇんですか。費えも出すんですかい」

魚屋の若い衆が訊き直したので、「もちろん」と羽織の裾を払った。

「まずは今年の附祭のお題、そして演目の趣向と演者の人数、費えの見積もり。これらを耳を揃えて名主さんにお出しして、最も良かろうと思われるものが選ばれる、という段取りだ。名主さんはとかく御公儀を憚《はばか》るお立場だから、華美に走って費えが嵩《かさ》む趣向は控えるように、とはいえ附祭があまり粗略じゃ町の名折れだから賑々《にぎにぎ》しくは盛り上げたい。とくに去年の山王祭には、負けちゃあならない。江戸の耳目を輝かす趣向を華美に過ぎぬよう、うまく按配《あんばい》してくれとのお申しつけだ」

それはもう、お祭掛の誰もが想い知らされていることだった。

見物人の評判が良ければ鼻を高くしていられるが、もし「飽き足りない」「見どころなし」と不評を買おうものなら、氏子町の者は江戸のどの道も俯《うつむ》いて歩かねばならない。皆、他人のしくじりはしっかりと憶えている。

しかもここでは言えないが、御公儀には諸大名に対して意図があるらしい。祭によって「江戸の繁華を見せつける」のだそうだ。さらに穿《うが》ってみれば、下々のご政道への不満や憂《う》さを祭で晴らさせようという目的もあるだろう。

目の前の連中は、「えぇぇ」と不平顔になった。

「華美に走るな、粗略はまずいって、難しいこと言いやがるなあ」

「わかるよ、皆の気持ち。あたしだって名主さんに意見したんだ。素人には費えの見積もりまで無理ですから、いっそ何もかも玄人の請負師《うけおいし》に頼んだ方がよかないですかって」

　本当はよその町のお祭掛が言ったのだが、詳しく話すのも面倒だ。

「そしたらさ。何年前だったか、大樹様からお褒めの言葉を賜《たまわ》ろうと気負った町があって、何もかも玄人の請負師に頼んだはいいが、二百両の見積もりがいざ締めてみたら倍の四百両も掛かっていて、お奉行所からお叱りを受けたことがあるらしいんだよ。つまり、下手《へた》に祭の玄人に頼ったら、えらい目に遭う」

　ますます場が白けた。こうなると思っていたと、徳兵衛は声に力を籠《こ》める。

「ここが知恵の絞りどころじゃないか。何のために、首の上に頭をのっけてるんです」

「徳さん、そりゃ無理難題というもんだ」

「いや、あたしじゃないよ。名主さんにそう言われたんだ。皆も察しておくれよ、お祭掛もなかなか辛《つら》いんだよ」

　足音がして、お麦が酒肴を運んできた。大丸鉢に盛った煮しめに、貝のぬた和《あ》えだ。

「あら、どうしたの。急にお通夜《つや》みたいになっちゃって」

　畳に膝を突きつつ、「こっち、こっち」と背後を振り向いている。開け放した襖《ふすま》の陰からひょっくりと顔を出したのは、平吉だ。両手で大きな盆を持ち、やけに通る声で入ってくる。

「どうも、皆さん、ご苦労さんです」

「平ちゃん、真ん中にお出しして。小皿とお箸《はし》もね。あんたも食べてくでしょ」

「それは有難い。おかみさんのお菜《さい》は、何でも旨《うま》いんだ。さ、ささ、どうぞ」

小皿と箸を配る。

「ご遠慮なく」

徳兵衛はお麦に嚙みついた。

「何でこいつが箸を配ってるんだ」

「お味噌を借りにきただけですよ」

「借りにきたって、一度だって返した例がないじゃないか。味噌も店賃も」

すると善助が「まあまあ」と宥《なだ》めにかかった。徳兵衛に顔を寄せてきて、小声で言う。

「店子に厳しいなんぞの噂を立てられるのも、剣呑《けんのん》ですよ」

善助は時々、番屋で平吉と将棋を指す仲なので、お麦ほどではないがやはり平吉に甘いのだ。徳兵衛は咳払いをして、平吉から眼差しを引っ剝《ぱ》がした。

「まあ、こんな肴《さかな》しかないけど、呑みながら考えとくれ」

「じゃあ、せっかくだし、いただきやしょうか」

皆、銘々に酒を注ぎ合い、箸を持つ。後家と女師匠は小皿に肴を取り分け、さっそく口に入れた。

「あら、おいしいわあ、このぬた和え」

すると平吉が「そうでしょう」と、また口を出す。ちゃっかりと、女客二人の隣に坐っている。その横にはお麦がいて、「おほ」と笑い声を立てた。

「大したことはしてないんだけど、お味噌が違うのよ。京の下《くだ》り物に決めてるの」

「この煎《い》り蒟蒻《こんにゃく》も唐辛子が効いてて、いいお味」

すると、また平吉だ。

「さっき台所で手伝ってたら、油で煎り煮にする時、酒をひと振りしてたね」

「あら、平ちゃん、よく気がついたわねえ」

「へえ。今度、私もやってみよう」

「じゃあ、私もお師匠《し》さんに習っちゃおうかしら。踊り。お三味線も」

何がそうも面白いのか、女三人で盛り上がっている。そのかたわらで平吉は鼻の下をもぐもぐと動かしっぱなしだ。女どもの話に巧妙に割って入り、喰い、え、いつのまにか猪口まで持ってるじゃないか。誰の許しを得てお前は呑んでるんだ、うちの酒を。

「ところで、この思案、いつまでに出さないといけないんですか」と、煙管職人が訊いてきた。平吉が「何の思案なんです」とすかさず口を挟んだ。徳兵衛が「お前はいいから」と止める前に、お麦が答える。

「附祭の趣向を、自分たちで考えるんですって」

「ああ、神田祭ね」

江戸に住んで一年も経たないくせに、したり顔で頷いている。徳兵衛は平吉に取り合わず、煙管職人に顔を振り向けた。

「この三日のうちに出さなきゃならない」

「たった三日」

「各町の趣向を名主さんが吟味していくつか選んで、それをお奉行所に出してお許しをいただかないといけないからね。お許しが出たら今度は五ケ町の割り振りをして、そこからがやっと準備だ。踊台は棟梁んとこに頼むとして、張りぼての人形は人形師に注文しなくちゃならないし、踊子の衣裳は揃いのを拵《こしら》えて、それから踊りの稽古《けいこ》もある」

「稽古の前に、まず振りつけを考えないと」と踊りを教えている後家が言うと、三味線の師匠は「音曲もね」と言い添えた。

「それに、町内の誰が行列に出るか、演者も決めなくちゃ。これが難儀ね」

二人揃って声を落とす。棟梁と鳶の頭も、唸《うな》りながら腕組みをした。

「出たいことは皆、出たいが、すってんてんの奴にゃあ、自前で衣裳は拵えられねぇもんなあ。小金を持ってる親は親で、己の子を出したくて仕方がない。あそこの子は選ばれたのに何でうちの子が駄目だったんだって捻《ね》じ込んでくる奴もいるから、揉めるぜえ」

するとお麦は残念そうに眉を下げ、箸を持つ手を膝の上に置く。

「私もあと十歳若かったら、天女に名乗りを上げるんだけど」

あと十歳若くてもお前は三十過ぎじゃないか。附祭に出る女《おなご》は、ほとんどが二十歳前後の娘だぞ。

何せ、江戸じゅうの耳目を集める祭なのだ。見物人らから火がついて、浮世絵に描かれるほどの人気を得るのも夢ではない。大奥の老女《ろうじょ》の目に留まって「奉公に上げるように」との遣《つか》いが来て、後に大変な出世を遂げた娘もいる。

「ともかく、そんなこんなで九月十五日までやることが山のようにある。だから、のんびりと趣向を思案してられないんだよ。龍の張り子は七十両、西王母は百両とか、ともかく書いて出さないと」

徳兵衛としては、一丁目の思案など通ってほしくないのである。万一、選ばれでもしたら他の町との調整役も洩れなく回ってくるし、ちょっとした変更もすべて徳兵衛の元に集まって、それをまた名主に報告しなくてはならない。振り回される。

だから、頼むから選に落ちてほしい。

しかしそれをこの衆に言えば、「手前勝手だ、本末が逆だ」と陰口を叩かれる。それに、あまり不細工な案を出して、あの名主に見下げられるのも業腹《ごうばら》だ。

つまり無難な、ほどほどな案を拵えて、「残念ながら選に落ちちゃってね」という結果が徳兵衛には最も望ましい。

「龍の張り子は、七十両じゃ、とてもとても」

啞然《あぜん》として平吉を見た。いつのまにか善助のそばに片膝をついていて、書きつけを覗《のぞ》き込んでいるのだ。

「これ、長崎の祭でやってるのだろ。ああ、西王母も百両じゃ納まらないね。あと四、五十両は見積もっとかないと。いや、天女の数を減らして、桃の造り物も材料を落としたら何とかなるかな」

「銭勘定のできない男が、いい加減なことを言うんじゃない」

叱りつけたが、平吉は紙を持ち上げて目を細める。

「この、将棋の駒の縫いぐるみはいいなあ。ふるってる」

善助が「平ちゃん」と、かたわらを見上げた。

「お前さん、もしかして、玄人の請負師とかもやってたのかい」

「玄人じゃねぇけど、在所の祭は仕切ってたよ。祭の平吉っていやあ、近在三郷にまで聞こえたもんだ。神輿に山車、曳物、芝居に踊り、何でもござれの祭だけど」

すると棟梁が、「そいつぁ心強い」と逞《たくま》しい声を出した。

「平さんとか言いなすったか。あんたの目から見てどうだい、うちの思案は。いけそうか」

「どれもいいと思うよ。ただ、ただ」

「ただ」と、皆が尻上がりに平吉を見つめた。

「さっき、家主さんは五つの町でこれをやるって言ってたけど、振り分けが難しいかもしれないな」

「振り分け」

「うん。たとえば龍の趣向に決まったとして、張り子で踊るのは一丁目でやるとしても、他の町が何を担当するか、そこまで考えて思案をまとめねぇと、あとでうちの出し物は地味だ、引き立て役かなんて、不満の元になりかねない」

「なるほどなあ。そんなとこまで気が回らなかった」

「じゃあ、西王母も天女も、案をもっと詰めないと」

女たちがまたも顔を見合わせている。

「ところで家主さん、附祭はだいたい何人くらい出演するのかな」

いきなり問われても、そんな細部まで頭に入っていない。まごまごしていると、鳶の頭が「そうだなあ」と言った。

「これまで見物してきた俺の勘だが、多くても八十人ってとこか。百人ってな組は見たことがねぇし、それこそ費えが大変だ」

「それを五つの町で振り分けるとなると、一町で十四、五人かあ」

平吉は善助の手からひょいと筆を奪い、何やらをさらさらと書き始めた。

「おかみさん、もうちっと大きな紙ないかな」

「あるわよ。お前さん、文机《ふづくえ》の上に反故紙《ほご》があったでしょ。あれ、出して」

お麦に命じられてむっとしながらも徳兵衛は立ち上がり、文机から紙を取ってきて、平吉の膝の上に放り投げた。

皆は平吉の周りにぐっと集まって、なお真剣な面持ちだ。

徳兵衛は庭に面した縁側に移り、皆に背を向けて腰を下ろした。外はもうすっかりと暮れていて、欠伸《あくび》を嚙み殺す。

少しばかり、町の衆を集めたことを後悔していた。皆、見物してあれこれ評するのは得意でも、いざ思案となるとからきしに違いないと想像していたのだ。考えあぐねて匙《さじ》を投げるからその後を引き取って、適当に文書の体裁を整える、そんな段取りのはずだった。

平吉の奴、とんだ番狂わせを起こしてくれると、舌を鳴らした。

あたしは早く六君子湯を呑んで、寝《やす》みたいんだよ。

明日も朝から寄合があり、その帰りには屋根職人のところに寄って雨漏りの修繕を頼まなくてはならない。梅雨《つゆ》どきになると、裏長屋のどこかは必ず漏る。

「いいわねえ、平ちゃん。それならどこの町が何をやっても見どころがあるし、子供らが観たってすぐに楽しめるわあ」

お麦め、いったい何を早呑み込みして喜んでるんだ。

平吉が祭を仕切っていたなんぞ、法螺《ほら》に決まってるだろう。たとえ少しは本当でも、しょせんは在所の村祭だ。こちとら、神田祭ですよ。天下祭なんだ。

「お前さん」「徳さん」と何人かに一どきに呼ばれて、座敷を見返った。

「いい案が出たぜ、徳さん。これなら胸を張って出せる」

「この趣向に決まること、間違いなしだ」

上機嫌で「見ろ」と言うので、渋々と立ち上がった。いくつもの膝に囲まれて、反故紙が置いてある。そこに五つの絵が描いてあり、徳兵衛は背を丸めて顔を近づけた。

「桃太郎に金太郎、こっちは浦島太郎に、かぐや姫かい。で、花咲爺さん。……何だよ、この落書きがどうした」

「だから、昔噺が趣向のお題なのよう。五つの町各々がどの演目をやったって公平だし、何ていうのかしら、見どころが続いて絵巻物みたいにつながるわ」

お麦は昂奮してか、頬を赤くして声を裏返した。後家と女師匠も胸の前で手を組んでいる。

「出し物も多彩に用意できますしねえ。造り物の曳物でやっても見栄えがしますし、踊台や地走り踊りででも、やり甲斐《がい》がござんすよ。平ちゃん、凄いわ」

当の本人は「いや、ほんの思いつきで」と、わざとらしい謙遜ぶりだ。徳兵衛は鼻を鳴らした。

「あたしはこれでもいいけど、昔噺をそのままやったって工夫がないって言われるような気がするけどね。名主さんにね」

ともかく今夜はお開きにさせてくれ。くたくたなんだ。

「じゃあ、少し考えてみるから、明日の朝、出直してもいいかな」

「お前が考えるのか」

「乗りかかった舟だし」

お前が勝手に乗ってきたんだろうがと睨みつけたが、皆はやけに晴れ晴れとしていた。

「いやあ、助かるぜ」

「任せたよ、助っ人」

平吉は皆の前で格好をつけているだけなのだ。安請け合いをして、朝になればけろりとして肩をすくめるに違いない。

「ああ、あれ、なかなか難しいですね」

そしてそのまま投げ出す。金魚売りや洗濯屋や、鳥の巣引きのように。

けれど徳兵衛は黙っていることにした。ともかく横になりたかった。

九月に入ったばかりの夜、徳兵衛は饂飩《うどん》を啜《すす》ってから文机に向かった。

十五日当日、川越から江戸に見物に出てくるかどうか、地主に文を書いて問い合わせるのである。見物に出てくるとなれば、祭礼行列がよく見える家に頼んで、桟敷《さじき》の一隅を確保しなければならない。通りという通りがぎゅう詰めになるので、道端に立てば揉みくちゃにされるだけだ。頭に芋《いも》の皮が飛んでくるし、肘《ひじ》で突かれる、向こう脛《ずね》は蹴られる。

そうだ、菰被《こもかぶ》りの酒に小豆飯《あずきめし》だと、手を止めた。文机に向かいながら背後の女房に訊く。

「お麦、伊丹《いたみ》屋と松葉《まつば》屋に頼んであるんだろうね」

地主たるもの、祭の日は町の衆に酒や飯を振る舞わねばならない。その手筈《てはず》をつけるのも家主の務めだ。

うんともすんとも返事がないので振り向くと、お麦は長火鉢の前に坐って頬を動かしていた。

「聞いてるのかい。返事くらい、しなさいよ」

「ちょいと待って。今、お芋、食べてたもんだから」

目を白黒させて胸を叩き、鉄瓶から湯呑に湯を注いでいる。

「饂飩を食べて、今度は芋か」

「お腹が空くんですよう。踊りの稽古は」

五月に一丁目が出した『昔噺』の趣向は他の町々を尻目に、選ばれてしまったのである。

驚くべきことに、『昔噺』を後押ししたのは江戸城の大奥だった。名主はいくつかの案を選んで町奉行所に上げ、お奉行は側衆《そばしゅう》にそれを上げ、側衆は大樹様に上げ、すると「大奥に決めさせよ」との思召《おぼしめ》しで、老女を通して御台《みだい》所様にまで思案書が回ったという。

そこでどんなやりとりがあったのか下々には知る由《よし》もないが、おそらく老女が読み上げる趣向に耳を傾けた御台所様が、こんなことを言ったのだろう。

「わらわは、昔噺が好みじゃ」とか、何とか。

それで五ケ町でそれぞれ金太郎や桃太郎などの受け持ちを決め、旅籠町一丁目は『紅葉爺や』を出すことになった。

あの日の翌朝、平吉は思案を練り直して持ってきたのだ。

「家主さんの言う通り、何もかも昔噺のまんまじゃ面白くねぇから、花咲爺さんの筋立てはそのままに、桜を楓に変えてみたらどうかと思うんだけどね」

「楓なんぞにしたら、どうやって花を咲かせる」

「最初は青楓にしておいて、仕掛けで紅葉させたらどうかと思って」

その楓の木は縫いぐるみで演ることになり、希望者が五十人も集まった。それで徳兵衛は籤を用意したのだが、その中に番屋の書役である善助もいたのだ。やけに思い詰めた顔をして、だから当たり籤を引き当てた時は涙ぐんでいた。

「家主さん、こんなの、生まれて初めてです。ずっと地味に生きてきて、餓鬼ん頃から人前に立つなんてこと、ただの一度もなかったんですから」

「あたしも驚いたよ。お前さん、祭に出たい男だったのかい」

「運試しのつもりだったんです。家主さんのそばで働かせてもらってますから、ひょっとして、あたしにも家主さんの運のおこぼれが回ってくるかもしれないって」

善助は洟《はな》を光らせながら、泣き笑いをしていた。

それからどう稽古を積んでいるのか、徳兵衛は知らない。毎日のように名主に呼びつけられ、他の町に呼ばれ、家主としての仕事はすべて夜になる。

「お前さん、ちょいとこっちで休んだら。お茶淹《い》れるから」

「今、手が離せない。それより、酒と小豆飯の手配は」

「ちゃんと頼んでありますってば」

そして紅葉爺さんの役を射止めたのが、お麦だ。といっても、こっちは籤引きではなく出演希望者が他にいなかったおかげだ。お麦は「若い時分に習っていた踊りの腕を買われちゃって」と吹聴《ふいちょう》しているが、若い娘らにしてみれば義経《よしつね》のような若武者ならともかく、爺さん役なんぞ願い下げだったのだろう。白鬘《かつら》に白鬚で覆ったら、自慢の器量も見物人に披露できない。

「そういえば、平吉は店賃を持ってきたのか」

お麦は湯呑を両手で持ったまま、頭を左右に振った。

「平ちゃんも忙しいから」

「忙しいって、あいつの何が忙しい。祭が終わったら、今度こそ叩き出してやる」

五月にひと月分だけ店賃を持ってきて、「後は来月まとめて」の空《から》手形を振り出す。

「叩き出すって、溜まった店賃はいいんですか。あきらめるんですか」

地主にはもう言い訳のしようがなく、じつは徳兵衛が立て替えて納めているのだ。徳兵衛にしたら大した額ではないが銀子の多寡《たか》ではなく、平吉の性根が気に入らない。もう堪忍《かんにん》がならない。

「だいいち、うちの趣向が通ったのは平ちゃんのおかげじゃありませんか。こんなことは滅多にあることじゃないって、皆、どれほど喜んでることか。立役者ですよ。お前さんは家にほとんどいないから知らないだろうけど、祭の準備も骨惜しみをしないで手伝ってくれてんのよ。善さんの稽古の相手だって、そりゃあ辛抱強く」

「そうやって持ち上げるから、ますます図に乗って働かないいんだ。祭と店賃は別だよ、別っ」

「そりゃ、そうでしょうけど、お前さんも名主さんには随分といい顔できてるんでしょう」

徳兵衛も思案が通った時は、少しばかり誇らしかった。しかしそれは束の間《つかま》のことだ。

「万一、しくじったら、御公儀や見物人の不評を買ったら、それは全部、あたしのせいになるんだよ。お前はわかってんのかい、事の大きさを」

お麦は眉を下げ、溜息を吐《つ》いた。湯呑を長火鉢の猫板の上に置き、膝をこっちに向ける。

「祭は皆で、賑やかに楽しむものよ。それでこそ、神様も喜んでくださるんだから」

それがわざわざ改まって言うことか。そんなこと百も承知だ。

「お前、会ったことあるのか」

「誰にですか」

「神様だ」

「ありませんけど」

お麦が小鼻を横に広げた。

「なら、神様が喜んでくれるとか、いい加減なことを言うんじゃない。皆が楽しむための祭を用意するのは、このあたしなんだ」

お麦は頬杖をついて、「あたし、あたしの大行列……」と端唄《はうた》めいた節回しで呟いた。

徳兵衛は文机に向き直り、筆を持つ。

江戸じゅうが日に日に熱中を増していくというのに、お祭掛の己が独り、取り残されているような気がした。

祭礼行列に付き添って、徳兵衛は歩き続けている。

前を行く町名主の彦左衛門や同心からはぐれないように、それにもまして一丁目の行列に粗相がないようにと目を配りつつ、足を運ぶ。

もう腋《わき》も背中も汗だくになっている。極度の緊張のせいもあるが、見物人の熱狂が早や凄《すさ》まじいのだ。

幸い、『昔噺』の附祭は今のところ評判が良さそうだ。と言っても、先に進んでいる他町の桃太郎とかぐや姫が「そうらしい」と同心に聞いただけで、一丁目の紅葉爺さんはまだわからない。町によって張りぼての人形や衣裳拵え、歌舞音曲のつけようが違うので、自ずと出来も異なってくる。

しかも祭礼行列は延々と唄い踊り続けるのではなく、曳物を挟んで歩くだけの道のりもある。ゆえに大店や大名屋敷からは事前に依頼がきて、その桟敷前でだけきっかりと演じ、おひねりを頂戴する。

川越の地主からは結局、見物に来るとも来ないとも返事がなかったので、その段取りをせずに済んだだけ助かった。

前を行く二丁目の行列が、日本橋の大店の桟敷前に練り込んだ。前方六人、後方も六人で曳いていた踊台が止まり、隈取《くまど》りをした桃太郎が腕を回して踊り始めた。この役に抜擢されたのは若い娘で、凛々《りり》しい武者姿だ。親きょうだいから親戚縁者まで総出で行列について回っているらしく、掛け声が凄まじい。

「おふじの桃太郎、日本一ッ」

負けじと声を出すのは、猿や雉《きじ》、犬の役を振り当てられた子供らの親だ。口々に我が子の晴れ姿を自慢し、騒ぎ立てる。桃太郎が踊りながら猿を組み伏せ、猿がくるりと転がった。

「見てみねえ、あの転がりよう。あれ、うちの子だ、うちの八《はっ》ちゃんだ」

「そら、八ちゃん、次は立ち上がって足を三べん踏み鳴らすんだよ。そこでくるりと回って三歩右へ。そうそう、その調子」

親は毎日、子供が踊りの練習をするのにつきっきりで、振りつけのすべてを憶えてしまっているのだ。

見物人の波に揉まれないように身を引きながら、徳兵衛は後ろから続く一丁目の紅葉爺さんを待ち受けた。

拍子木が鳴り、踊台の綱を曳く若衆らの木遣《きや》り唄が辺りに響く。

来た、来たと、徳兵衛は身構えた。

趣向を考えた夜に招いた魚屋の若い衆と、煙管職人の顔が見える。大工の棟梁と鳶の頭は加わっていないが、それぞれの職人衆のとりわけ威勢のいいのを参加させていた。

そして踊台の上には、爺さん役のお麦が縫いぐるみの犬と共に並んでいる。

足許には石組《いわぐみ》となだらかな草地が造ってあり、大判小判の壺は鮮やかな黄色だ。台の下に仕込んだ車は露《あら》わに見えないように幕が回してあり、大小の菊花や隈笹《くまざさ》、秋の七草の造花で彩られている。

前の組に続いて、桟敷前に練り込んだ。

まずは、お麦の爺さんが能の翁《おきな》のように静かな舞を始める。

五日前に本番さながらの下検分が行なわれ、それには徳兵衛も立ち会ったので、何となく段取りは憶えている。善助の楓は両腕を広げたまま微動だにしないので、徳兵衛の背後の者らは「あの木、縫いぐるみじゃなくて、人形なのか」などと囁き合っている。

善助、なかなかやるじゃないか。

徳兵衛は「どうだい」という気持ちになって、かたわらに立っている彦左衛門の顔つきを盗み見た。しかし何の興《きょう》も催《もよお》していなさそうな面持ちで、帳面に目を落としては前を見るという忙《せわ》しなさだ。あらかじめ提出してある演目の仕様と実際とが一致しているかどうかを確認するのが今日のお役目であるのだが、あまりの素気なさにこっちが興醒めをする。

そういや、平吉の奴はどこだ。囃子方は青に太い白格子《しろごうし》という派手な色小袖《こそで》で、下は銀鼠《ぎんねず》の袴だ。

ああ、いた。

その横顔は口許を引き締めていて、やけに神妙だ。

そうだ、その調子だ。頼むから、今日だけは何もしでかさないどくれよ。

と、太鼓に大太鼓の面々がどんつくどんつくと奏《かな》で始めた。子供らの犬が七匹、爺さんに絡み、唄と三味線の調子がひときわ賑やかになる。お麦の爺さんは芝居のように唄い踊り、滑稽《こっけい》な所作で犬らと押し引きをするので、見物人らから笑い声がどっと沸いた。

受けてるじゃないか。やるじゃないか。見事な踊りっぷりだ。芸事はまるでわからないが、きっとそうに違いない。

ついに、大向こうから声が掛かった。

「いよッ、一丁目ッ」

踊台の後尾から、大判小判の造り物をつけた縫いぐるみの五人が飛び出す。ここまでは何もかも、届け出た通りに進んでいる。

この後、お麦の爺さんが楓の善助の周囲を回り、腕を大きく振ると枝が動き始める。動く。

徳兵衛は息を呑んだ。動くはずが、動かない。お麦はもう一度回り、同じ所作をした。しかし善助は直立したままだ。

彦左衛門を見れば、もう頬を強張《こわば》らせている。同心らも苦い顔つきで、帳面に何やら書きつけている。見物人らも番組を持っている者らが気づいたのか、ざわざわと言葉を交わし始めた。

「妙だの。楓がここで踊るはずだぜ」

善助の楓は棒立ちのままで、お麦は同じ所作で踊り続けている。

「さてさて、こいつぁ、ええこった」

と、鼓の音がぽぽん、ぽぽぽんと響いた。

平吉を始めとする囃子方が見物人のざわめきを掻き消すように大きく奏で、やがて拍子木が仕舞いの音を打ち鳴らした。それを合図に踊台が退場を始めた。大店の桟敷に並んだ主一家と客人らは不満足も露わで、見物人の間からも失笑が漏れる。

「いいぞお、初々しいぞお、一丁目ッ」

揶揄《やゆ》の声が飛び交い、徳兵衛はもう彦左衛門の方へ顔を向けられない。

一丁目の出し物、相違甚《はなは》だし。以《もっ》ての外《ほか》の、大しくじり。

そんな文言が頭の中を過《よ》ぎった。胃の腑《ふ》が捩《ね》じ上げられ、絞った手拭いみたいに形がわかる。

彦左衛門に呼ばれてそばに参じると、眦《まなじり》を吊り上げていた。

「いったい、どうなってるんです。番狂わせはいけないとあれほど言いつけておいたのに、ましてあのお店《たな》は御公儀御用達の老舗《しにせ》ですよ。あたしも昔から可愛がってもらってるんです。とんだ恥を掻きました」

ただもう、詫びるしかなかった。

「城中の上覧所では、お願いだから届け出通りにやってくださいよ。本当はもう、このまま帰ってもらいたいけどね。出し物を本番で減らすなんてことはできやしないから、仕方ありませんよ」

「申し訳ありません。皆にきっちり言って聞かせます」

逃げるように彦左衛門から離れ、行列に近寄った。今は、皆、ぞろぞろと練り歩いている時だ。

それにしても、何てぇざまだ。

「どうしたんだ、いったい」

お麦のそばに寄り、肩を並べて歩きながら訊ねた。

「善さん、腰をやっちゃって動けなくなったみたい」

「腰って、いつ」

「だから、踊台の上でよ。あの縫いぐるみ、枝をたくさん付けてあるからそりゃあ重いのよ。善さん、あんなに稽古してたのに。気の毒に」

白眉の下の小さな目が何度も瞬《まばた》きをして、声が湿っている。周囲を見れば、犬の縫いぐるみをつけた子供らもしゅんとして、とぼとぼと歩いているではないか。誰も彼もがうなだれて、肩を落としている。

「善さんはどこだ」

「踊台から皆で担ぎ下ろして、平ちゃんが介抱してくれてる。善さんを荷車に乗せたらすぐに追っかけるから、ともかく先に進んでてくれって」

踊台は道の途中で引き返せないのが決まりだ。ともかく前に進むしかない。

徳兵衛は振り向いて楓の縫いぐるみを目で捜したが、見物人の波に呑まれて姿が見えない。むろん平吉の姿もだ。

と、斜め後ろの道の脇で、青葉がちらりと動いたような気がした。「見てくる」と行きかけ、もう一度、お麦に声を掛けた。

「その子らの面倒だけは、ちゃんと見てやっておくれよ」

白鬚のお麦は、うなだれた縫いぐるみたちを見下ろした。

「この子らが祭嫌いになったら困る。……お祭掛としてはね」

そう告げて後方に向かった。やはり善助だった。荷車に乗せられて、平吉が曳いている。

「大丈夫か」

顔を覗き込んでみるものの、茶色に塗りたくっているので顔色がわからない。

「すみません、とんだことをしでかしちまって」

「詫びるのは後だ。具合はどうなんだ。この後、演れるのか」

すると平吉が「たぶん、昔の怪我がぶり返してんだよ」と、脇からとりなした。

「昔の怪我」

「梯子から落ちて、腰を打ったことがあるらしい」

植木職人をしていた頃の怪我だと、思い当たった。それにしても。

よりによって、何で今日という日に。

「いえ、もう随分と楽になりました。さっきはちっとでも動いたらひっくり返っちまいそうで、そんなことになったら大騒ぎになると思って、それでただもう、ひたすら立っていたんです」

しかし善助の蟀谷《こめかみ》に脂汗が光っているのが見えた。これはもう、続けさせられない。

「善さん、行列からお外れ。平吉、つき添って送ってやってくれないか」

「俺はいいけど」

するると善助は腰を折り曲げながらも、きっと顔だけを上げた。

「それだけは勘弁してください。ここで行列を抜けたら、あたしは番屋に坐ってられなくなる。後生だ、家主さん」

いったい、どうすりゃいいんだ。

善助の気持ちはわかる。己のせいで出し物の内容が変われば、これまで懸命に頑張ってきた皆はどうなる。一丁目の評判はどうなる。

それはわかるがこのまま無理をして行列に戻っても、どのみち、上覧所前では踊れないだろう。

平吉はただ黙って善助を見下ろし、肩に手を置いている。

善助の身を案じ、祭を案じている。あたしもきっと今、同じような目をしているのだろう。

どうしてこんなことになるんだと、徳兵衛は下唇を嚙む。

枝が思った以上に重くて、首はもうまったく回らない。

「お前さん、お似合いですよう」

お麦はくすくすと含み笑いをして、犬の子供らも「お似合いですよう」とはしゃぎ回る。

「余計な声を掛けないどくれ。振りを忘れちまうじゃないか」

すると曳手の若衆や踊子の娘ら、囃子方も周囲に集まってきて、「いいね」と笑った。

「よくないよ。あたしは平吉に代役をさせようと思いついたのに、あの馬鹿、喰って寝てばかりしてるから胴回りが太くて、縫いぐるみの衣裳が入りやしない」

そして徳兵衛の躰《からだ》はぴたりと、それこそ誂《あつら》えたかのように合った。誰かが化粧道具を借りてきて、顔も茶色く仕上がっている。

「それにしても、牛が厭《いや》がってくれて助かりましたなあ」

そう言ったのは、亀川という囃子方の親方だ。

祭礼行列は田安御門《たやすごもん》から江戸城内に入るという道筋を決められているのだが、三番組の山車を曳く牛がどうしても門を潜らず、それで行列が止まっているのである。おかげで、徳兵衛が急拵えをする時間が取れた。

「牛とはいえ、大変なことだ。あすこのお祭掛は、後でこっぴどくお叱りを受けるだろうね」

するとと亀川は「いやあ、毎年、何かはあるもんですよ」と笑った。

「御公儀も仕様通りをうるさくおっしゃいますが、野放しにしたら、皆、銘々に好き放題やるからでね。起きちまったことをとやかくお咎《とが》めにはなりませんや」

亀川は玄人であるので、去年の山王祭にも出ていたらしい。

そうか、なら、あたしはちっとばかり言い過ぎたかなと、気が差した。

徳兵衛は「善助の代役を立てる」と彦左衛門に告げに行き、頭ごなしに怒鳴られたのである。

「また、あなたですか。もう、いい加減にしなさいよ」

「ですが他でもない、躰の具合が悪いんです。このまま続けさせるわけには参りません」

強い口調を遣《つか》ったので、彦左衛門は目の周りにかっと朱を散らした。

「祭が終わったら、この責めは取ってもらいますからね。ただじゃ置かない」

「結構ですよ。煮るなと焼くなと、好きにしやがれ」

足を踏み鳴らしていた。

「何だって」

「ぎゅうぎゅう、ぎゅうぎゅう、上から押さえつけたって、人はついてきやしないって言ってるんですよ。まだお若いから侮《あなど》られまいと気を張ってなさるのかもしれませんがね、祭ってのは楽しむもんだ。そうやって、神様に喜んでいただくんです」

徳兵衛が言い捨てると、彦左衛門の背後にいる同心らは目を丸くしていた。それから三人は徳兵衛を避け、他の名主らと一緒に歩いている。

ひょっとしたら、町役人はもうお役御免だろうな。名主と揉めてしまったんだものな。

あたし、何やってんだか。

「さあ、そろそろ動くって。皆、神妙に」

行列の前から指図を寄越したのは平吉だ。

「お前に神妙にと指図されるとは、我が身が情けないよ。ところで善助は」

すると平吉はにかりと笑い、そのまま背を向けて歩き出した。

「おい、何を企《たくら》んでる」と叫んだが、「しっ」とお麦に叱られた。

「踊台の上で大声を出すんじゃありませんよ。お前さんは楓の木なんだから。木っ」

行列を整えながら田安御門に近づくと、憶えのある菅笠が見えた。

あの花熨斗、あたしのじゃないか。

徳兵衛は踊台の上から、目を凝らした。善助だった。荷車に正座して、申し訳なさそうに頭を下げている。荷車は色布を引き回し、造花までつけて飾ってある。たぶん、行列の中に入っても目立たぬようにと、平吉がどこかで調達してきたのだろう。

「善さん、行くよ」

何人かが張りのある声で言い、荷車を曳く。囃子方の中に入れはするが、善助は荷車に坐っているのがやっとの様子だ。

それでも一緒に城中に入る、それが肝心だ。

前の組が次々と披露を終え、上覧所の前に近づいていく。たちまち胃の腑が縮み、心の臓が動悸《どうき》を打つ。眩暈《めまい》がする。

拍子木の合図で、笛の音がひょようと鳴り響いた。若衆が木遣り唄を歌いながら、踊台の綱を曳く。秋風の中を、お麦の爺さん、子供らの犬までが雄々しく前を向いている。

「お前さん、しっかり」

お麦が顔だけでこっちを振り向いて、小声で言った。

「お前こそ」

やがて、お麦と子供らが正面に踊り出た。徳兵衛はじっと息を凝らし、楓の木を務める。

ちらりと、広い白砂の向こうにまなざしを放ってみた。

そこに大樹様がいるのだ。御簾《みす》の向こうには、御台所様や大奥のお女中らがずらりと並んでいる。あたしらを見物していなさる。

平吉の小鼓の音で、徳兵衛はいよいよ手を動かした。もう、無我夢中だ。やっつけで憶えた振りつけなんぞ、すぐに頭から吹っ飛んだ。しかしお麦の爺さんや七匹の犬らは慌てず調子を合わせてきて、壺の前で転がったり跳ねたりし始めた。大判小判の作り物が壺から飛び出す絡繰《からく》りが見事にうまくいき、御簾の向こうでどよめきが起きたのが聞こえた。

「楓に秋を招きましょうぅ」

踊台の下では踊子の娘らが歌いながら踊り、紅葉爺さんが籠《かご》を手にしてくるりと回る。とんと足を鳴らしたのを合図に、徳兵衛は仕掛けの糸を引いた。

すると枝々についた青葉が裏返り、一斉に紅葉に早変わりする。「え」と、声が洩《も》れた。葉っぱ一枚、裏返りやしない。どうなってんだと、もう一度糸を引く。焦って闇雲《やみくも》に引いても、どうにも動かない。ここが一番の見せ場だというのに、びくともしない。

「踊って秋を招きましょう。正直爺さん、大判小判、ここ掘れ、うおん、うおん」

なぜか平吉が歌っていた。こんな段取りはなかったはずだし、初めて耳にする節回しだ。そうかと、気がついた。たぶん皆が立ち往生しないように、唄で導いているつもりなのだろう。

何とも、こなれた響きだ。片頬には笑窪を泛べている。

徳兵衛は再び、とんつく、とんつくと手足を動かした。お麦も皆を誘いながら徳兵衛を囲み、やがて輪踊りになった。もう、思いつくままに掌を回し、肘や膝を上げる。

と、腕に妙な感じが起きた。ざっと音がして、青葉が裏返った。

紅葉だ。青葉が見事なほど赤い葉になって、しかも次々と枝から離れていく。はて、こんな仕掛けだったかと思いながら、徳兵衛は両腕をはばたかせた。

踊れ、踊れ。あたしらの天下祭だ。

囃子の音に乗って、無数の紅葉が秋空に舞い上がった。

祭のさまざまな後始末を終え、八丁堀《はっちょうぼり》の与力同心屋敷にお礼参りに行った。

九月十八日、ようやくお祭掛から放免されたのである。

町名主の彦左衛門は徳兵衛と一切口をきかず、目も合わせなかった。ただ、今のところ、町役人はお役御免になっていない。

旅籠町一丁目の紅葉爺さんは、大樹様から「珍妙なる踊り」との褒詞《ほうし》が下され、大奥からも褒美の銀子が下されたのだ。他のお祭掛から聞いた噂では、彦左衛門はそれで鼻高々であったという。

こうして往来を歩けば、方々から「ご苦労さんでした」と頭を下げられる。

「ほんに、いい祭でした」

皆、上覧所での出し物は見ていないはずなのに、細部まで知れ渡っているらしい。一度限りの附祭でよかったと、徳兵衛は心底から思う。皆がその場その場の思いつきで、歌い踊っただけなのだ。同じことは二度とできない。

「皆さんのおかげですよ」

徳兵衛も頭を下げる。

番屋を覗くと善助の横顔がある。熱心に書き物をしているので、そっと足を引き、家に向かった。徳兵衛が中に入れば、善助は気を使って茶を淹れたりするのだ。腰はまだ痛むらしく、温石《おんじやく》を当て、家では灸《きゆう》もすえているらしい。

「帰ったよ」

表障子を引いてお麦に声をかけた。何の返答もない。買物に出たか。それとも、さっそくお師匠さんの所か。

昨夜、踊りの師匠に正式に弟子入りしたいと言うので、「好きにしなさい」と答えたばかりだ。徳兵衛は草履《ぞうり》を脱ぎかけて足を止め、踵《きびす》を返した。表店の間にある路地に入り、裏長屋に向かう。

平吉の宿は一番奥で、ごみ溜の脇を抜け、そのついでに大根葉が落ちているのを拾い、井戸端に出しっぱなしになっている誰かの盥《たらい》を隅に立て掛け直す。

「平吉、あたしだよ。入るよ」

中へと足を踏み入れた。薄暗い。

「相変わらず、埃臭《ほこりくさ》いねえ。店借人なんだから綺麗に住んでくれないと、家が傷《いた》んじまう」

ぼやきながら上がると、誰かがぺしゃりと坐っている。

「お麦じゃないか。どうした、こんなとこで」

顔を上げたお麦は「お前さん」と、何かを差し出した。首を傾《かし》げながら手の中を見ると、覚えのある祝儀袋だ。

「これ、昨日、渡した褒美じゃないか」

大奥から下された銀子は祭礼行列に参加した皆に分け、町入用《まちいりよう》にも一両を入れたのである。そうしておけば、再来年の祭にまた使うことができる。といっても、附祭を拝命するのはおそらく何十年後かなので、町の軒提灯《のきぢょうちん》を新調したり、他町への祝い酒に用いることになるだろう。

「勝手に他人《ひと》の銭に触ったりして、どうした。お前らしくもない」

「畳の上にそれだけが置いてあったのよう。だいいち、袋の中はからっぽ」

徳兵衛は舌打ちをした。

「あいつ、また心得違いだ。どこに遊びに行ったのか知らないが、まずは溜めてる店賃を綺麗にしてからだろう。何でそんな簡単なことがわかんないのかねえ」

と言いつつ、妙なことを思い出した。

「そういえばお前、あいつに銭を無心されたことなかったか。五月だよ、あたしがお祭掛になってまもなくの頃」

「何ですよぉ、いきなり」

「前から訊《たず》ねようと思ってたんだ。あいつ、五月に一度だけ、店賃を持ってきた」

お麦は、「ああ」と間抜けな声を出す。

「在所から幼馴染みが出てきてるんで、どうしても江戸見物に連れていきたいって拝まれちゃった、ことがあったような」

「やっぱり。今日こそ、とっちめてやる」

「どうかしら」

「どうかしらって、何だよ」

「ここんち、見て。掻巻《かいまき》どころか、茶碗一つありませんよ」

家の中を見回せば、お麦の言う通り、もぬけの殻だ。

「やられた、夜逃げだよ。あいつ、夜逃げをしやがった」

「在所に帰ったのかもよう。天下祭で、村が懐かしくなったんじゃないかしら」

「夜逃げされて、しみじみしてるんじゃない」

徳兵衛はわめきながら、路地に飛び出した。

外に出てきたお麦は秋空を見上げ、とんつく、とんつくと拍子を取る。

「平ちゃん、ひょっとして、お祭の神様だったのかも」

その横で、徳兵衛はひどく悔いていた。ちと気を許したのが間違いだった。

しかしもう、後の祭だ。

ひってん

上野《うえの》の山は花盛り、桜の下に葭簀《よしず》を立て回した水茶屋もたいそう賑《にぎ》やかだ。

「いらっしゃい、何人様」

「お客さん、ごめんなさい。そこ、ちょっと詰めてあげておくんなさいな」

茶汲み娘らは土瓶や盆を手にして、走り回っている。長い前垂れは茜《あかね》や浅葱《あさぎ》、菜種《なたね》と色とりどりで、身を動かすたび揺れて春陽に映《は》える。

卯吉《うきち》は「蝶《ちょう》ちょみてぇだ」と見惚《みと》れながら、寅次《とらじ》の腕を肘《ひじ》で突《つ》いた。

「兄《あに》い、どの娘《こ》だよ」

「菜種色」

その姿を探したが、店先に立った新客の背に紛《まぎ》れてよくわからない。束《つか》の間《ま》、前垂れが翻《ひるがえ》ったような気がしたが、店の奥に小走りに駆け込んでゆく。

「あ、ああ、行っちまった」

が、傍《かたわ》らに坐る寅次はゆうゆうと煙草《タバコ》をくゆらせている。いつになく苦み走った目をして、脚も気取った組み方だ。

「まあ、急《せ》くなって。そのうち注文を取りにくるから、その時、とっくりと拝ませてやるよ。丸顔で、ちょいと垂れ目なとこも可愛いんだ。それに、鳩胸の柳腰」

二枚目気取りがもう崩れ、くっと助平な笑い声を立てた。

「名前は」

「知らねぇよ」

「三日も騒いでたくせに、まだ名前も知らねえの」

すると寅次は「ろくに女を知らねえ奴はこれだから困る」と、小馬鹿にしてかかる。

「最初に口をきく、そのきっかけが肝心なんだぜ。だからわざと今日まで、名を訊《き》かなかったのよ。いざこの前に立ったらばいきなり、そう、ずばりと名前はって切り込む。すると向こうは照れる暇もねぇから素直に名を口にするわな。まあ、名がおなつだとしたら、随分と繁盛だな、おなっちゃん、看板娘も毎日、大変だろう、今日は何《なん》時《どき》までだい。ええ、今日は暮六《くれむ》ツまでなんです。じゃ、送っていこう、何、怪しい者じゃねえ」

怪しい者に限ってそう言うよなと思ったが、寅次の口振りが自信満々なので、とりあえず相槌《あいづち》を打った。

「コツはあくまでもさりげなく、物欲しげな素振りを見せずに畳みかけることだ。あの娘《こ》も他の客や朋輩《ほうばい》の手前があるからよ、素直にうんとは言いにくいもんだ。そんな、待っててもらうなんて悪いわぁって一度は遠慮するから、花も盛りの春じゃねえか、前垂れをはずしたら帰り道くれぇ羽を伸ばして、そぞろ歩きしなよ、そこの川縁《かわべり》で待ってるぜと顎《あご》をしゃくる。まあ、これで十中八九は落ちる」

素人《しろうと》娘に縁のない卯吉はそういうものかと感心した。と、寅次の股座《またぐら》で四角い物が垂れている。

「兄い、祭でもねぇのにどうしたの、そんなまっさらな褌《ふんどし》」

いつもは互いに、煮しめたような一本で通している。

「もしかして損料屋《そんりょう》」

「おおよ、今朝《けさ》、借りてきたのよ。あの親爺《おやじ》、さては吉原《なか》かいって訊くから、まあ、そんなとこだって答えてやった」

寅次は組んだ脚を左手で持ち上げ、純白の端を誇らしげに見せつける。

損料屋はいろんな品を貸し出している商《あきな》いで、蒲団《ふとん》から鍋釜、そして褌まで揃えている。褌は買えば三百文もするのだ。そこで江戸の独り者は「いざ祭、いざ吉原《よしわら》」という時にだけ損料屋で借りるのである。

卯吉も祭の時だけは真新しい褌を借りて、きりりと尻の穴まで締め上げる。吉原の大門《おおもん》は寅次と連れ立って何度も潜ったが登楼《あが》ったことはなく、いつも素見《ひやかし》だ。ふだん卯吉が世話になっているのは河岸《かし》の小見世《こみせ》の端女郎《はしじょろう》で、しかも相娼《あいかた》は熟練過ぎる大年増《おおどしま》、「さっさと済ませてよ」とばかりに尻を叩かれ、で、「あっという間で助かったわあ」と有難がられる。

「憎いね、この。今日、口説いてもう懇《ねん》ろ《ご》になるつもりかよ」

寅次を小突くと、ふふんと汚い指で鼻の下をこすった。

「江戸っ子は気が短けぇのよ」

と、急に口をすぼめた。菜種色の前垂れをつけた当の娘がきびきびと客を捌《さば》きながら、こっちに向かってくる。卯吉らの前を通り過ぎ、隣の客らの前に立った。

「お待ちどおでした」

年寄ばかりの七人づれで、「この後は、舟に乗って浅草《あさくさ》に行きまひょか」と江戸案内の地図を広げているので、江戸見物に訪れたお上《のぼ》りであるようだ。

「何にいたしましょう」

「ここは何が名物ですのや」

「甘味でしたら串団子、お酒を召されるなら鰊《にしん》に蒟蒻《こんにゃく》、慈姑《くわい》の煮しめが自慢です」

「花冷えやし、儂《わし》らは酒をもらおうか。婆さんらはどないする」

「あたしらはお茶で団子をいただきますわ」

「ほな、団子を三皿に、後はお酒と煮しめを頼みまひょ」

娘は胸に盆を抱えて注文を繰り返した後、数歩動き、卯吉を見下ろした。

「注文、何」

随分とつっけんどんな言いようで、急に気後《きおく》れした。

「え。えっと……兄い、何にするかって」

口ごもりながら取り次ぐと、寅次はいきなり切り出した。

「名前は」

「上野茶屋ですけど」

「違うよ。あんたの名前、何だい」

娘は寅次の爪先から頭までを一瞥《いちべつ》してから、きんと眉根《まゆね》を寄せた。

「無理」

その一言だ。取りつく島もなく踵《きびす》を返された。

寅次は娘を見上げたその姿のまま止まっていて、目だけをぱちくりとさせている。

卯吉は咄嗟《とっさ》に腰を上げ、娘の後を追った。

「ちょっと待って。ほら、あの兄さん、寅次ってぇんだけど」

「迷惑」

けんもほろろだ。

と、娘が卯吉の肩越しに首を伸ばし、「いらっしゃいませぇ」と声を裏返した。懐《ふところ》手《で》をした男が二人、年の頃は卯吉とおっつかっつの二十四、五だろうか。垢《あか》抜けた唐《とう》桟縞《ざんじま》の着物で、ちゃらりと雪駄《せった》裏の鋲《びょう》を鳴らす。

「二人だけど、待つかい」

「いいえ、あそこ、もう空きますから」

娘が指し示したのは、間抜け面で坐っている寅次である。

「酒をもらおう。肴《さかな》はまかせる」

「はい。煙草盆、すぐにお持ちしますね」

娘は顔じゅうに笑みを漲《みなぎ》らせている。そして卯吉の顔に目を戻し、低い声で「邪魔」と言った。

満開の桜の下を、肩を並べて歩いた。

「ああいう水茶屋勤めの娘はな、男あしらいに慣れてんだ。ちょっと甘い顔を見せたら、どいつもこいつも言い寄ってくるからよお」

それも相手によりけりのようだ。娘は卯吉らの後に坐った唐桟縞に名を訊かれ、「せんですぅ」としおらしい声で答えていた。犬ころみたいに「しっ」と追っ払われたのは、こっちの二人だ。

「卯吉、いい暇潰しになったろ、面白かったろう」

寅次はからからと笑いながら、踊るように腰を左右に振る。前がはだけて、褌の白がちらついた。

「それ、いつ、返す約束」

「何を返すって」

「その褌だよ」

「ああ、これか。明日の朝」

「張り込んだね」

「褌は恋の身だしなみってな。いやあ、惜しかった。今度こそいけると踏んでたんだけどなあ」

寅次はしじゅう岡惚《おかぼ》れをして脈があると思い込み、打ち明けては振られる、その繰り返しなのだ。けれど挫《くじ》けない。すぐに立ち直る。

「じゃあ、損料が六十文、保証料が四十文《しじゅう》ってとこだね」

損料とは、品物の借り賃のことである。損料屋の貸し出しの期間はほんの一刻《いっとき》から数年まであって、その長さに合わせて損料を払う。損料には洗濯の手間賃も含まれており、褌は使ったままを返せば良い。損料と一緒に預ける保証料は客が猫糞《ねこばば》するのを防ぐためのものであるので、褌と引き換えに戻ってくる。

銭勘定にうとい寅次は「さあ」と黒目を斜め上に動かし、腹をさすった。

「なあ、腹、減ってねえか」

振られた途端、腹の虫が鳴き始めたようだ。

「じゃあ、それ、返しに行こう。預けてる銭が戻ってくりゃ、蕎麦《そば》くらいは喰えるよ」

寅次の銭を当て込んでの算段であるが、二人は「生業《なりわい》無し、金無し」でその日を暮らす軽い身の上だ。だからその時々、持っている方が出すことにしている。むろん、喰える日もあれば喰えない日もある。

武家や商家では毎日、朝昼晩と時を決めて飯を喰うらしい。そしてあの水茶屋の娘がくにゃりとなった男前の二人にもやはり決まった稼ぎがあって、毎日、きっちりと喰っているのだろう。湯屋にも朝晩通って、垢も溜めていないに違いない。女にもてるのはたぶんああいう、江戸の水ですっきりと洗い上げたような連中なのだ。

卯吉と寅次は稼ぎどころか蒲団にも縁がなく、寒い季節には褞袍《どてら》一枚にくるまって、暑くなれば蚊だけはかなわぬので褞袍を質に入れ、蚊帳《かや》を請け出す。それで事は足りる。むろん煮炊きなどしないので、鍋釜も持っていない。腹が減れば適当に町をうろついて、荷車の後ろを押したり迷子を探したり、普請場《ふしんば》の鉋屑《かんなくず》を拾う。ほんの半日働くだけでも皆、幾ばくかの駄賃はくれるので、その銭を握って屋台の前に立ち、蕎麦や天麩羅《てんぷら》を喰えるだけ喰う。

銭がなければ喰わぬだけのこと、それでも死にはしない。毎日、こうして生きている。

「そういや、今朝《けさ》、損料屋の前に鮨《すし》の屋台が出てたな」

「じゃ、鮨にしようよ、兄い」

胡麻《ごま》を混ぜた酢飯を思い浮かべるだけで、口の中に唾《つば》が湧いてくる。

「六十文、張り込んだ甲斐《かい》があったぜ」

寅次ははしゃいで卯吉の肩に手を回したり、身を屈《かが》めてから「よッ」と躰《からだ》を伸ばし、桜の枝に向かって飛び上がったりする。前がまたはだけ、白い布が揺れる。

「眩《まぶ》しいぞ、恋の損料ッ」

からかってやると寅次は胸をそらせ、得意げに笑った。

鮨を喰い終えると、もう夕暮れだ。

両国橋《りようごくばし》を東に渡り、そのまま南に下れば深川《ふかがわ》に辿《たど》り着く。二人が住んでいるのは潮の匂いが強い蛤町《はまぐりちよう》の裏店《うらだな》で、貧乏長屋《ひってん》と呼ばれている。九尺二間《くしやくにけん》の棟割で壁は斜めに傾《かし》ぎ、畳は腐っている。むろん店賃は溜められるだけ溜めているが、家主《いえぬし》も匙《さじ》を投げてか、滅多と顔を見せない。

と、両国橋の手前で寅次が右を向いた。

「帰って寝るにはまだ早いよな。広小路《ひろこうじ》で遊んでくか」

江戸の盛り場は、今日、痛い目に遭った上野の山下に浅草寺《せんそうじ》の奥山、そしてこの両国橋の東西が知られている。ことに西詰の広小路には芝居小屋や見世物、覗《のぞ》き絡繰《からく》りの小屋が居並んでいるが、卯吉らは木戸《きど》銭《せん》の要る小屋に入ったことはない。広場をぶらつけば、猿回しや軽業《かるわざ》、軽口噺《ばなし》を楽しませる芸人がわんさといる。

「俺はいいけど、兄いはそのまんまで歩くのかい」

褌を返したので、寅次は玉をぶらぶらさせたままなのだ。

「なあに、温《ぬく》めるより冷やす方がいいんだ」

寅次は肩をそびやかし、わざとのように蟹股《がにまた》で歩き始めた。

花見客の流れか人出がいつもより多く、芸人らも熱を入れて演じている。人の山の中に二人で頭を突っ込み、「いよッ」と囃《はや》して回った。一文銭一枚投げないが、誰も咎《とが》めたりしない。

やがて無数の提灯《ちょうちん》に火が入り始めた。人々のざわめきと小太鼓、鼓《つづみ》の音が入り混じって響き続ける。

夢みてえだ。

卯吉は今時分の風景の中を歩くと、いつもそう思う。

夕陽と月、星、そして提灯と、すべてが出揃うのだ。胸が躍る。

広小路を出る頃にはもうすっかり暮れていた。いくつかの小橋を渡り、そろそろ塒《ねぐら》も近いがまだ二人は笑っていた。

大川《おおかわ》沿いの夜空には、星の光が増えている。

「粋《いき》だね」

「帰りだ」

肩を組み合って、また笑う。

「兄い、あの謎解きも可笑《おか》しかったな。……晦日《みそか》の月と懸けて、真面目《まじめ》な息子と解きます」

卯吉が口真似《まね》をすると、寅次が真面目腐った声で言葉を継いだ。

「ついぞ、出たことがございや、せん」

と言いつつ肩が離れ、腕が大きく泳いだ。そのまま前につんのめる。何かに躓《つまず》いたようだ。が、寅次は妙に身が軽いので、ととっと踏み止まった。

「大丈夫か、兄い」

駆け寄ろうとして気がついた。道に何かが落ちている。目を凝らせば、大きな風呂敷包みだ。

「で、出た」

「まだ三月だぜ、卯吉。幽霊にはちと早い」

「違うよ、見て」

寅次が屈み込んで、「ひゃ」とのけぞった。風呂敷包みの下から片手が伸びていた。

翌朝、長屋の連中が見物にやってきた。

「行き倒れだって」

棒手振《ぼてふ》りが首を伸ばし、人相見《にんそうみ》の婆さんが「まったく」と呆《あき》れた。

「もうちっと、ましな物を拾いなよ」

昨日の夜、大きな風呂敷包みの下で男が俯《うつぶ》せに倒れていたのだ。

寅次が男を、包みは卯吉が背負って帰ったのだが、木戸を入ってすぐ、卯吉の家にようよう担《かつ》ぎ込んだ時は、二人とも肩で息をしていた。風呂敷で何を包んであるのか、背中に痛いほど硬い感じがあって、しかも歩くたび中の物が妙な動き方をした。

「ちょいと、通しとくれ」

鍋を運び込んできたのは、隣に住む羽子板職人の女房、おひでだ。

「芋粥《いもがゆ》作ってきたから、目を覚ましたら食べさせてやんな。まだ死んでないんだろ」

腰に手を当て、男を無遠慮に覗き込む。口は悪いが、おひでの家をはさんだ左右に卯吉と寅次は住んでいるので、たまに壁を叩いて飯に呼んでくれたりする。亭主の政《まさ》助《すけ》もやってきて、腕組みをしたまま前屈みになった。

「息はあるのか」

すると寅次が腹を掻きながら、大きなあくびをした。男を運び込み、そのまま雑魚《ざこ》寝《ね》をしたのだ。股座《またぐら》もまだ剝《む》き出しだが、おひではびくともしない。

「あるだろ。明け方、ひでえ鼾《いびき》だった」

寅次が面倒そうに答えると、政助が苦笑いをした。

「なら、坊主を呼ばなくて済む」

ややあって、男の瞼《まぶた》が動いた。


目を覚ました男は芋粥を三杯も喰ってから、「ご親切に」と頭を下げた。開け放した腰高障子《こしだかしょうじ》の前には政助とおひで夫婦、それに棒手振りと婆さんもまだいて、こっちを見つつ立ち話をしている。暇なうえ物見高いので、行き倒れに興味津々《しんしん》なのだ。

一緒に粥を喰い終えた寅次は少々もったいをつけて「それはいいけどよ」と言いつつ、「で」と前のめりになった。

「あんた、何であんなとこで倒れてた。江戸者かい、それとも行商か。歳はいくつ、名は」

堰《せき》を切ったように訊いている。すると男は肩をすくめ、卯吉を見た。何となく先に名乗った方がいいような気がした。

「兄いは寅次、俺は卯吉ってんです」

するとと男は膝の上で己の手を揉むように重ねた。

「あたしは、今川町《いまがわちょう》で櫛《くし》職人をやってます。歳は二十五で」

「なら、俺たちと一緒だ」

寅次が小膝を打った。

「ご兄弟じゃないんで」

「ま、そんなもんだけど、赤の他人。ただの仲良し」

「さようですか。ええと、どこまでお話ししましたっけ。そう、何であんな道端で倒れたのかは自分でもよくわからないんです。歩いておりましたら目の前がふうと暗くなって。このところ、少々、根《こん》を詰めて仕事をしておりましたので」

卯吉は壁際に置いた包みに目をやった。すると男は察してか、「あれ、櫛なんです」と言った。

「あたしが作った櫛です」

「なら、品物を納めに行く道すがらで倒れたのか」と訊いたのは、表にいたはずの政助だ。いつのまにか土間に入ってきていて、上がり框《がまち》の上に尻を下ろしている。そういえば政助も時々、大きな包みを持って出掛けている。

「納めに行ったんですが、返されました」

「そいつは気の毒なこった。櫛であれほどの嵩《かさ》となりゃあ、随分と作ったんだろう」

「百枚あります」

「注文主の気に入らなかったのかい」

男は溜息を吐《つ》き、「すみません」と言葉を濁した。

「詫《わ》びることっちゃねえよ。政さんは別に、あんたを責めてるわけじゃねえんだから」

寅次が珍しくまともに取り成すと、政助は「そうだ」と親身な声を出す。

「注文主はどこだ」

「小間物《こまもの》屋さんです」

「もう一遍、引き取ってもらえまいか、掛け合ってみたらどうだい。百枚も注文するってことは、向こうもあんたに信を置いてるんだろう。それとも何かい、わけありの注文だったのかい。なら、黙って引き下がるってぇ法はねえよ」

「そうだ、そうだ」と、他の者らも土間に入ってくる。

「精魂込めて作った物だろうに、もったいないよ」

「いやいや。要らないって言ってる注文主に頭下げたって、下げ損じゃないかね。いっそ、他の店に持ってったら」

皆で節介を焼き始めた。すると男は口の中で何かを言い淀《よど》み、とうとう洟《はな》を啜《すす》り始めた。

「嘘なんです」

「嘘って」

卯吉は寅次と顔を見合わせた。

「あたし、死に損なったんです。もう何もかもうまく行かなくて、厭《いや》になって」

男は腕で目の下をおおった。


二人は広小路の隅に莚《むしろ》を広げ、半日もぼんやりと坐っている。

寅次は「つまんねえ置き土産」と膝を抱え、その上に顎をのせた。

五日前、死に損なった男が「礼に」と、櫛の山を置いて行ったのである。男が打ち明けて言うことには、一時は江戸でも名うての櫛職人だったそうだ。

「手前で言うのも何ですが、大した修業もしないうちに名が上がって、どのお店からも競うように注文がありました。皆、何年先でもいいから作って欲しいって吉原でもてなしてくれたりして。そりゃあ、最初は戸惑いましたけど、ああもちやほやされるとね、こんな無粋《ぶすい》な意匠は作りたくねえ、材は極上のでないと気が乗らねえとか、利《き》いたふうな御託《ごたく》を並べるようになったんです。それでも注文主は言い値で引き取ってくれるもんですから、あたしも一流気取りで稼ぎを悪所《あくしょ》通いに注ぎ込みました」

やがて吉原に居続けるようになり、納めの約束を何度も反故《ほご》にした。

「職人は毎日、手を動かしてこそでしてね。怠け癖がついたあたしの櫛は、たちまち品が落ちました。ひとたび見放されると早いもんでしたよ。潮が引くように、誰も注文をくれなくなりましてね。いつでも返せると思って借りた銭の遣《や》り繰《く》りに往生《おうじょう》して、あたしもようやく目が覚めたんです。それでこの百枚を作って、昔から世話になってたお店を訪ね歩きました。何とか、もう一遍、仕事をさせてもらえまいかと、恥をしのんで頭を下げました」

「相手にされなかったか」

政助が鼻息を吐いた。男は頷《うなず》いて、また洟を啜る。

「あの惨《みじ》めさは、骨身に沁《し》みました。でも己の馬鹿さ加減にいちばん嫌気が差しましてね。もうこの世からいなくなっちまいたいって思いました。それで、馴染みの女を誘ったんです。あたしの名をここんとこに刺青《いれずみ》するほど惚れてくれて、死ぬ時は一緒だなんて、しじゅう可愛いことを言ってくれてたもんですから」

男は己の太腿《ふともも》の内側を指でつんと突いた。すると寅次がごくりと、唾を呑《の》み下した。

「そんなとこに」

「肌に彫ってたわけじゃないってことは、いざ心中しようって時に知りました。筆でちょいと書いてただけみたいで」

「で、一緒に死のうって言ったら、女は何つったの」

「厭」

「ああ、その一言。今、流行《はや》ってんだね」

寅次は的外れな合の手を入れる。

「それでもう、大川に身投げしちまおうって決めたんです」

ところが川の前に立つと足がすくんで、どうにも動けなかったと男は言った。

「いざとなればもう怖くて怖くて、逃げるように川縁《かわべり》を去りました。どこをどう歩いたのかも憶えていないんです。世間でもよく言うじゃありませんか。死ぬ気になったら出直せるって。でもやっぱり一から始めるのは苦労だ、死んだ方が楽になれる。でも水の中でもがく己を想像したら、恐ろしい。気持ちが行きつ戻りつして。ざまァないです」

しばらく皆、黙り込んでいたが、政助が「ま、大丈夫だな」と腕組みを解いた。

「手前《てめ》ぇでそんだけわかってんなら、こっちも説き伏せる手間が省《はぶ》けるってもんだ。

ただよ、べつに出直さなくったっていいんだぜ。櫛職人に戻ろう、真っ当にやり直そうって思うから辛《つら》くなる。そう先を読まねえで、死ぬまでは生きてみたらどうだ。とりあえず」

寅次も「そうそう」と調子を合わせる。

「俺たち、毎日、とりあえずだぜ。苦労なんぞ、売ってでもしねえよ」

男は腑《ふ》に落ちぬような落ちたような曖昧《あいまい》な顔つきで「とりあえず」と呟《つぶや》きながら、ひってん長屋を出た。風呂敷包みはそのまま置いていった。

「何の御礼もできませんが、それなりの店に並べたら三十文の値をつけても売れるはずの代物です」

「百枚で三十文ってことは」と寅次が天井に目を向けると、男は「いいえ」とその時ばかりはやけにしっかりとした声を出した。

「一枚が三十文、それが百枚です」

男が去った後、皆で包みを開いてみた。黒く光る塗りや木地《きじ》そのままの物が混ざっていて、花や鳥、雲の彫りを施《ほどこ》した品もある。

「へえ、黒漆《くろうるし》に貝で細工が施してある。こんな立派な櫛、あたしゃ、生まれて初めて見たよ。こんなの三十文じゃきかないよ。百文、いや、もっとするかもしれない」

おひでは「これ、お宝の山かも」と目を瞠《みは》った。

「そんなに値打ちのある物なのか」と寅次は驚き、「じゃ、おひでさんはそれを取りなよ」と掌《てのひら》で差し出す手つきをした。

「冗談はやめとくれ、何であたしがもらうのさ」

おひでは恐ろしいことを言われたかのように、半身を後ろに反らす。

「粥を作ってくれたじゃねえか」

「そうだよ。皆も、好きなの選んで」と卯吉も勧め、連中は遠慮がちに一枚ずつを手にした。

「おひでさん、本当に一枚でいいのかい。まだ、こんなにあるよ」

「だって、頭は一つしかないよ」

ひってん長屋の住人らしいことを言って、皆を笑わせた。

そもそも、必要以上の家財や物を持とうという考えがないのだ。それは望んでも土台が無理なのだが、土地柄もある。風のきつい江戸はやたらと火事が多く、ひとたび火が出れば何もかも焼けてしまう。ゆえに裏長屋者は物を持たずに暮らし、葬式や嫁取りなどで人が集う際は皿や猪口《ちょこ》まで損料屋で借りてくる。それで間に合う。

風呂敷の上には、まだ九十数枚の櫛が残った。

「あの男、饅頭屋《まんじゅう》だったら良かったのに。櫛は喰えねえ」

寅次がぼやくと、おひでが「売ってきなよ」と言った。

「お銭《あし》にしたら、櫛も喰い物になる」

「売るって、誰が」

「あんたら二人に決まってるじゃないか」

それで、二人で広小路にまで出てきたのだ。莚を広げ、ざざっと櫛の山をぶちまけた。が、一枚も捌けない日が続いている。

「おひでさん、気軽だよなあ。今日も駄目だったのかいなんて見下げやがるが、俺たち、物売りなんぞしたことねえんだぜ」

「だよなあ。酒の一杯でも引っ掛けられたら御《おん》の字だと思ってたけど、俺たちにゃあ無理だよな」

「そう、無理」

たまに足を止めた者がいても、まず値を訊かれるのだ。あの男が口にした通り「三十文」と答えると、もうそれだけでそっぽを向かれる。どうやら高いらしいと察して半値にすると、女の二人連れなどは袖《そで》を引き合ってこそこそと相談し合う。

「それらしく作ってあるけど、この見栄えで十五文は安過ぎるわ。盗んだ物じゃないの」

盗品を扱うとしょっぴかれると耳にしたことがあったので、卯吉は慌てた。

「とんでもない、これは凄腕の職人が作った物なんだから」

「誰よ、その職人って」

そう訊かれると答えようがない。男はあれこれとよく喋《しゃべ》ったが、結句、名乗らずじまいだったのだ。死に損なった後なのでつい言いそびれたのか、わざとだったのかはわからないが、こっちも話に耳を傾けるのに気を取られていた。

「あっちは楽しそうだなあ」

いつものように、猿回しや曲芸が人を集めている。その音だけを聞きながら、卯吉も膝を抱えた。

物売りなんぞ、つまらない。ただ客を待つだけの生業《なりわい》なんぞ、皆、よくもやってるもんだ。

莚の上で影が動いた。顔を上げると、二本差しの男が三人、櫛をためつすがめつしている。

「これは黄楊《つげ》か」

考えてもわかるわけじゃないので、「へい」と答えた。

「値は」

「二十文、ってとこです、かね」

どうせ売れないだろうと、ぞんざいに答える。

すると侍らは気難しげに、「んだ」とか「かがにも一枚、買わねば、また揉めはんでの」などと顔を寄せ合った。卯吉は口を半開きにして、ぼんやりと侍らを見上げる。と、真ん中に立つ一人が三枚を手にし、蟀谷《こめかみ》を掻いた。

「これとこれ、そしてこれだが、まとめて五十文にならぬか」

「え」と声が洩《も》れた。

「不服か。では、五十五文」

「ほんとに買って下さるんで」

思わず、両膝立ちになっていた。

「なるか、五十五文に」

「有難うございやす」と言ったのは、寅次と同時だった。莚の上に坐ってからこっち、初めてこんな大きな声を出した。

「では、拙者は五枚もらおうか。いくらにする」

「さて、いくらでしょう」

寅次はたちまち半笑いになり、「おい、卯吉」とお鉢を回してきた。勘定ができないのは卯吉も同じなので、闇雲に答える。

「ひゃ、百文で」

「たわけ。それでは、三枚五十五文より割高ではないか。九十文にいたせ」

「いたしますとも」

するともう一人が四枚を手にしていた。悪い予感の通り、またややこしそうな勘定だ。言われるまま七十文にした。

「一枚ずつ包んでくれ。江戸土産《みやげ》にするでの」

「あいにく紙がねえんで」

「では、もう少し勉強せい。全部まとめて二百文でどうだ」

「へいっ」

侍らを見送った後、寅次としばらく見つめ合った。

「兄い、売れたよな」

「ああ、売れた」

手を取り合った。

「二百文だ」

「凄《すげ》ぇよな。鰻《うなぎ》が喰える」

二人で何度も飛び上がり、「やった」と叫び続けた。躰《からだ》がやけに熱くなって、何かが迸《ほとばし》りそうだ。


三日の後、また侍の客が来た。今度は七人ほどもいる。先だっての客と同じ訛《なま》りで「んだ」と相談し合っているので、北の方から殿様のお供で来ている勤番《きんばん》かもしれない。国許《くにもと》の妻女や娘への土産にと吟味しているようで、また一々、値を訊いてきた。

「漆が一枚、黄楊が三枚だ」

「こっちは、漆が二枚ぞ」

まとめて三枚で五十文にしろ、二十文を十九文《じゆうく》に負けろとこづき回されて、へとへとになった。銭の勘定がどうにも追いつかないのだ。卯吉はこの歳になって初めて、手習《てならい》に真面目に通うんだったと悔いた。商家に奉公すると決めている子供は算盤《そろばん》も熱心に習うが、こちとら凧《たこ》揚げに夢中だった。

「なあ、兄い、俺たち、損してるのか得してるのか」

侍を見送った後、卯吉が呟くと、寅次は「馬鹿だな、お前は」と笑った。

「そりゃあ、得してるに決まってんだろ。元はただなんだぜ」

そして寅次は「さあさ」と、手を打ち鳴らす。

「櫛はどうです、お武家様も納得の上物《じょうもの》揃い、漆に黄楊の櫛はどうです」

芸人の口上のように節をつけた言い回しだ。卯吉もさっそく真似て、声を張り上げてみた。黙って膝を抱えているよりはよほど気が紛れるし、何だか景気のいい気分になってくる。

「櫛は、どうですう」

あくる日も声を張り上げていると、派手な客が訪れた。卍《まんじ》模様の着物や房つきの陣羽織姿の男、猿を肩にのせた男に、耳飾りをつけて唐人《とうじん》めいた格好の女もいる。広小路の芸人らだ。

「いらっしゃい」

「なかなか、いい品じゃないか」

耳飾りの女は「ふうん」と唸《うな》りながら、莚の上を見回している。

「最初は箸《はし》の山みたいだったのに、よく売れたね。半分ほどは捌けたんじゃないの」

肩に猿をのせた男も、「まったくなあ」と笑う。

「物貫いみてえにただ坐ってるから、一日ももたないだろうと踏んでたがな」

「あんたら、見てなすったんですか」

「毎日、ここで芸を売ってるんだぜ。広小路の中のことは何でも知ってる。あんたらが勘定もできない素人だってこともな。ところが、今じゃ呼び込みまでしてるじゃねえか。じゃ、ちっと覗いてみるかってな」

その傍らで女が小腰を屈め、すいと腕を伸ばした。迷いもせずに摘《つ》まみ上げたのは、貝細工を施した朱漆だ。

漆の櫛は侍らがまず手に取って購《あがな》うので、これが最後の一枚だ。

「それ、いい品みたいです」

「うん、わかる。あたし、こういう細工物、好きだから」

立ち上がった女は目を細め、櫛を陽にかざした。指先の爪が赤く塗られている。

「もうそれで最後なんで、黄楊一枚をつけて三十文にしときます」

どうせまた「いくらにする」と訊かれるので、卯吉は先回りをした。

と、女が急に白けた顔をして、こっちに眼差しを落とす。

それまで黙っていた寅次が、気負い込むように言った。

「俺たち、妙に儲けようなんて思ってやせんぜ。こんな櫛ばっか長屋に置いとけねえし、捨てるわけにもいかねえんで、ここで店を広げてるだけだから」

すると女は立ち上がって、卯吉に櫛を「はい」と差し出した。

「やめとく」

くるりと身を返し、素っ気ない背中になった。皆で引き上げていく。

寅次は「何でい、広小路の主《ぬし》気取りかよ」と舌を打ち、けれどすぐに「やれやれ」と気を取り直す。

「また面倒な勘定をせずに済んだってことよ。なあ、今日はもう仕舞って、何か喰いに行こうぜ」

「うん」と答えながら、卯吉はどうしても腰を上げる気になれない。

「兄い、先に帰っておくんな」

「何でだよ。また鰻にしようぜ。今日もそのくらいは売れたろ」

「だから、これ持って、好きな物、喰いに行って」

洗い渫《ざら》いを両手で掬《すく》い、寅次に渡す。

「お前、どうすんの」

「もう少しここにいる」

「櫛は」

「俺が持って帰るから」

寅次はまだ「鰻だぜ」と言いながら胡坐《あぐら》の膝を立て、腰を上げた。

「ほんとに一人でいいんだな。ほんとに行っちまうぞ」

「いいから」

思わず声が尖《とが》った。束の間、寅次が真顔になった。

「あ。ごめんよ」

言い訳のように詫びていた。が、寅次は機嫌を損ねた様子も見せず、「んじゃ」と下駄に足を入れる。いつものように呑気《のんき》な音を立て、やがて人波の向こうに去った。

何でなんだろうと、卯吉はもう一度、櫛を見渡した。あの耳飾りの女は何で「やめとく」と言ったのか、それを無性に考えたかった。

あんなに気に入った風だったのに、何でその気は途中で失せたんだろう。

やがて提灯に灯がともり、卯吉の身は広小路の隅の闇に沈んだ。

月のない夜空を睨《にら》みながら考え続けたけれど、答えは何も舞い下りてこなかった。

胸が騒いでしかたがなかった。

あともう少しで梅雨《つゆ》に入る季節になって、卯吉と寅次はひってん長屋の連中を鰻屋に招いた。

「あんたたち、よく頑張ったよねえ。大したもんだ」

おひでが褒《ほ》めたので、卯吉は寅次のやり口を笑いながら披露した。

「どれでも二十文にして売っちまったんだ。勘定が面倒で、というか、もうできなくて」

昨日のことである。丸一日坐っていても一枚も売れない日が、十日も続いていた。客は遠巻きに品に目をやりはするが、すぐに立ち去ってしまうのだ。理由はまるでわからなかった。ただ、莚の上がちと寂しいような気はした。上物はすでに売れてしまい、残っているのは黄楊ばかりが五十枚ほどだ。莚と黄楊の色が似ているので人の目を惹《ひ》かないのかもしれないと思ったが、何をどうしたらいいのか、これまたわからない。

よくよく見れば一枚ごとに細工が異なり、それぞれに違う値付けも必要なはずだった。それはもう、何となく察しがつく。けれど卯吉と寅次はその目利《めき》きができず、勘定も追いつかない。とくに寅次は面倒がって、「これ、いくら」と訊かれたら即座に「二十文」と答えるようになっていた。

「まとめていくらとか、面倒臭ぇよ。どれでも二十文こっきりにしようぜ」

損得にこだわっているのではなく、逐一の勘定が面倒で自棄《やけ》を起こしたのだ。卯吉はそれもそうだと思い、気を入れて声を張った。

「黄楊の櫛がどれでも二十文、二十文こっきりだよお、早い者勝ちだよお」

すると、客足が戻ってきた。ばかりか、これまでより長く留まるようになったのだ。他人より先にいい物を手に入れようと莚の上に膝をつき、女客などはきゃあきゃあ言いながら品を選《よ》る。その様子がまた客を呼び、人の山ができた。

そのさまを見ているのは随分と面白かった。うまく選んで買っていくのは女客か、男客でも目の利く武家だ。田舎《いなか》からのお上りは数を揃えるのが大事とばかりに、品定めもせずに買い込む。

その話をしてやると、皆、感心顔になった。

「あんたたち、ひょっとして物売りの才があるんじゃないかえ」

すると寅次は「こりごりだ」と、はだけた胸を掻いた。

「もう、二度と頑張らねぇからな。これでやっと、その日暮らしに戻れらあ。な、卯吉」

卯吉は「うん」と言い、「兄いのおかげだ」と呟きながら手の中に目を落とした。

なぜかしら、残った櫛が気になってしかたがないのだ。あの男が倒れた時に石にでも当たったのか、それとも元から不出来な品だったのか、歯の欠けた櫛が七枚、売れ残っている。

「これ、どうにかできねぇかなあ」

「まだそんなこと言ってんのか。あきらめろ」

寅次は悪あがきだと言わぬばかりに、手の甲をひらひらさせる。人相見の婆さんも煙管《キセル》を遣《つか》いながら、卯吉に意見した。

「欠け櫛は縁起が悪いからね、そんな物を七枚こっきり並べたって埒《らち》が明かないよ。損料屋か質屋に持ち込んで、売っちまいな」

「それがいいや。でもって、また、ぶらぶらしようぜ、卯吉。大川沿いで昼寝して夕涼みして、そしたらそのうち祭になる。褌、借りねぇとな」

祭の話となれば、途端に場が盛り上がる。

でも卯吉はすんなりと引き下がる気になれない。櫛売りをやめたらまた遊んで過ごせる、そんな日が寅次ほどには待ち遠しくないのだ。

初めて売れた日は兄いもあんなに喜んでたのに、物足りなくねぇんだろうか。

政助と盛んに喋る寅次をぼんやりと見て、また政助に目を戻した。二人ともひってん極まりないけれど、政助の顔つきは寅次とはやはりどこか違う。そうか、猿回しや耳飾りの女にも感じた匂いだと思った。手に職のある者の匂いがする。

「政さん、羽子板以外にも作れるのかい。子供の玩具《てあそび》とか」

政助は一瞬、奇妙な顔をした。

「いや、ごめんよ。聞き流して」

慌てて詫びたが、政助は猪口を干してから「作れるぜ」と言った。

「独楽《こま》なんぞ、こんな小《ち》っちぇえ時分から作ってたもんよ。俺の親爺、指物師《さしものし》だったからよ」


夏も盛りを迎え、朝顔売りや金魚売りが広小路の中まで行き交うようになった。

「エー、冷《ひ》やうい冷やうイーィ、ところテン」

売り声につられて卯吉は顔を上げ、ところてん売りの姿を目で追った。担ぐ箱は格子になっていて、中が透けて見える。箱の周囲は青い杉葉で飾ってあり、目にも涼やかだ。なるほどなあと思いつつ、また手を叩いて口上を述べる。

「さあ、どれでも十九文だよ。団扇《うちわ》に独楽、矢立《やたて》に煙草入れ、蚊遣りに手拭いも十九文っ」

「手拭いも十九文かい」

「さいです」

「安いな。倍はするのが尋常だろう」

「はい。うちは何でも十九文均一の、十九文屋《じゅうくもんや》なんで」

「十九文屋かあ。二十文よりちと遠慮してるのが気に入った」

勘定のことを考えると「どれでも二十文」の方が楽だったが、客の言った通り、一文安い方が客は儲け物だと感じてくれるような気がした。この目論見《もくろみ》が当たって、扱う品も初めは売れ残りの欠け櫛に政助が作った独楽だけだったが、今では扇《おうぎ》に合羽《かっぱ》、弁当箱に焙烙《ほうろく》、小算盤まで揃えている。長屋の棒手振りに頼んで、物売り仲間から売れ残りを安く分けてもらうようにしたのだ。

江戸の物売りはそもそも卯吉や寅次とよく似た身の上で、適当に稼いだらまたのらくらと遊び、手許に詰まれば「そろそろ秋だ、虫籠《むしかご》売りでもするか」と神輿《みこし》を上げる。なので、「残った品をまとめて引き取りたい」と申し出ると、皆、たいそう喜んだ。日銭が有難いのは、卯吉もよく知っている。

その日の売り上げをそうやって明日の仕入れに注ぎ込むので、自身は呑まず食わずの暮らしに逆戻りだが、このところは扱う品目をなお増やしている。糠袋《ぬかぶくろ》や煙草の刻みなどは元が安いので、いくつかを袋詰めにして並べた。

銭勘定も少し楽になった。一文銭を二十枚、糸でひと綴《つづ》りにしている客などは、それを一本丸ごと投げて寄越す。釣りは必ず一文だ。あれこれと買う客も多いが、手の中に一文ずつ用意して「団扇に一文、湯呑に一文、蠅帳《はいちょう》に一文」と渡せば間違わない。

それに、中には釣り銭を受け取らぬ客もいる。女づれの、ことに火消の兄さんらは釣りなんぞ野暮だとばかりに顎をしゃくる。

「取っときな」

卯吉は「有難うございやす」と、素直にもらっておくことにしている。

夕暮れになって、卯吉は品物を包み、莚を巻く。

「もう仕舞いかい」

背後から声を掛けられたが、声の主は誰だかすぐにわかる。今日も耳飾りをつけ、すらりと唐人風の衣裳をつけた軽業師、玲玲《リンリン》だ。

「うん、これから仕入れなんだ。浅草に寄ってく」

今日、売れた分、品が減っている。しかし莚の上は常に一杯でないと、客は買う気を起こさないものだ。もういろんな物売りと知り合いになっているので卯吉はどこにでも出掛け、背負えるだけ仕入れて帰る。

「精が出るね」

「玄斎《げんさい》さんは」

玄斎は猿回しの親方で、玲玲と同様、親しく口をきく仲だ。

「お花《はな》ちゃんがお産なんだよ」

猿のお花のお産についてひとしきり話した後、玲玲が「皆、喜んでるよ」と言った。

「十九文屋で買物して帰れるようになって、助かるって」

芝居茶屋に通いで奉公している女衆《おなごし》らも、今では大事な贔屓《ひいき》客だ。

「玲玲さんが、あの人らに触れてくれたんだろ」

「十九文屋で買物するのは楽しいよって、言っただけ」

莚を巻き終えて、一緒に広小路を歩いた。ふと、思い出したことがある。

「そういや、ずっと教えてもらいたいと思ってたことがあるんだ」

「何」

「櫛。初めて様子を見にきてくれた時、朱漆の櫛を迷いもせずに選んで。けど急にやめたって、俺に返したことあっただろう。あれ、何でだったの」

すると玲玲は「そんなこと、あったねえ」と小さく笑った。

「黄楊一枚をつけて三十文って値つけ、やっぱり高すぎたのかな」

「あのさ、卯吉《うき》っちゃん」

玲玲は少し声を低めた。

「値段だけにこだわる人間ばかりじゃないんだよ。いや、もちろんあたしだって安く買える方がいいに決まってるさ。けど、それだけでもないんだよね。好きな物に出会った時って、これいくらなんだろうじゃなくて、塗りが丁寧だなとか、この貝細工の花の散らしようが粋だなとか、そういう気持ちも楽しんでる。なのにあの時、まとめていくらとかって先回りをしただろう。何だか安物を押しつけられたような気になって、冷めちゃったんだよ」

「冷めた」

「うまく言えないけど、人の気持ちだからさ、熱くもなれば冷めもするさ。それに、儲けようと思ってない、仕方なくやってる物売りから買った櫛なんて、つまらない」

ずしんとこたえて、足取りが重くなった。

「難しいよ、俺には」

「商《あきな》いも芸だよ。そりゃあ、難しいよ。そういえばあの相方《あいかた》、どうしてんの。近頃、見ないね」

卯吉は口ごもりそうになって、笑い濁した。

「ここんとこ、暑いから」

毎朝、寅次の家を覗いて声は掛けるのだ。今日も大の字になって寝ていた。

「兄い、行ってくるよ。気が向いたらきておくれよ」

寝起きの悪い寅次は一度では目を覚まさない。そのまま行きかけると、やっと頭だけを持ち上げる。

「今、いい夢見てたのによお。いっち、いい女だったんだぜ。丸顔の柳腰」

「ごめん、ごめん」と詫びて、ふと思いついた。

「後で、団扇屋が品物を届けにくる手筈《てはず》になってるんだ。おひでさんに頼もうと思ってたんだが、兄い、受け取っといてくれるかい」

「まかせとけ」

卯吉は逃げるように、長屋の木戸の外に出る。今日も一緒に過ごせないのかと落胆しつつ、でもどこかでほっとしてもいた。

何がどう売れようが、寅次はまるで頓着しないのだ。毎日、決まった刻限に出掛けるのを嫌がり、むろん商いの思案にも首を突っ込みたがらない。今日は暑い、蚊に喰われるといろんな理由をつけて、すぐに話を変えてしまう。

「それに、祭だし」と玲玲に言うと、「ああ」と白い歯を見せた。

「江戸者は祭に命懸けだからねえ」

寅次は祭に誘いたい娘を二人も見つけたようで、「唾つけとこうぜ」と張り切っていた。今度は卯吉が気のない返事をする番だった。

「玲玲さんは行かないの」

すると玲玲は「卯吉っちゃんは」と問い返してきた。

「俺はいいんだ。ここは一年じゅう祭だから」

広小路の賑わいを見回した。

「あたしも同じ」

「そうなんだ」

「玄斎もそう言ってたことがあるよ。芸人は祭の中で生きてるんだって。それが、お客の気持ちを沸き立たせるんだって」

玲玲と別れ、卯吉は仕入れに向かった。躰の中に、また何かがともったような気がしていた。

毎日、卯吉もどうしたら客が楽しみ、喜ぶかを考えて、手を替え品を替えしている。茶葉を仕入れたら黴《かび》が生えたり、虫籠に穴が空いていてえらく叱《しか》られたこともあったけれど、思う壺にはまった時の熱さときたら堪《たま》らない。胸が騒いで嬉しさが駆け巡って、総身を振り絞るほどなのだ。

商いも毎日が祭なんだけどなあ。兄いは何でそれがわかんないかなあ。

寅次のことを考えると、気が滅入る。

仕入れを終えると、とっぷりと日が暮れていた。重い荷を担ぎ、卯吉は急ぎ足になった。夜空に時折、稲光が走っているのだ。ごろごろと重い音も響いて、ふだんは川沿いで涼んでいる連中もまるで姿がない。

卯吉はなお足を速めた。せっかく仕入れた品を濡らしたら、明日、莚を広げられない。浅草でもう雲行きが怪しかったので油紙を買い、それですべてをおおってから風呂敷で包んではいる。けれどいかに用心しても、ともかく長屋に帰り着かねば気が気ではなかった。やっと佐賀町《さがちょう》の辺りだと思った時、額《ひたい》にぽつりと冷たいものが落ちた。

空を仰ぐのも束の間、たちまち降ってきた。走りに走る。長屋の木戸口に駆け入った時には、もうずぶ濡れだった。

戸口の油障子を引くと、寅次が上がり込んでいた。それは珍しくもないので、「きてたの」と言う。

「俺が雷嫌いなの、知ってんだろ」

半身をすくませ、「お前、飯、喰ったか」と訊いた。

「ううん、まだ。浅草で餅《もち》と稲荷鮨《いなり》を買ってきた」

「お、有難《ありがて》えな。何だかそういう気がしたのよ」

寅次は卯吉の手から竹包みを奪うようにして、口に入れた。卯吉は背中から風呂敷包みを畳の上に下ろし、片膝をついて結び目をほどいてみる。何かに拝みたいような気持で油紙をめくり、手で触れてみた。どれも無事であることがわかって、ふうと尻から坐り込んだ。

雨に濡れたせいで、やけに尻の下が冷たいような気がした。

「早く脱げよ、風邪ひくぞ」

「うん」と答えながら、畳の上に掌を置いた。はっとして、腕を伸ばして辺りを確かめる。見上げると、屋根から滴《しずく》がしたたっている。

「雨漏りじゃないか」

「またかよ」

「兄い、今朝、受け取った品物、どこに置いてくれた」

「そこの隅にあんだろ。枕屏風《まくらびょうぶ》の向こう」

卯吉は四つん這《ば》いで進み、枕屏風に飛びついて放り投げた。団扇の山が確かに積んであるが、信じられぬ思いがした。

「剝き出しで置いたのか」

「団扇屋の小僧、風呂敷は持って帰っちまったから」

「兄い、ここ、雨がいちばん漏ってただろう。そのくらい、気がつかないのか。これ、もう売り物にならないよ、こんなんじゃ」

手に取れば、思ったよりもひどいことになっていた。どれもこれも湿って、色が変わっている。竹骨から紙が浮いているものもある。

「何で気をつけてくれなかったんだ。そんなこともわかんないのか、兄いは」

するとと寅次は口に稲荷鮨をくわえたまま、「そんなことって」と鸚鵡《おうむ》返しにする。

「また、仕入れたらいいじゃねえか」

「そういうことじゃないんだよお」

卯吉は畳の上に拳《こぶし》を振り下ろした。腹を立てていた。もう泣きわめきたいほどに。

「ちっとは、ものを考えろよ。こうしたらどうなるか、明日のために今日は何をしとくか、考えて生きろよお」

と、壁がどんどんと鳴った。

「卯吉、もうそのへんで止《や》めとけ」

「そうだよ、そんなに大事な物なら寅次なんぞに預けちゃいけないだろう。まったく、何年つきあってんだい」

政助とおひでが壁越しに仲裁する。寅次はととんと壁を叩き返した。

「いいってことよ。俺、気にしてねぇよ」

まだ口の中に鮨が残っているような声だ。

「卯吉、喰えよ。結構、いけるぜ」

指についた酢飯をねぶりながら、寅次は傍《そば》に寄ってきた。団扇の山から一本を摑《つか》み、あっけらかんと言った。

「明日、晴れたら乾かしてみようぜ」

帳面に目を通し終えて、手代を呼んだ。

「ここと、ここ、それからこっちも勘定が間違ってますよ」

「相済みません。これからはあたしが算盤を入れ直します」

「当たり前ですよ。それがお前の務めでしょう」

暗に他人のせいにしたのをぴしりと叱りつけ、今度は番頭を呼んだ。

「材木町《ざいもくちょう》の表店《おもてだな》はどうなってるんです」

「家主と今、店賃の話に入っております。ただ、なかなかの業突《ごうつ》くでして、飛ぶ鳥も落とす勢いの両国屋さんじゃありませんか、もう少し色をつけておくんなさいと申します」

卯兵衛《うへえ》は「とんでもない」と、しかめ面を作った。

「十九文屋の商いは、日々の掛かりをともかく抑えることが肝心なんです。あんまりな値を言うなら構いません、別の貸店をお探しなさい」

何でも十九文均一で知られる両国屋は、膝元である両国、日本橋、浅草に三十軒の店を持っている。いずれも間口の狭い借店で、手代と小僧の二人しか置いていない小商いだが、損料屋や質屋にも太刀打ちできている。人の往来の多い繁華な地で客が気軽に立ち寄れ、何でも安く買えるからだ。

今では両国屋を真似た商いをする者もあるが、うちの品揃えはどこにも引けを取らないと卯兵衛は思っている。暮らしに必要な品、客から望まれた品を仕入れられるなら今も自ら足を延ばし、吟味するのだ。懇意の職人も数十人はいるので、場合によっては両国屋特製を作ってしまう。丼《どんぶり》から鏡、そしておなごの紅もなかなか評判がいい。

「じつは旦那様」と、番頭が帳場格子《ちょうばごうし》に手を掛けた。

「蛤町に安い出物がありまして。ただ、そこは貸すんじゃなくて、地面ごと買ってくれないかと言ってなさるんですが」

「蛤町。辺鄙《へんぴ》じゃありませんか、あの辺りは」

「いえ、それは長屋者の多い土地にございますが」

「人だけ多く住んでいたって、十九文屋のお客はいませんよ。その日暮らしのひってんばかりですよ、あの辺は」

安さに惹かれてあれもこれもと買い揃えてくれるから、商いが成り立つのだ。

「ですから、前から旦那様がおっしゃってる喰い物屋を蛤町で始めてみるというのは如何《いかが》でしょう」

十九文屋で曲がりなりにも商人と呼ばれる身の上になった卯兵衛にとって、喰い物商いに打って出ることが念願だった。屋台の蕎麦が十六文なのでそれよりは値が張ってしまうが、田楽《でんがく》の盛り合わせに鮨や天麩羅まで、すべて十九文均一で揃えたいと思案を練り続けている。

「地面ごと買ったら、何年で元を取れるんです」

番頭はそれには答えられなかった。卯兵衛は苛立《いらだ》って、つい早口になる。

「そのくらい、勘定してから口に出しなさいよ。あたしが忙しいの、お前もわかってるでしょう」

女房にはいつも早口を戒《いまし》められているので今日も最初は悠揚《ゆうよう》と構えていたのだが、結局、せかせかとした物言いになる。

また「忙しい」を出してしまったなと思いながら、卯兵衛は小僧をつれて外に出た。女房はこの口癖をよく聞き咎めて、「いい加減になさいましよ」と案じる。

「そうは言ったって、うちみたいに売り上げの小さな商いは主《あるじ》が働いてやっとなんだよ。店の見回りから仕入れまで、番頭らにはまだまだまかせられない」

「それだけじゃないでしょう。義太夫《ぎだゆう》や三味線、先月は川柳《せんりゅう》もお始めになって。そのお稽古《けいこ》も頑張り過ぎじゃありませんか。川柳なんて、頑張って作れるものなんですか」

「当たり前だよ。何でも精進《しょうじん》して、それで初めて面白さもわかるんだ」

遊びに深入りするつもりはないし、通人《つうじん》を目指しても半可通《はんかつう》になるのは己がよくわかっている。だいいち、義太夫も三味線もまるで上手《うま》くならないし、川柳を捻《ひね》ろうと思うだけで苦痛だ。ちっとも面白くない。ただ、商い仲間とのつきあいも欠かせぬのだ。そんなこんなで、毎日、身がいくつあっても足りない。

本当は、広小路で落とし噺を聞いたり大道芸を見物したいのだが、もう五年も足を向けていない。最初の店を開く時は玄斎や玲玲が祝いに駆けつけてくれたが、いつのまにか縁が切れてしまった。そのうち顔を見せようと思ううち、月日は飛ぶように過ぎていく。

昼八ツまでにすべての店を回り終えると、供の小僧が息を切らしていた。

「だらしがないねえ」

両国橋の袂《たもと》で足踏みをして、叱りつける。ふと、川向こうの岸が桜色になびいているのが目に入った。

はて、最後に花の下を歩いたのはいつだったろうと、卯兵衛は目を瞬《また》かせる。

若者が二人、歩く姿がよみがえった。肩を組んでふざけ合い、飛び上がったり躓いたりしている。何でも可笑しくて、腹を抱えながら歩く。

「用を思い出した。お前は先に帰ってなさい」

小僧にそう言いつけると、ほっとしたような顔色を露《あら》わにした。

卯兵衛は橋を渡り、川縁を南に下る。小橋をいくつも渡り、やがて潮の匂いが濃い町に入った。

掘割沿いには年じゅう出したままの涼み台が並んでいて、男らがのんびりと煙管を遣いながら将棋を指している。女房らしき女が洗濯物を家の中に放り込み、男に大声で言った。

「お前さん、坊を湯屋につれてっとくれ」

「ああ」

男は将棋盤から目を離しもせず、生返事をする。

「帰りに何か買ってきて。今夜は何にも作ってないよ」

「ああ」

「銭、昨日のが残ってるだろ」

「ねえよ、そんなもの」

「まったくもう、じゃあ、今夜は喰わないんだね。坊の飯はどうすんのさ」

「誰かに頼め。一軒くれえは、何か分けてくれるだろう」

すると女房は「それもそうだ」と、気楽なものだ。

卯兵衛はひってん長屋のあった辺りにまで足を踏み入れたがもう建て替えられていて、住人の顔触れはまるで異なっていた。

何もかも、夢のように消えていた。

——明日、晴れたら乾かしてみようぜ。

あの翌朝、寅次の言う通りにしていたら、あたしは今頃、何をしているんだろう。

十年も経って、初めてそんなことを考えた。あのまま卯兵衛はひってん長屋を飛び出したのだ。寅次とは二度と会っていない。むろん長屋の誰とも。

道をゆっくりと引き返すと、涼み台の連中が互いの肩や背中を叩きながら大声で笑っていた。

寅次は今もこの男らのように余計な欲を持たず、夢を追わず、気の向くまま、その日を暮らしているのだろう。

雲雀《ひばり》が舞い上がり、苗売りの声が聞こえる。

卯兵衛は歩く。気がつけばもういつもの足取りに戻っていて、我ながら滑稽なほど忙《せわ》しない。頑張っても頑張ってもきりがなくて、いつも何かが気がかりで、この十年、一日とて気の休まる日はなかった。

けど、兄い。俺はこうして生きていくことにしたんだ。とことん野暮に頑張りてえ。俺にはこれが面白いんだ。祭みてえに。

ここ蛤町で店を開こうと、卯兵衛は思った。

ひってんが滅多と手を出せない鰻も、十九文で揃えてみよう。満腹になるほどの量は用意できないが、切り身を田楽のように串に刺したら酒の肴になる。きっと子供も食べやすい。

さあ、旨《うま》い十九文屋の始まりだ。

「今日はやけに夕陽がでっけえな」

声がして振り向くと、涼み台にはもう誰の姿もなかった。

解説　まかて小説の秘密

藤沢　周（作家）

どうでえ、どうでえ。ええ？

まかて姐《ねえ》さんの語りを拝むってぇと、胸の奥んとこが、こう、じんわり熱くなっちまっていけねえやな。どうにも心がたかぶって、お空のすてっぺんまで飛んじまうってもんでさあ。見上げりゃ、お天道様も高ぇが、こちとら、上野広小路《うえのひろこうじ》あたりで熱いもんでもキューッとやって、ついでに、小股の切れ上がった別嬪《べっぴん》さんとしっぽり濡れて、祝ってやりてえのよ。そうよ、そうよ、人様の汗水流して生きなさる姿に、「乾杯ー！」てな具合でさあ。

と、もう江戸弁が止まらぬ。まかて姐御《あねご》の時代小説短編集である『福袋』を初めて読んだ時には、ぶっ飛んじまって、「こいつぁ、凄《すげ》ぇや、ちくしょうめッ！」と、それからしばらく江戸弁が抜けなくなってしまったのである。日本海の荒波に褌《ふんどし》ひらひらさせていた越後の男にもかかわらず、やられちまった。惚れちまった。

この文章。この物語。

一体、朝井まかてなる作家の底なしの才能、どうなってるんだろう。

直木賞を受賞した長篇『恋歌《れんか》』で、世間の度肝を抜いたのは周知。水戸藩天狗党の侍の妻、中島歌子が幕末の時代の波に翻弄《ほんろう》されながら、明治期に歌塾「萩《はぎ》の舎《や》」を主宰し一世を風靡《ふうび》した生涯の物語である。読後、名作『赤と黒』で知られるフランスの作家、スタンダールの「生きた、書いた、愛した」という言葉を想起し、歌子はむろん、この作者も然《しか》り、また、読者である自分もそうだ、と感じさせてくれる傑作だった。

その後、『阿蘭陀西鶴《おらんださいかく》』『すかたん』『眩《くらら》』『ちゃんちゃら』など、物語の面白さに啞然茫然とさせられているところに、本作『福袋』ときた。しかも、初の短編集である。

「ほう、短編も物するか」などと、懐手に構えて（つまり、失礼ながら、我が身を顧みず上から目線である）、お手並み拝見と参ろうか、と思うた次第。

というのは、読者の皆様に少しく説明すると、ジャンルにこだわらず、文芸の作家というのは短編向き、長篇向きと分けられるように一般的に思われていますが、違うのです。じつは短編にこそ、その書き手の才気が如実に表れてしまう。

もちろん、長篇は実際に長期にわたる執筆と膨大な資料渉猟《しょうりょう》が必要とされるし、ストーリーの面白さや飽きさせない文章、あるいは作家のエネルギー量が必要とされる。並大抵のものではなく、「生きる、死ぬ」のレベルになってしまうこともあって、脱稿した時には即身成仏のような状態になることもあります。だが、長篇の場合、登場人物たちが息をし始め、勝手に動いてくれるということもある。つまり、文豪夏目漱石先生が、弟子の芥川龍之介に伝えたように、小説を書くには、「牛になれ」というやつです。鈍重に牛のように登場人物たちを後ろからウンウン押していけば、動き出す。それを見守っていけば物語は出来上がるのだ、と。

短編は違う。短い枚数の中に作家自らの才能と、山を作るタイミングと、磨き抜かれた文章と、さらに圧縮するための集中力。いわば、こめかみに静脈がふくらむような息を詰める作業なのです。如実に書き手の力が表れる。

で、『福袋』を前に、「ほう、短編も……」などと、懐手で袂《たもと》を風に揺らめかせる侍のような声を漏らしてしまったのである。しかも、僭越《せんえつ》ながら某《それがし》、舟橋聖一文学賞の最終候補作の四本を前にした選考委員としてである。直木賞受賞者や、すでに文豪と知られる作家たちの傑作時代小説から厳選された四本、その中の一本が朝井まかてさんの『福袋』だったのです。口角を下げ、「うむ」と背筋を伸ばして、伏し目がちに読み始めたら――。
「……!?」「え!?」「何!?」「凄ぇ！」となり、懐手から慌てて手を突き出すわ、前のめりになるわ、ついでに選考委員としての立場も忘れ、純文学系の裾をおっぴろげて駄文で煮しめた己の褌をさらけ出す有様。侍のちょんまげを即落とし、「いけねえや！　これで決まりでぇ！」と、朝井さんの『福袋』が第一一回（二〇一七年）舟橋聖一文学賞に決定。満場一致であった（選考委員は、佐藤洋二郎、増田みず子、富岡幸一郎、と某）。両手で本作を掲げ、お天道様に感謝申し上げた。「こんな素晴らしい作品を読ませていただいて、ありがとうございます」と。本気で心が震えたのです。

収録された短編は、末広がりの八本。縁起がいい。世は江戸時代後期、徳川家斉《いえなり》公が隠居となっても大御所として権勢を揮《ふる》い、薨去《こうきょ》した後は老中水野忠邦が質素倹約の「御改革」、そして、あまりの締めつけゆえに改革が頓挫して老中罷免《ひめん》の頃。さて、そんな世を江戸の職人や商人、「宵越しの金は持たねえ」のその日暮らしの貧乏人は、いかに生きたか、笑ったか。恋して、泣いて、這い上がったか。

「いい心持ちだ。昼寝ってのは、何でこうも気持ちがいいのかね。／朝から一心に動いて、その合間にちょいと横になるのが乙《おつ》なんだ。目を閉じても、あすこはもっと濃く、うん、ハネの勢いはあれでちょうどいいなんて頭の中で反芻《はんすう》して、いつのまにやら眠りに落ちる。すとん、とね」

たとえば、こう始まる「ぞっこん」。たまげたことに、このモノローグ、三禮堂《さんれいどう》と号した三代目鳥居清忠の「筆」、墨をたっぷり吸って、ハネるトメるのあの「筆」の喋りなのだ。つまり、主人公。その清忠の不要の筆を譲ってくれと日参した職人栄次郎の、寝る間も惜しんで努力して寄席《よせ》看板の名手となる過程を描いたものだが、そこに落語家挫折の幼馴染みや長屋の住人、あるいは遠山左衛門尉景元《さえもんのじょうかげもと》、つまり「遠山の金さん」までからんで、江戸人の、泣けて、笑えて、温かい生きざまが、見事に描出されるのだ。

歌舞伎の大部屋役者と、その贔屓《ひいき》客となった謎の七味売りとの、舞台上の大博奕《おおばくち》を描いた「千両役者」。

湯屋《ゆうや》に生まれ育ったお晴ちゃんの、家業が好きで好きで大好きでの八面六臂《はちめんろっぴ》の頑張りぶりを活写した「晴れ湯」。

古着屋の娘・あやめが、黒地に千筋の白が走った竪縞《たてじま》の帷子《かたびら》を着つつ、莫連《ばくれん》流の生き方から自己を摑んでいく「莫連あやめ」。

喰うわ、喰うわ、の大喰らいの出戻りの姉、その底なしの胃袋と鋭敏なる舌が大活躍して福を呼ぶ「福袋」。

夜の花火に照らし出された、草むらの中の男と女。深く交わりながらも、じっとこちらを見据えてくる男の眼差しを描いた女枕絵師の過去「暮れ花火」。

四角四面の堅物家主《いえぬし》が、神田祭のお祭掛《まつりがかり》になってしまった一世一代の大勝負を、町の賑わいとともに描いた「後の祭」。

女たちに袖にされまくりでも、「帰って寝るにはまだ早いよな。広小路で遊んでくか」の、その日暮らしの卯吉と寅次。あるもらい物から二人の人生の分岐を描いて切ない「ひってん」……。

愛すべき江戸の人々の悲喜交々《こもごも》、千差万別、百花繚乱で読者を楽しませる筆致。凡百の江戸舞台の小説を超える、まかて姐御作品の面白さと感動には、ちょいと訳があるのを、こちとらも見逃しはしねえ。びっくりしなさるかも知れねえが、まかてレトリックに潜む不穏感がそれだ。何か、ハラハラ、ドキドキさせるのである。これは、次に何か凄い展開があるのだろうか、騒動が起きるのか、というハラドキ感ではない。ズバリ言いやしょう。

無常。

これなのです。どんなに愉快なドタバタ劇や可憐《かれん》な少女の想い、銭を勘定する商人の目つきや、煙草《タバコ》のきざみを煙管《キセル》に詰める仕草を描いても、必ずどこかに世の無常の影がある。『福袋』には一切死者が出てこないにもかかわらず、この賑やかな人々の生活の背後に、ひっそりと人間の宿命が横たわっているのを見逃さない。いや、これは作者生来の感受性の領分だろう。江戸の庶民がお天道様をたえず感じているように、逆の黄昏《たそがれ》も、もっと厳密に言えば、「魂の黄昏」のようなものを、皆が抱えて生きている。それが行間を支えているのである。

舟橋聖一文学賞の前選考委員で、文芸評論の雄だった故・秋山駿氏が、『神経と夢想　私の「罪と罰」』で、あのドストエフスキーが描いた殺人者ラスコーリニコフについて、こう書いていたのを思い出す。

「別に彼が特殊な主人公だからではない。本当はどこの誰だってこんな現実の稜線上を歩いているのである（一日のどんな一瞬にも、永遠とか無限とか死とかが絡み合う）」

朝井まかてという書き手が、いかに平凡な江戸庶民の暮らしの細部に、この「現実の稜線」を見出していることか。これこそが、まかて小説の秘密なのである。

それにしても、てえへんな書き手がいなさるもんだ。さらに別嬪さんときた。これは、「ひってん」の寅次を真似て、損料屋からまっさらな褌借りて、「何、怪しい者じやねえ」って、誘ってみるのよ。広小路の気の利いた店で、熱燗《あつかん》で差しつ差されつしっぽり濡れてえもんじゃねえか。

袖、かねえ。寅次と同じように、きんと眉根を寄せられて、「無理」、の一言かあ。

本書は二〇一七年六月に小社より単行本として刊行されました。

|著者| 朝井まかて　1959年、大阪府生まれ。2008年、小説現代長編新人賞奨励賞を受賞して作家デビュー。'13年に発表した『恋歌《れんか》』で本屋が選ぶ時代小説大賞を、'14年に直木賞を受賞。ほか、同年『阿蘭陀西鶴《おらんださいかく》』で織田作之助賞、'15年『すかたん』で大阪ほんま本大賞、'16年『眩《くらら》』で中山義秀文学賞、'17年『福袋』で舟橋聖一文学賞、'18年『雲上雲下』で中央公論文芸賞、『悪玉伝』で司馬遼太郎賞。'19年に大阪文化賞。'20年に『グッドバイ』で親鸞賞、'21年に『類』で芸術選奨文部科学大臣賞と柴田錬三郎賞を受賞。その他の著書に『ぬけまいる』『草々不一《そうそうふいつ》』『輪舞曲《ロンド》』『白光』などがある。

福袋《ふくぶくろ》
朝井《あさい》まかて
© Macate Asai 2019
2019年7月12日第1刷発行
2022年1月27日第7刷発行

発行者――鈴木章一
発行所――株式会社　講談社
東京都文京区音羽2-12-21　〒112-8001
電話　出版（03）5395-3510
　　　販売（03）5395-5817
　　　業務（03）5395-3615

Printed in Japan

講談社文庫
定価はカバーに
表示してあります

KODANSHA

デザイン―菊地信義
本文データ制作―講談社デジタル製作
印刷―――豊国印刷株式会社
製本―――株式会社国宝社

落丁本・乱丁本は購入書店名を明記のうえ、小社業務あてにお送りください。送料は小社負担にてお取替えします。なお、この本の内容についてのお問い合わせは講談社文庫あてにお願いいたします。
本書のコピー、スキャン、デジタル化等の無断複製は著作権法上での例外を除き禁じられています。本書を代行業者等の第三者に依頼してスキャンやデジタル化することはたとえ個人や家庭内の利用でも著作権法違反です。

ISBN978-4-06-516325-2

講談社文庫刊行の辞

二十一世紀の到来を目睫に望みながら、われわれはいま、人類史上かつて例を見ない巨大な転換期をむかえようとしている。

世界も、日本も、激動の予兆に対する期待とおののきを内に蔵して、未知の時代に歩み入ろうとしている。このときにあたり、創業の人野間清治の「ナショナル・エデュケイター」への志を現代に甦らせようと意図して、われわれはここに古今の文芸作品はいうまでもなく、ひろく人文・社会・自然の諸科学から東西の名著を網羅する、新しい綜合文庫の発刊を決意した。

激動の転換期はまた断絶の時代である。われわれは戦後二十五年間の出版文化のありかたへの深い反省をこめて、この断絶の時代にあえて人間的な持続を求めようとする。いたずらに浮薄な商業主義のあだ花を追い求めることなく、長期にわたって良書に生命をあたえようとつとめるところにしか、今後の出版文化の真の繁栄はあり得ないと信じるからである。

同時にわれわれはこの綜合文庫の刊行を通じて、人文・社会・自然の諸科学が、結局人間の学にほかならないことを立証しようと願っている。かつて知識とは、「汝自身を知る」ことにつきていた。現代社会の瑣末な情報の氾濫のなかから、力強い知識の源泉を掘り起し、技術文明のただなかに、生きた人間の姿を復活させること。それこそわれわれの切なる希求である。

われわれは権威に盲従せず、俗流に媚びることなく、渾然一体となって日本の「草の根」をかたちづくる若く新しい世代の人々に、心をこめてこの新しい綜合文庫をおくり届けたい。それは知識の泉であるとともに感受性のふるさとであり、もっとも有機的に組織され、社会に開かれた万人のための大学をめざしている。大方の支援と協力を衷心より切望してやまない。

一九七一年七月

野間省一

講談社文庫　目録

あさのあつこ　NO.6〔ナンバーシックス〕#8
あさのあつこ　NO.6〔ナンバーシックス〕#9
あさのあつこ　NO.6 beyond〔ナンバーシックス・ビヨンド〕
あさのあつこ　待　っ　て　る〈橘屋草子〉
あさのあつこ　さいとう市立さいとう高校野球部 (上)(下)
あさのあつこ　甲子園でエースしちゃいました〈さいとう市立さいとう高校野球部〉
あさのあつこ　お　れ　が　先　輩？
阿部夏丸　泣けない魚たち
朝倉かすみ　肝、　焼　け　る
朝倉かすみ　好かれようとしない
朝倉かすみ　ともしびマーケット
朝倉かすみ　感　応　連　鎖
朝倉かすみ　たそがれどきに見つけたもの
朝比奈あすか　憂鬱なハスビーン
朝比奈あすか　あの子が欲しい
天野作市　気　高　き　昼　寝
天野作市　みんなの旅行
青柳碧人　浜村渚の計算ノート
青柳碧人　浜村渚の計算ノート　2さつめ〈ふしぎの国の期末テスト〉
青柳碧人　浜村渚の計算ノート　3さつめ〈水色コンパスと恋する幾何学〉
青柳碧人　浜村渚の計算ノート　3と1/2さつめ〈ふえるま島の最終定理〉
青柳碧人　浜村渚の計算ノート　4さつめ〈方程式は歌声に乗って〉
青柳碧人　浜村渚の計算ノート　5さつめ〈鳴くよウグイス、平面上〉
青柳碧人　浜村渚の計算ノート　6さつめ〈パピルスよ、永遠に〉
青柳碧人　浜村渚の計算ノート　7さつめ〈悪魔とポタージュスープ〉
青柳碧人　浜村渚の計算ノート　8さつめ〈虚数じかけの夏みかん〉
青柳碧人　浜村渚の計算ノート　8と2分の1さつめ〈つるかめ家の一族〉
青柳碧人　浜村渚の計算ノート　9さつめ〈恋人たちの必勝法《マーチンゲール》〉
青柳碧人　霊視刑事夕雨子《ゆうこ》1〈誰かがそこにいる〉
青柳碧人　霊視刑事夕雨子2〈雨空の鎮魂歌《レクイエム》〉
朝井まかて　花《はな》　競《くら》　べ〈向嶋なずな屋繁盛記〉
朝井まかて　ちゃんちゃら
朝井まかて　す　か　た　ん
朝井まかて　ぬ　け　ま　い　る
朝井まかて　恋　　歌
朝井まかて　阿《お》蘭《らん》陀《だ》西《さい》鶴《かく》
朝井まかて　藪《やぶ》医《い》　ふらここ堂
朝井まかて　福　　袋
朝井まかて　草　々　不　一
歩《あゆみ》りえこ　ブラを捨て旅に出よう〈貧乏乙女の"世界一周"旅行記〉
安藤祐介　営業零《ぜろ》課《か》接待班
安藤祐介　被取締役《とりしまられやく》新入社員
安藤祐介　お　い！　山　田〈大翔製菓広報宣伝部〉
安藤祐介　宝くじが当たったら
安藤祐介　一〇〇〇ヘクトパスカル
安藤祐介　テノヒラ幕府株式会社
安藤祐介　本のエンドロール
青木理　絞　　首　　刑
麻見和史　石　の　繭〈警視庁殺人分析班〉
麻見和史　蟻《あり》の階段〈警視庁殺人分析班〉
麻見和史　水晶の鼓動〈警視庁殺人分析班〉
麻見和史　虚空の糸〈警視庁殺人分析班〉
麻見和史　聖者の凶数〈警視庁殺人分析班〉
麻見和史　女神の骨格〈警視庁殺人分析班〉
麻見和史　蝶　の　力　学〈警視庁殺人分析班〉
麻見和史　雨色の仔羊〈警視庁殺人分析班〉
麻見和史　奈落の偶像〈警視庁殺人分析班〉

講談社文庫　目録

五木寛之　旅の幻燈
五木寛之　他　力
五木寛之　こころの天気図
五木寛之　新装版 恋　歌
五木寛之　百寺巡礼 第一巻 奈良
五木寛之　百寺巡礼 第二巻 北陸
五木寛之　百寺巡礼 第三巻 京都Ⅰ
五木寛之　百寺巡礼 第四巻 滋賀・東海
五木寛之　百寺巡礼 第五巻 関東・信州
五木寛之　百寺巡礼 第六巻 関西
五木寛之　百寺巡礼 第七巻 東北
五木寛之　百寺巡礼 第八巻 山陰・山陽
五木寛之　百寺巡礼 第九巻 京都Ⅱ
五木寛之　百寺巡礼 第十巻 四国・九州
五木寛之　海外版 百寺巡礼 インドⅠ
五木寛之　海外版 百寺巡礼 インド2
五木寛之　海外版 百寺巡礼 朝鮮半島
五木寛之　海外版 百寺巡礼 中　国
五木寛之　海外版 百寺巡礼 ブータン
五木寛之　海外版 百寺巡礼 日本・アメリカ
五木寛之　青春の門 第七部 挑戦篇
五木寛之　青春の門 第八部 風雲篇
五木寛之　青春の門 第九部 漂流篇
五木寛之　親鸞 青春篇(上)(下)
五木寛之　親鸞 激動篇(上)(下)
五木寛之　親鸞 完結篇(上)(下)
五木寛之　五木寛之の金沢さんぽ
五木寛之　海を見ていたジョニー 新装版
井上ひさし　モッキンポット師の後始末
井上ひさし　ナ　イ　ン
井上ひさし　四千万歩の男 全五冊
井上ひさし　四千万歩の男 忠敬の生き方
井上ひさし 司馬遼太郎　新装版 国家・宗教・日本人
池波正太郎　私　の　歳　月
池波正太郎　よい匂いのする一夜
池波正太郎　梅安料理ごよみ
池波正太郎　わが家の夕めし
池波正太郎　新装版 緑のオリンピア
池波正太郎　新装版 殺しの四人〈仕掛人・藤枝梅安(一)〉
池波正太郎　新装版 梅安蟻地獄〈仕掛人・藤枝梅安(二)〉
池波正太郎　新装版 梅安最合傘〈仕掛人・藤枝梅安(三)〉
池波正太郎　新装版 梅安針供養〈仕掛人・藤枝梅安(四)〉
池波正太郎　新装版 梅安乱れ雲〈仕掛人・藤枝梅安(五)〉
池波正太郎　新装版 梅安影法師〈仕掛人・藤枝梅安(六)〉
池波正太郎　新装版 梅安冬時雨〈仕掛人・藤枝梅安(七)〉
池波正太郎　新装版 忍びの女(上)(下)
池波正太郎　新装版 殺　し　の　掟
池波正太郎　新装版 抜討ち半九郎
池波正太郎　新装版 娼　婦　の　眼
池波正太郎　近藤勇白書(上)(下)〈レジェンド歴史時代小説〉
井上　靖　楊　貴　妃　伝
石牟礼道子　新装版 苦《く》海《がい》浄《じょう》土《ど》〈わが水俣病〉
いわさきちひろ　ちひろのことば
いわさきちひろ 松本　猛　いわさきちひろの絵と心
いわさきちひろ 絵本美術館編　ちひろ・子どもの情景〈文庫ギャラリー〉
いわさきちひろ 絵本美術館編　ちひろ・紫のメッセージ〈文庫ギャラリー〉
いわさきちひろ 絵本美術館編　ちひろの花ことば〈文庫ギャラリー〉

講談社文庫　目録

小野寺史宜《ふみのり》 その愛の程度
小野寺史宜 近いはずの人
小野寺史宜 それ自体が奇跡
小野寺史宜 縁《ゆかり》
大崎 梢 横濱エトランゼ
太田哲雄 アマゾンの料理人〈世界一の「美味しい」を探して僕が行き着いた場所〉
小竹正人 空に住む
岡本さとる 駕籠屋《かごや》春秋 新三《しんざ》と太十《たじゅう》
岡本さとる 質屋の娘〈駕籠屋春秋 新三と太十〉
岡本さとる 雨やどり〈駕籠屋春秋 新三と太十〉
岡崎大五 食べるぞ!世界の地元メシ
荻上直子 川っぺりムコリッタ
海音寺潮五郎 新装版 江戸城大奥列伝
海音寺潮五郎 新装版 孫子(上)(下)
海音寺潮五郎 新装版 赤穂義士
加賀乙彦 新装版 高山右近
加賀乙彦 ザビエルとその弟子
加賀乙彦 殉教者
柏葉幸子 ミラクル・ファミリー

勝目 梓 小説家
桂 米朝 米朝ばなし〈上方落語地図〉
笠井 潔 梟《ふくろう》の巨《おおい》なる黄昏《たそがれ》
笠井 潔 青銅の悲劇(上)(下)〈瀕死の王〉
川田弥一郎 白く長い廊下
神崎京介 女薫の旅 激情たぎる
神崎京介 女薫の旅 奔流あふれ
神崎京介 女薫の旅 陶酔めぐる
神崎京介 女薫の旅 衝動はぜて
神崎京介 女薫の旅 放心とろり
神崎京介 女薫の旅 感涙はてる
神崎京介 女薫の旅 耽溺《たんでき》まみれ
神崎京介 女薫の旅 誘惑おって
神崎京介 女薫の旅 秘に触れ
神崎京介 女薫の旅 禁の園へ
神崎京介 女薫の旅 欲の極み
神崎京介 女薫の旅 青い乱れ
神崎京介 女薫の旅 奥に裏に
神崎京介 I LOVE

加納朋子 ガラスの麒麟〈新装版〉
角田光代 まどろむ夜のUFO
角田光代 恋するように旅をして
角田光代 庭の桜、隣の犬
角田光代 人生ベストテン
角田光代 ロック母
角田光代 彼女のこんだて帖
角田光代 ひそやかな花園
川端裕人 せちやん〈星を聴く人〉
川端裕人 星と半月の海
片川優子 ジョナさん
片川優子 ただいまラボ
神山裕右 カタコンベ
神山裕右 炎の放浪者
加賀まりこ 純情ババアになりました。
門田隆将 甲子園への遺言〈伝説の打撃コーチ高畠導宏の生涯〉
門田隆将 甲子園の奇跡〈斎藤佑樹と早実百年物語〉
門田隆将 神宮の奇跡
鏑木 蓮 東京ダモイ

講談社文庫　目録

講談社文庫　目録

2021年12月15日現在